CONTENTS

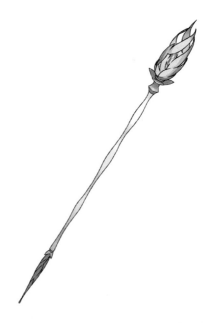

던전에서 만남을 추구하면 안 되는 걸까 외전

소드 오라토리아 3

Sword Oratoria

오모리 후지노 지음 | **하이무라 키요타카** 일러스트

야스다 스즈히토 캐릭터 원안 | **김완** 옮김

S NOVEL

커버 그림, 본문 일러스트 | **하이무라 키요타카**

프롤로그
흉조

수많은 외침이 울리고 있었다.

곳곳에서 겹쳐지는 굵은 남자들의 노성, 잇따르는 높은 여자들의 비명. 사바톤이며 부츠가 자아내는 무수한 발소리가 뒤섞이고, 그 바로 뒤를 수많은 괴물의 포효가 따른다.

미궁의 내부는 마치 거대한 수목의 내부로 들어온 것만 같다. 벽이며 천장에 띄엄띄엄 달라붙은 이끼가 푸른색과 녹색으로 빛을 발해 주위를 밝게 비춰주는 모습은 비경이라 해도 좋을 정도로 환상적이었다. 넓은 통로가 뒤얽힌 그런 거목 던전 속에서, 아름다운 풍경에는 어울리지 않을 만큼 필사적으로 수많은 모험자들이 달리고 있었다.

한눈에 봐도 품질이 뛰어나다는 것을 알 수 있는, 길이 잘 든 장비품—— 무기며 방어구는 상위 모험자의 증거였다. 그들의 용맹함을 이야기해주듯 다종다양한 무기는 피를 뒤집어썼으면서도 여전히 날카로움을 잃지 않았고, 칼날의 광채는 빛바랠 줄 몰랐다. 몸에 걸친 방어구 또한 마찬가지다.

하급 모험자들에게서 많은 선망과 동경을 받는 도시의 실력자들. 그러나 그들은 지금 이리저리 도망치고 있었다.

그들 그녀들이 등을 돌린 상대는 눈을 돌리고 싶어질 만큼 수많은 몬스터의 대군이었다.

"뭐, 뭐야, 뭐가 저렇게 많아?!"

"이러쿵저러쿵 떠들 시간 있으면 도망쳐!!"

광대한 통로를 가득 메운 몬스터의 대행진.

【파밀리아】가 서로 다른 여러 파티가 동시에 휘말려들어 운명공동체처럼 함께 퇴각해야만 했다. 생색내듯 무기 부딪히는 소리며 활시위 소리가 들렸지만 그것도 어마어마한 규모의 행군 앞에 밀리고 짓밟혔다. 몬스터의 흐름을 막으려고 필사적으로 교전하던 얼마 안 되는 이들은 한 사람 또 한 사람 등을 돌리고 도주하기 시작했다.

진로에 있던 새로운 모험자 파티도 원치 않게 말려들어, 비명의 수는 가속도를 가하듯 증가했다.

"어느 바보가 몬스터들을 끌고 오기라도 한 거야?!"

데들리 호넷, 리저드맨, 소드 스태그, 다크 펑거스. 계층 내의 온갖 몬스터가 밀려드는 광경을 보며 모험자 한 사람이, 누군가 몬스터를 끌어다 붙이고 간 거냐고—— 이른바 '패스 퍼레이드'를 벌인 거냐고 매도를 퍼부었다. 그 정도로 적의 수가 많았으며, 도저히 자연발생한 것이라고는 여겨지지 않을 만한 규모였다.

마치 해일처럼, 기괴한 집단이 밀려든다.

"요즘 이 계층 너무 이상하지 않아……?! 몬스터하고 조우하는 횟수가 장난이 아니야!"

'중층' 내에서도 깊은 곳에 위치한 던전 제24계층.

이 계층에 자주 내려왔던 모험자 파티조차 견디지 못하고 비명을 지르는 가운데, 주위의 갈림길에서는 새로운 몬스터의 무리가 나타나 세상에서 가장 가혹한 퍼레이드에 합류했다. 흉포한 포효가 모험자들의 귓가에 달라붙어 눈 깜짝할 사이에 절규가 겹쳐졌다.

동료가 당했어! 누가 좀 구해줘!! 빌어먹을!

몬스터의 무리에 휩쓸려 날카로운 이빨과 발톱에 찢겨 나가는 동종업자들의 비명에 등을 돌리고 모험자들은 그저 뛰었다. 밀려드는 괴물의 대군을 떨쳐내고자 모두가 일사불란하게 두 발을 놀려댔다.

"대체 뭐가 어떻게 된 거냐고!!"

아비규환 속에서, 모험자들은 상부 계층으로 이어지는 계단을 향해 뛰었다.

"——24계층에서 몬스터가 대량발생했다고!! 어떻게 좀 해줘!!"

콰앙!

부르쥔 주먹이 카운터에 힘차게 떨어졌다.

희미한 달빛에 에워싸인 지상, 도시 북서부. 인기척이 뜸해진 길드 본부의 접수창구에서 휴먼 모험자가 격정을 드러낸 얼굴로 외치고 있었다. 심야의 로비에 울려 퍼진 노성에, 그를 상대하던 접수원 미샤 플로트는 어깨를 크게 흠칫 떨었다.

"어지간한 상급 모험자로는 해결할 수가 없다고! 피해가 계속 확산되고 있어!"

"죄, 죄송합니다~!! 서둘러 대응하고 있사오니~!"

상대의 험악한 분위기에 말을 더듬거리는 미샤.

야심한 시각이기도 해서, 넓은 로비에는 오늘의 당직을 맡은 그녀 외에 다른 직원이 한 명도 없었다. 운수 나쁘게도 모험자들의 고충 처리를 맡아버린 미샤는 금방 울음을 터뜨릴 것 같은 표정이었다. 길드 제복을 입은 150C(셀티) 밖에 안 되는 조그만 몸을 굽실굽실 몇 번이나 꺾는다.

"벌써 모험자가 몇 사람이나 당했단 말이야! 내 동료들도!! 퀘스트니 뭐니 느긋한 소리 하지 말고 미션(강제임무)을 발동해! 토벌대를 조직하라고, 얼른!!"

"네, 네헥~!!"

노성으로 요구한 모험자는 상세한 내용을 기록한 양피지를 내동댕이치고는 몸을 돌렸다.

"으으~."

멀어져가는 모험자의 뒷모습을 보며 미샤는 힘없이 카운터에 몸을 기댔다.

그렇게 한동안 움직이지 못하던 그녀는, 모험자가 제출하고 간 양피지를 들고 창구 뒤쪽의 사무실로 향했다. 다른 당직 접수원과 교대를 부탁하고 자신의 책상으로 향했다. 양피지를 놓은 후 마실 것을 챙기려고 잠시 책상을 떠났다.

"고생 많았네."

"팀장님~."

탕비실로 가려던 미샤는 조금 전부터 와 있었던 상사의 얼굴을 눈물과 함께 올려다보았다. 선이 가는 얼굴을 가진 시앙스로프 남성은 노고를 치하하듯 김이 모락모락 나는 목제 컵을 내밀었다.

"고맙습니다…… 흑흑, 무서웠어요오."

"그들도 목숨이 걸린 문제니 말이지. 자신들에게 위험이 닥치면 태연할 수 없는 거야."

두 손으로 든 컵을 홀짝거리는 미샤는 몸을 움츠리면서도 상사의 말에 이해했다는 자세를 보이고자 살짝 고개를 끄덕거렸다.

"목소리는 들렸네만, 또 24계층 관련 의뢰였나?"

"네. 몬스터가 잔뜩 나왔대요……. 혹시 뭔가 아시는 것 있나요, 팀장님?"

"지난 며칠 동안 비슷한 의뢰가 몇 번인가 길드에 제출되었네. 내용은 24계층의 정규 루트 내에서 일어난 몬스터의 증가……. 아직 며칠 안 지났으니 윗분들께는 이야기가 들어가지 않은 모양이지만."

제18계층 리빌라 마을에서 '하층'으로 진출하는 상급 모험자들을 중심으로 비슷한 정보가 몰려들고 있다고 미샤의 상사는 설명했다. 극히 최근의 움직임이었으므로 길드에서는 분명한 던전의 이변으로 인식하지는 않는다는, 다시 말해 중요하게 여기지는 않는다는 이야기도 함께.

빈자리가 눈에 뜨이는 사무실 내에서 그는 안경의 위치를 고치며 말을 이었다.

"조금 전에 왔던 모험자의 분위기로 보건대 현장은 우리가 파악하는 것 이상으로 심각한 모양이군. 우리도 중요한 안건으로 받아들이는 편이 좋겠어."

"그, 그러게요! 얼른 윗분들께 올릴 보고서를 써야겠어요~."

미샤는 종종걸음으로 책상에 돌아가, 조금 전에 받은 양피지의 정보를 제출용 별지에 옮겨 쓰려 했다.

"어, 어라?"

그러나 그 의뢰서가 사라졌다는 사실을 깨달았다.

"플로트, 자네 설마…… 잃어버렸나?"

"그, 그럴 리가?!"

어이가 없어 말문이 막힌 상사를 옆에 두고 미샤는 당황하기 시작했다.

전혀 정리되지 않은 책상 위에 높다랗게 쌓인 서류를 두 손으로 들어 치워가며 샅샅이 뒤졌지만 보이질 않았다. 근처에 떨어지진 않았나 엉금엉금 기어다니며 찾아봐도 결과는 마찬가지였다.

핑크색 머리카락을 찰랑거리는 그녀의 이마에서 한줄기 땀이 흘러내렸다.

"……이, 이건 분명 '유령'의 소행일 거예요!! 제가 잃어버린 게 아니라구요!"

바닥에서 일어난 미샤는 상사의 시선을 피하듯 책임전가를 시도했다.

"뭐라고 하는 겐가 지금……."

"모르세요, 팀장님?! 길드 본부에는 옛날부터 **나왔다니**

깐요, '유령'이!"

지극히 회의적인 표정을 짓는 상사에게 미샤가 불쑥 다가섰다.

"본부를 경비하는 직원들이 벌써 몇 번이나 봤대요! 밤이면 밤마다 나타나는, 머리끝부터 발끝까지 새까만 로브를 뒤집어쓴 수수께끼의 그림자! 당황해서 쫓아가도 막다른 길에서 홀연히 모습을 감춰버린대요!"

그 조그만 몸을 한껏 휘적거려 손짓발짓과 함께 주워섬겨대는 미샤. 자신이 들었던 온갖 이야기들을 상사에게 필사적으로 전달했다.

"일설에 따르면 몬스터에게 죽은 모험자들이 망령이 되어 이 길드 본부를 배회하는 게 아닐까 하던데요……! 제 의뢰서도 분명 그 '유령'이……!"

목소리까지 바꿔가며 '유령' 이야기를 나불나불 늘어놓는 그녀를 상사는 눈을 흘기며 바라보았다. 제대로 상대해 주지도 않고 살짝 탄식했다.

"자네가 소문 이야기를 너무 좋아한다고 동료인 튤도 난감해하더군. 분실한 의뢰서는 어떻게든 찾아내게."

"티, 팀장니임~. 잃어버린 게 아니에요오~!!"

분명 책상까지 가져왔다구요~! 등을 돌린 상사의 뒤를 쫓아가며 그녀는 눈물 섞인 목소리로 변명했다.

미샤의 호소가 벽 너머로 울려 퍼지는 가운데.

인기척이 사라진 복도 끝, 사무실에서 멀리 떨어진 어두운 그늘 속에서.

주르륵, 칠흑의 그림자가 뒤틀리며 소리를 냈다.

다음에는 공간에서 녹아내리듯 시커먼 로브가 그 자리에 모습을 드러냈다.

"……."

온몸을 까만 옷으로 감싼 인물—— 펠즈는 손안에 있던 양피지를 내려다보았다.

그것은 미샤가 잃어버린 의뢰서였다. 어느새 빼돌렸는지 '유령'이라는 소문의 장본인은 종이를 펼쳐 열거된 내용을 눈으로 훑었다.

"이것은 설마……."

제24계층, 몬스터의 대량발생…… 남성인지도 여성인지도 모를 목소리가 양피지에 기재된 정보를 읽어나갔다. 후드 안에서 묵고하는 것처럼 침묵이 이어졌다.

이윽고 펠즈는 양피지를 로브 소매 안에 넣었다.

"……수를 써야만 하겠군."

중얼거리더니 까만 옷은 다시 그림자 속으로 사라졌다.

우라노스의 심복은 아무에게도 들키지 않고 어둠 속을 암약했다.

【검희】의 손에 의해 우다이오스 격파가 이루어졌던 이틀 후의 일이었다.

1장

검은
옷에게서
온
초대장

Гэта казка іншага свету.

Запрашэнне ад Кокуй

"의존증상은 어디까지나 단기적이라는 말씀이신가요?"

"그렇제. 소마를 몬 마시게 해서 제정신으로 돌아온 아들도 째비 있지 않겠노?"

저택 한곳에서 대화가 오갔다.

태양이 시벽 너머로 사라진 해 질 무렵.

창밖으로 하늘에 남은 어스름이 보이는 가운데, 실내에서는 한 하프엘프 여성과 로키가 문답을 나누었다.

【로키 파밀리아】의 홈 '황혼관'에는 손님이 찾아와 있었다.

장소는 좁은 통로에 인접한 응접실이다. 등황색을 메인으로 한 난색이 많이 쓰였으며 둥근 테이블과 소파, 암체어가 다수 구비되어 있다. 낡은 오르골을 비롯한 골동품이 넘쳐나는 방은 넓었으며, 파밀리아 구성원들 사이에서는 잡담실로 널리 이용되곤 한다.

방에 있던 사람은 넷.

아이즈, 로키, 리베리아, 그리고 손님인 하프엘프 여성이었다.

그녀는 리베리아가 데려온 지인인 모양이었는데 길드 직원으로 보였다. 안경과 함께 까만 정장과 바지를 맵시 있게 입은 용모는 아이즈가 보기에도 재기발랄했으며, 무엇보다도 단아했다. 나이는 아이즈보다도 조금 많을 것이다. 지금은 푹신한 소파에 앉아 있다.

그녀는 주신 로키에게 듣고 싶은 것이 있었는지 리베리아와 함께 귀를 기울였다. 세 사람은 테이블을 에워싸고 진지한 이야기를 나누었다.

──하지만 그 자리에 동석한 아이즈에게는 그녀들의 대화가 전혀 들어오지 않았다.

'또 사과하지 못했어…….'

암체어 위에서 몸을 말고 있던 그녀는 매우 풀이 죽은 상태였다.

순백색 원피스에 싸인 무릎에 얼굴을 절반 묻고, 요란하다고 해도 좋을 정도로 의기소침했다.

제37계층에서 우다이오스를 쓰러뜨리고 돌아오는 길에, 아이즈는 던전에서 쓰러진 모험자── 재회를 고대하던 흰토끼와 만났다. 실수로 놓쳤던 미노타우로스에게서 구해주고, 주점에서 상처를 입혀버렸던 그 백발 소년이다.

기절한 그를 몬스터에게서 지켜주고, 의도치 않게 사과할 절호의 기회를 얻었지만…… 결과는 참패.

상대가 토끼처럼 쏜살같이 도망쳐버린 비정한 현실이 그녀에게 정신적으로 타격을 주었다. 미노타우로스 때와 완전히 똑같은, 악몽의 재래였다.

──나한테서 도망쳤어!

──겨우 만났는데, 온 힘을 다해!

슬픔이라는 말로는 부족할 정도로 충격을 받아 아이즈는 실의의 밑바닥에 떨어졌다. 푹 고개를 숙이고 홈으로 돌아온 그녀의 모습에 다른 단원들은이고 물론 티오나와 티오네조차 깜짝 놀라 말을 걸지 못했을 정도였다.

단 한 사람, 소년을 발견하기 직전까지 동행했던 리베리아가 무슨 일이냐고 이유를 물어 아이즈는 띄엄띄엄 이유를 설명했다.

"……쳤어."

"뭐라고?"

"또 도망쳤어……."

"……풉."

　어깨를 떨며 분명히 웃은 리베리아를 아이즈는 두 손으로 퍽 떠밀었다.

　새빨갛게 물든 뺨을 부풀리고 있으려니 리베리아는 결국 웃음을 터뜨려 레피야를 비롯한 엘프들을 동요케 했다. 그녀들은 고귀한 왕족 하이엘프가 더는 못 참겠다는 양, 웃음소리를 터뜨리는 광경을 본 적이 없었을 것이다. 아이즈도 처음이었다.

　'리베리아 때문이야…….'

　훌쩍. 아이즈는 남몰래 울었다.

　소년이 도망친 것은 그녀가 명령한 무릎베개, 그것이 원인이었음이 분명하다. 낯선 아이즈가 무릎베개를 해준 바람에 토끼는 이성을 잃을 정도로 놀랐던 것이다.

　분명, 분명 그럴 거야. 다 리베리아 잘못이야. 마음속에서는 어린 아이즈가 두 손을 쳐들며——눈물을 지으며——고함을 질러댔다.

　두 무릎을 끌어안은 아이즈는 유아퇴행에 빠져 토라져

버렸다.

'……내가 무섭나?'

혹시나, 어쩌면…… 하고 한번 생각이 떠오르면 멈출 수가 없었다. 필사적으로 눈을 돌렸던 의혹으로 자꾸만 시선이 갔다.

아이즈는 항간에서는 '전희(戰姬)'라 불리며 경외의 대상이 될 정도로 유명하다. 눈앞에서 미노타우로스를 눈 깜짝할 사이에 썰어버렸던 자신에게 소년은 몸이 떨릴 정도로 공포를 품지 않았을까. 그러고 보니 사방으로 튄 선혈을 그대로 뒤집어쓰게 해 피투성이로 만들어버리기도 했다.

부정적인 생각은 멈추질 않았다. 네거티브 스파이럴이 발생했다. 마음속 깊은 곳에서 완성된 것은 사랑스럽고 폭신폭신한 토끼가 어린 아이즈로부터 도망치는 비극적인 구도였다.

──내가 무서운 거야!!

우뉴우 소리를 내며 아이즈는 풀이 죽었다.

"야야, 아이즈~ 니 언제까지 그라고 있을 끼고?"

그때, 자리에서 일어난 로키가 말을 걸었다.

손님과의 이야기는 이미 끝났는지, 암체어 위에서 계속 풀이 죽은 아이즈에게 다가온다. 살짝 빛을 잃은 금색 장발을 보고 "이거 중증이네"라고 쓴웃음을 짓는다.

"바라, 【스테이터스】 갱신이나 하자. 돌아와가꼬 아직 안 했제? 그제?"

"······알았어요."

보다 못한 듯 제안해주는 주신에게 아이즈는 느릿느릿 고개를 끄덕였다.

아물 줄 모르는 상심을 끌어안은 채, 시키는 대로 몸을 맡겨버렸다.

"흐히히. 오랜만에 아이쭈의 맨살을 유린하겠구마······!"

"이상한 짓하면 벨 거예요."

"엑, 참말로?!"

여자를 좋아하는 주신에게 반쯤 반사적으로 못을 박아두며——그 억양 없는 분위기로 로키가 진짜 겁을 먹게 만들며——아이즈는 응접실을 나갔다. 떠나갈 때 리베리아와 손님에게 슬쩍 인사를 하고 로키에게 이끌려 다른 방으로 향했다.

그곳은 단순한 빈방이며 응접실에서는 별로 멀지 않았다. 쓰이지 않는 의자며 테이블, 나아가서는 '원정' 때 남은 예비 무기며 아이템 같은 것들이 가득하다. 지금은 창고나 다를 바 없어 비좁다. 그런 방에서 로키는 의자를 끌어당겼다.

그곳에 앉은 아이즈는 원피스의 등쪽 단추를 풀고 상반신을 드러냈다.

드러난 흰 등줄기에 이코르를 떨어뜨리며 작업에 들어가는 로키.

"음— 우리 아이쭈 지금은 농담이 안 통해 무섭데이. 니

진짜 무슨 일 있었나?"

"……딱히…… 아무것도요."

눈을 이리저리 굴리며 아이즈는 그녀의 질문을 피했다. 리베리아에게는 한껏 웃음을 산 데다, 무엇보다도 지금의 심경을 터놓을 마음은 들지 않았다.

소년—— 벨의 그 새빨개진 얼굴이 뇌리에 떠올랐다. 목에서 귀까지 모조리 붉게 물들어 마치 불치병을 앓는 것만 같았다. 그렇게까지 안색을 바꿀 정도로 자신은 그에게 경계심을 산…… 것인지도 모른다.

등 위에서 춤추는 로키의 손가락을 어딘가 남의 일처럼 느끼며 아이즈는 우울한 마음에 질질 매달려 있었다.

문득 등을 따라 움직이던 손가락이 멈추었다.

"……?"

우뚝 손을 멈춘 로키를 돌아보니 그녀는 부들부들 떨기 시작했다.

무슨 일인가 생각하고 있으려니—— 여신은 고개를 확 들고 환성을 터뜨렸다.

"아이쭈 Lv.6 떴다아아아아아아아아아아아아아아아아아아아아아아아아아아아아아아아아아아아아아아!!"

감정에 몸을 맡긴 커다란 목소리를 터뜨린다. 홈 구석구석까지 울려 퍼진 주신의 갈채에 무언가 확 뒤집어지는 듯한 요란한 소음이 저택 곳곳에서 울려 퍼졌다.

"으햐~!"

어린아이처럼 방방 뛰는 주신을 앞에 두고.

소년 생각으로 머리가 가득 찼던 아이즈는 어리둥절해져버렸다.

✦

아이즈 발렌슈타인

Lv.5

힘: D555→D564 내구: D547→553 기교: A825→827

민첩: A822→824 마력: A899→S900

수렵인: G   내성: G   검사: I→H

"이게 Lv.5 마지막【스테이터스】데이!"

갱신한【스테이터스】내용을 물 흐르듯 코이네 공통어로 옮겨 적은 로키가 양피지를 척 건네주었다.

일제히 상승한 어빌리티 중에서도 '마력'은 마침내 다른 항목을 초월했다.【랭크 업】을 거친 모험자의 최종 스테이터스는 어지간해서는 C나 D, 잘 해야 B로 낙착을 본다. 어빌리티 최고 평가 S에 머문 자는 전혀라고 해도 좋을 정도로 없으며, 이는 충분히 자랑할 만한 전과였다.

양피지에 기록된 수치를 아이즈는 멍하니 바라보았다.

"【랭크 업】특전, '발전 어빌리티'도 발현할 수 있게 됐데이! 잘 됐구마, 아이쭈! Lv.5 때는 니 암것도 없었제?"

"……무슨 어빌리티예요?"

"'정유(精癒)'다! 리베리아밖에 엄떤 거! 선택할 수 있는 건 이거 하나뿐잉께 발현시켜도 되것제?!"

흥분해 확인을 구하는 로키에게 눈을 깜빡인 후, 고개를 끄덕였다.

승화가 가능하다는 사실을 알리는 아이즈의 스테이터스는 중심부터 방사형으로, 그리고 간헐적으로 파문을 일으켰다. 붉은색 비문——【히에로글리프】——이 일정 간격으로 깊이, 조용히 물결치며 빛을 발했다.

대기상태로 놓아둔 【스테이터스】에 로키는 냉큼 손가락을 놀렸다.

권속의 【랭크 업】에 가슴 벌렁거리는 주신과는 대조적으로 아이즈는 영 실감이 나지 않는 표정이었다.

아이즈 발렌슈타인

Lv.6

힘: I0 내구: I0 기교: I0 민첩: I0 마력: I0

수렵인: G   내성: G   검사: H   정유: I

막힘없이 【스테이터스】 승화를 마친 후 방 한구석에 놓아두었던 거울을 흘끔 본다. 로키가 번역해주기도 전에 아이즈는 자신의 등을 거울 너머로 보고 좌우가 뒤집힌 【히에로글리프】를 해독해버렸다.

정말로 계위가 올라간 Lv., 엑스트라 포인트를 반영해 리셋된 능력치, 마지막으로 새로이 발현된 어빌리티 항목.

발전 어빌리티 '정유'의 효과는 마인드 자동회복이다. 깊은 휴식을 취하지 않아도, '마법'을 행사한 후부터 조금씩이나마 마인드가 회복된다. 극단적으로 말해 시간만 있으면 매직 포션이 필요 없게 된 것이다. 마인드 소비가 극심한 마도사라면 눈물을 흘리며 기뻐할 '레어 어빌리티' 중 하나였다. 이 능력을 습득한 사람은 아이즈도 리베리아 정도밖에는 모른다.

어빌리티가 발현한 요인은 아마도 오랜 기간에 걸쳐 마법 '에어리얼'을 연속으로 사용했던 덕일 것이다.

모든 능력 항목을 포함해, 아이즈가 거듭 쌓아왔던 【엑세리아】—— 부단한 노력이 결실을 맺은 결과다.

"뭐래, 우다이오스를 니 혼자 잡았나? 【랭크 업】할 만하네."

아이즈가 세운 '위업'을 로키는 몰랐던 모양이다. 리베리아에게서 아직 직접 듣지 않았다면 그랬을 것이다. 아이즈 자신은 계속 풀이 죽어 틀어박혀만 있었으니까.

"이기 진짜 위험한 짓을 하네~."

이쪽의 뺨을 폭폭 손가락으로 찌르던 로키는, 그래도 축하한다며 솔직하게 축복해주었다.

반면 옷을 입은 아이즈는 제삼자가 보더라도 정신을 딴데 팔고 있는지 "……네"라고만 대답하며 고개를 끄덕였다.

"……기껏 랭크 업도 했는디 와 이리 떨떠름하노."

고개를 갸웃하는 로키에게 그런 지적을 받아 아이즈도 깨달았다.

겨우 【랭크 업】을 이루었음에도 별로 마음에 와 닿는 것이 없었다.

강함을 추구해 그토록 염원했는데도. 이 순간을 고대했는데도.

지금만은 강함에 대한 갈망이 옅었다.

왜 그럴까. 스스로도 이상하게 여기고 있으려니…… 머리 한구석에 어른거린 것은 전력질주하던 소년의 뒷모습.

윽.

아이즈의 마음이 시큰거렸다.

"……지금 아이즈 니한텐 강해지는 것보다도 맘에 걸리는 게 있는갑다."

초연한 그녀의 옆얼굴을 바라보던 로키는 어딘가 기뻐하며 그렇게 말했다.

고개를 든 아이즈는 미소를 짓는 주신을 한 번 보고, 조용히 생각에 잠겼다.

……부정할 수는 없을지도 모른다.

그 소년과 만난 후로부터, 시간만 있으면 그를 생각하고 있는 것 같다는 생각이 들었다. 지금도 소년과 접촉한 탓에 일희일비하는 상황이었다.

어떻게 된 걸까, 아이즈는 가슴에 손을 대고 생각에 잠겼다.

당혹감과는 다른, 솔직한 의문이 그녀의 마음속에 생겨났다.

"——헉?!"

그런 아이즈의 모습을 흐뭇하게 지켜보던 로키는 갑자기 어깨를 떨었다.

"서, 설마 사랑의 고민인가?! 우리 아이쭈, 남자 생겼나?!"

"……?"

핏기 가신 얼굴로 다그치는 로키가 무슨 말을 하는지 이해하지 못해 고개를 갸웃하는 아이즈.

그녀의 진의, 아니, 신의를 이해하지 못한 그녀는 이것이 주신이 늘 보이는 '발작'이라 파악했다. 여자를 밝히는 주신은 가끔 영문 모를 행동을 하는 것이다. 소란스러운 목소리를 왼쪽 귀로 듣고 오른쪽 귀로 흘렸다.

'이제…… 어떻게 할까.'

어쨌거나 저쨌거나 마음이 무겁다.

소년에게 제대로 사과할 수 있는 날은 언제쯤 찾아올까.

멋대로 혼자 고함을 질러대는 로키의 소란스러운 목소리를 등으로 들으며.

도망치는 흰토끼의 옆얼굴을 재차 떠올린 아이즈는 다시 한 번 어깨를 축 늘어뜨렸다.

아이즈가 Lv.6에 도달했던 날 밤부터 다음 날 아침까지 【로키 파밀리아】의 홈에서는 그녀의 【랭크 업】화제가 끊이질 않았다.

파벌 간부인 고고한 소녀의 위업에 수많은 단원들은 입을 모아 경외와 칭송을 아끼지 않았으며 흥분으로 얼굴을 붉혔다. 당사자는 어떤가 하면, 무거운 분위기를 띤 채 말을 걸어도 제대로 반응을 보이지 않고 일찌감치──비틀거리면서 ──아침식사를 하던 대식당에서 모습을 감추었지만, 여성 단원을 중심으로 한 하위 조직원들은 그녀가 사라진 후로도 여전히 술렁거렸다. 남성 단원들도 불타는 듯한 어조로 뜨겁게 칭송을 나누었다. 강하고 아름다운 【검희】의 존재는 이제까지보다도 더욱 【로키 파밀리아】에게 동경과 자긍심의 대상이 되고 있었다.

반면 아이즈와 가까운 자들 중에는 분하게 여기는 이들도 많았다. 웨어울프 청년은 언짢은 모습으로 고기를 뜯어 먹었다. 흥분해서 괜히 그에게 말을 걸었던 남성 단원 라울은 걷어차여 날아갔다. 아마조네스 자매 중 동생은 "선수 뺏겼어──!!"라며 몸 전체로 분함을 표출했다. 그리고 언니에게 시끄럽다며 구박을 받았다. 그녀들 곁에서는 후배인 엘프 소녀가 파란 눈동자에 동경을 일렁거리며 온갖 마음을 드러냈다.

아침부터 소란이 끊이질 않는 그런 단원들을 곁눈질하며.

파벌 수뇌진은 아침을 먹은 후 두령의 집무실에 모여 있었다.

"아이즈도 마침내 Lv.6이 되었구먼."

"그 아이에게 촉발되어 티오나 다른 동료들도 금세 뒤를 잇겠지. ······아이즈처럼 무모한 짓을 저지르지 않으면 좋으련만."

"하하, 뭐 주위의 사기가 올라가는 거야 좋은 일이잖아."

드워프 가레스, 엘프 리베리아, 파룸 핀이 순서대로 말을 나누었다.

핀의 집무실은 여러 개의 첨탑이 모여 이루어진 홈의 정북쪽 탑에 있다. 커다란 책장이며 난로가 비치된 실내에서 핀은 자신의 책상 앞에 앉아, 리베리아는 벽 쪽에 서서, 가레스는 목제 스툴에 몸을 걸치고 이야기를 나누었다.

"니들도 정신 놓고 있지 말그레이. 고참 체면 구기지 않게~."

그리고 또 한 사람.

이 상황을 재미있어하듯 능글능글 웃으며 여신이 주황색 눈동자로 그들을 둘러보았다. 흑단으로 만든 핀의 집무용 책상 위에 앉은 주신에게 권속들은 눈을 감거나 쓴웃음을 짓는 등 저마다 다른 반응을 보였다.

로키는 등 뒤의 벽에 걸린 트릭스터 엠블럼과 똑같이 우스꽝스러운 웃음을 지었다.

"그럼 슬슬 시작해보꾸마. 극채색 '마석' 얘기. 요즘 이래 저래 바빴으니께, 자세한 정보를 교환해보더라고."

버릇없이 책상 위에 앉으며 로키가 말했다.

그녀의 말대로, 핀 일행이 모인 이유는 최근 다발하는 사건—— 식인꽃 몬스터를 비롯한 소동의 정보를 공유하기 위해서였다. 안이하게 방치해둘 수는 없을 만큼 최근 오라리오에는 불온한 움직임이 점점 표면으로 드러나고 있었다.

【파밀리아】 단원들에게도 피해가 미친 일련의 사건에 수뇌진이 진지하게 대응하기 시작한 것이다.

"극채색 마석…… 50계층의 신종하고, 필리아 축제 때 나왔다던 식인꽃 말이지."

가레스의 말을 받아 핀이 물었다.

"이 두 종류의 몬스터 사이에 무슨 관계가 있는지는 일단 차치하기로 하고…… 지하수로 쪽은 어땠어, 로키? 베이트하고 같이 갔다 왔지?"

로키는 소년의 얼굴을 어깨 너머로 흘끔 보고 대답했다.

"몬스터는 나왔는데, 별 신통한 단서는 읎데이. 수상한 남자 신한테 귀찮은 일만 떠맡고……."

사용된 흔적이 있는 구 지하수로, 식인꽃 몬스터가 출현했던 대저수조, 그리고 조사의 연장선상에서 맞닥뜨렸던 남신 디오니소스와, 그가 제공한 정보.

열흘 전, 베이트와 함께 지하수로에서 보고 온 것을 들려준 로키는 마지막으로 길드에 침입해 우라노스와 접촉했던 이야기를 했다.

"길드는 결백하다 보아도 될지?"

몬스터 필리아 때도 포함해, 지상으로 운반되었던 식인꽃 몬스터. 방법조차 확실하지 않지만 이 몬스터가 지상으로 진출하는 데에 길드가 관여했을 가능성은 없느냐고 리베리아는 로키에게 물었다.

"뭔가 숨기는 것 같기는 했는데, 이번 소동에는 직접 관여하진 않은 것 같더라…… 감이지만."

로키는 근거 없는 신의 직감을 들려주었다. 그녀가 그렇게 말한다면 그런 것이라고, 세 사람은 오랜 인연에서 온 신뢰를 드러내며 수긍했다.

"그럼 너네는 어땠노?"

역할을 교대하여 이번에는 핀과 리베리아가 설명할 차례가 되었다. 제18계층 '리빌라 마을'에서 발생했던 살인사건과 식인꽃의 습격사건이었다.

사건의 원흉으로 판명되었던 붉은 머리의 테이머 여자. 제2급 모험자 하샤나를 쉽게 해치웠던, 제1급 모험자 수준의 실력자이며 아이즈마저도 압도했던 존재. 마을에 몬스터를 불러낸 것도 그녀의 소행이었다.

그리고 그녀가 노렸던 것이 하샤나가 수수께끼의 의뢰인에게 지시를 받았던 물건으로 보이는, 기분 나쁜 태아 형태의 '보옥'이다. 가레스가 수염을 문지르며 물었다.

"몬스터를 변이시킨다니…… 도무지 믿을 수가 없구먼. 50계층에서 본 그 여체형 몬스터도 그 보옥인지 뭔지로 변했다는 겐가?"

리베리아가 대답했다.

"아마도 그럴 거야. 아이즈하고 레피야 말고는 목격한 사람이 없지만……."

"내는 그 테이머 여자란 기 신경쓰인데이. 핀하고 리베리아 둘이 덤벼서 겨우 이겼다꼬……? 프레이야네 오탈도 아이고. 제대로 싸워도 이길 수 있겠나, 핀?"

"질 거라곤 생각하지 않아……라고는 말하고 싶지만, 정면으로 맞붙고 싶지 않은 상대인 건 확실해."

이번에는 책상 위에 앉은 로키의 물음에 핀이 대답했다.

'보옥'은 여러 마리의 식인꽃에 기생해 초대형 몬스터로 변모했다. 외견은 제50계층에서 본, 폭발 꽃가루와 부식액을 뿌려대던 여체형과 흡사했다. '보옥'에 대해 알고 있는 사실이라곤 살해당한 하샤나가 제30계층에서 얻었다는 것뿐, 다른 정보는 묘연했다.

로키는 적에 대한 핀의 견해를 듣고 입을 부루퉁 내밀었다. Lv.6인 핀과 리베리아와 아마도 호각…… 테이머 여자 또한 오라리오에서도 손꼽히는 Lv.6일 가능성이 높다.

"대체 어느 파벌 놈이고."

상대를 짐작할 수도 없어 로키는 혼자 중얼거렸다.

그때 리베리아가 천천히 말을 꺼냈다.

"……이건 얼마 전에 아이즈에게 들은 말인데…….'"

계층 터주 우다이오스를 격파한 직후 겨우 들을 수 있었다는 전제를 깔고 말을 잇는다.

"테이머 여자가 그 아이를 '아리아'라고 불렀다더군."

그 발언에 핀이나 가레스만이 아니라 로키도 눈을 크게 떴다.

표정을 진지하게 바꾸고, 핀이 리베리아에게 캐물었다.

"그거 틀림없어, 리베리아?"

"그래. 아이즈의 바람 마법을 보자마자. 그리고는 집요하게 아이즈를 공격해댔지."

마치 찾던 것을 발견하기라도 했다는 양—— 리베리아는 그렇게 덧붙였다.

적이 아이즈의 【에어리얼】에 반응하여 '아리아'라고 말했다는 이야기에 로키와 핀, 가레스는 하나같이 입을 다물었다.

——적의 목적에는 아이즈도 포함되어 있나?

그들의 머릿속에 같은 의구심이 싹텄다.

"……우리 말고도 아이즈의 신상을 아는 자가 있다고는 생각할 수 없네."

"하지만, 그렇다면 상대가 어떻게 아이즈 어머니의 이름을 알고 있지?"

이 자리에 있는 네 사람 말고는 알 수 없는 정보라고 눈썹을 찡그리는 가레스와 리베리아. 그 대화를 들으며 핀은 로키를 보았다.

"로키, 신들 중에서 아이즈의 사정을 아는 사람은 누가 있어?"

"……기야말로 알아차린 건 우라노스 말고는 없을거다."

그 말을 듣고 세 사람은 주신에게 눈을 흘겼다. 역시 길드가 제일 수상한 것 아니냐는 마음이 담긴 시선이었다. 로키는 땀을 삐질삐질 흘리며 기다려보라는 양 두 손을 들어 자식들의 의심을 진정시켰다.

일단 길드에 대한 의구심은 보류하기로 하고.

"하지만 아이즈를 '아리아'라고 불렀다는 게…… 어머니로 착각했다는 게 마음에 걸리는데."

테이머 여자도 아이즈의 실상을 파악한 것은 아닐지도 모른다고 핀은 추측했다.

일리 있다고 주위에서도 그 의견을 받아들였다.

"……가령 적이 아이즈의 정체를 알고 있다 치고. 노림수는 뭐지?"

리베리아의 입술에서 물음이 흘러나왔다.

대답할 수 있는 사람은 없었다. 입수한 정보는 단편적이라 점과 점을 선으로 연결할 수가 없었다. 게다가 동료의 사정도 얽혀 있으므로 함부로 결론을 서두를 수는 없었다.

침묵이 내려앉았다.

문득 핀이 입을 열었다.

"한 가지 더 마음에 걸리는 점이 있어. 테이머 여자는 우리를 몰랐던 것 같아."

"그게 무슨 소리인가?"

가레스의 물음에 핀은 시선을 리베리아에게 돌렸다.

"기억해, 리베리아? 교전한 후에 테이머 여자가 우리를 보면서 했던 말."

"……그것 말이군."

핀의 말을 들은 리베리아는 열흘도 더 전에 있었던 전투의 기억을 돌이켰다.

　　——『제1급…… Lv.5, 아니, 6이군.』

핀과 리베리아가 연계하여 일격을 날린 후 테이머 여자는 분명 그렇게 말했다.

전투를 통해 핀이나 리베리아를 Lv.6이라 파악했던 것으로 여겨지는 발언. 뒤집어 말하자면, 겨뤄보기 전까지는 상대의 지식에는 그들의 실력이, 정보가 없었다는 뜻이다.

온 도시에 이름을 떨치고 있는 제1급 모험자의 정보가.

"아~ 그런 소리였나. 하기야 우리 【파밀리아】 이름은 유명하제. 그야말로 산 넘어 바다 건너 전 세계적으로. 1급이면 더 그렇고."

로키의 말에 핀이 고개를 끄덕였다.

"응. 자랑은 아니지만 도시 사람이, 설령 도시 밖 사람이라도 우릴 모른다고 생각하긴 힘들어."

'세계의 중심'이라 칭송을 받는 오라리오의 정보는 항상 세인들의 주목을 받는다. 그런 오라리오가 자랑하는 최강

전력 제1급 모험자, 특히 도시의 톱클래스——'정점'을 제
외한 최고위 ——에 군림하는 Lv.6의 명성은 멈출 줄 모르
고 솟구친다.

【브레이버】 핀 디무나, 【나인 헬】 리베리아 리요스 알브.
쟁쟁한 두 사람의 정보가 없다니, 모험자들에게서는 생각
할 수 없는 일이다.

세간에 어지간히 관심이 없어서, 라는 말도 궁색한 변명
이 되리라.

"수많은 몬스터를 부리고, 일반적인 지식은 부족하
다…… 마치."

여기까지 말을 이은 핀은 입을 멈추었다.

"마치, 뭐지?"

채근하는 리베리아에게 핀은 고개를 가로저었다.

"……아니, 아무것도 아니야. 잊어줘."

공상에 불과하다고 자조하듯 핀은 자신의 생각을 버린
것 같았다. 그는 가볍게 한숨을 내쉬면서 몸을 등받이에
깊이 기댔다.

삐걱, 의자를 울리며 가레스가 말했다.

"……로키의 지하수로 탐색도 그렇고, 적의 모습은 희미
한 윤곽조차 보이지 않는구먼."

"그러게."

"흐음……."

핀은 인정한다는 듯 고개를 끄덕였다. 로키는 가느다란

턱을 손가락으로 매만졌다.

잠시 대화가 끊어졌다.

"……아이즈 본인에게서도 이야기를 듣고 싶은걸."

잠시 후 핀이 그렇게 중얼거렸다.

그는 책상 서랍을 열더니 핸드벨 하나를 꺼냈다.

화려한 리본이 달렸으며 손잡이는 요란한 붉은색이다. 핀은 그것을 오른손에 들더니 살짝 흔들었다. 딸랑딸랑딸랑, 종소리가 울리자…… 몇 초 지나지 않아 두두두두두 질주하는 발소리가 홈을 뒤흔들며 집무실로 다가오고, 이내 문이 벌컥 열렸다.

"——부르셨습니까 단장님?!"

그리고 나타난 것은 얼굴을 반짝반짝 빛내는 티오네였다.

그녀가 선물한——떠넘겼던——종으로 본인을 소환한 핀은 담담히 용건을 전달했다.

"아이즈를 찾아주겠어? 레피야나 다른 사람들 손도 빌려서, 여기로 데려와줬으면 하는데."

"맡겨만주십시오!!"

기쁜 표정으로 쾌히 승낙하고 힘차게 그 자리에서 사라지는 티오네. 활짝 열린 채 방치된 문을 리베리아가 말없이 닫았다.

"거 편리하구먼……."

"그러게."

흔들면 어디서든 아마조네스가 달려와주는 초인종에 가

레스가 중얼거리자 핀은 메마른 웃음을 지었다.

"음— 그럼 아이즈가 올 때까지 심심하니까 담번 '원정'에 대해서라도 얘기해둘까."

어영차 기합과 함께 로키가 책상에서 내려왔다. 다음 '원정'——【로키 파밀리아】의 던전 '심층' 미답파계층 개척은 이미 2주도 남지 않은 열하루 뒤로 다가왔다. 주신의 제안에 단원 세 사람은 이의 없이 찬성했다.

"신 헤파이스토스와 이야기는 됐어, 로키?"

예정을 세밀하게 조정해나가다가 핀이 질문하자 로키는 손가락으로 동그라미를 그려 보였다.

"음— 스미스 데려가고 싶다 카는 그거 말이제. 다 댔다. '심층' 드롭 아이템을 대주는 조건이 있긴 해도, 헤파잉이 들어줬데이."

예전 '원정'에서는 애벌레 몬스터의 부식액 때문에 장비는 물론 예비 무기까지 모조리 녹아버려, 적을 물리친 후에는 탐색을 속행하기 불가능할 정도의 무장 부족에 빠져버렸다. 어쩔 수 없이 철수하게 되었던 지난번의 경험을 살려, 무기를 수리할 수 있는 스미스를 동행시키려 했던 핀은 다른 【파밀리아】에 협조를 청하도록 로키에게 부탁해두었던 것이다.

핀이 지정한 상대는 거대 스미스 파벌인 【헤파이스토스 파밀리아】.

대장장이 기술은 물론이고 전투능력도 어지간한 상급

모험자 이상인 하이스미스가 대거 소속된 곳이다. 그곳의 단원이라면 '심층'에서 예상치 못한 사고가 발생해도 자신들을 방해하지 않으리라고 판단한 것이다.

"스미스가 무기를 정비해주면 같은 무기로 계속 싸울 수 있으니…… 예비는 필요가 없어지겠구먼."

"맞아. 그만큼 남는 용량을 전부 '마검'에 할애할 수 있지. 가레스, 수배는 잘돼가?"

"그럼, 다 끝내두었지. 온 도시의 무기상을 뒤져서 서른 자루 정도. 전부 일급이라고. 오늘 인수해 오겠네."

'마검'은 무기파괴를 초래하는 애벌레의 체액 접촉──직접공격을 피하기 위한 대책이었다.

한순간에 마법과 같은 효과의 포격을 퍼부을 수 있는 특수무기로 원거리 공격을 시도하려는 것이다. 애벌레 몬스터의 무리와 다시 조우할지 어떨지는 알 수 없지만, 최악의 경우를 대비해 준비만은 갖춰두어야 한다.

이러한 '마검'은 하위 구성원들에게 장비시켜 주로 베이스캠프의 방어를 맡길 생각이었다.

"남은 건…… 리베리아와 아이즈를 제외한 주요 전력에게 불괴 속성 무기를 주는 것뿐이군."

지난번 '원정' 중에 무기를 녹이는 부식액에 유일하게 계속 효과를 거두었던 아이즈의 불괴검, 데스퍼러트.

그녀의 무기와 같은 종류의 수페리오르를 마도사인 리베리아 이외의 제1급 모험자들에게 장비시키겠다는 핀의 말이었다.

이것도 그 신종 몬스터에 대한 대책이었다. 현재는 애벌레 몬스터를 물리치지 않고선 미답파계층 진출은 불가능하다고 그는 단언했다.

"'마검'에다, 인원수만큼 수페리오르…… 하하, 알고는 있었다만 이거 돈 솔찬하게 깨지겠데이."

'마검'은 물론이고 불과 속성 수페리오르는 어마어마하게 비싸다.

리베리아와 아이즈를 제외한다 해도 핀, 가레스, 베이트, 티오나, 티오네까지 5인분의 무장을 준비하려면 지난 '원정'에서 얻은 이익은 틀림없이 모조리 사라질 것이다. 그뿐이랴, 이제까지 저축했던【파밀리아】의 자산도 상당히 위험한 수준까지 떨어질지 모른다.

"미안해, 로키."

"내는 핀 니들한테 전부 맡겨놨으니 니들 맘대로 하면 된다. ……게다가 도박을 할 거면 철저하게 쏟아붓는 게 내 취향이데이."

하이 리스크 하이 리턴이야말로 던전 탐색계【파밀리아】의 진수이자 동시에 '원정'의 상식이라고 유쾌하게 말하면서 로키는 던전에 관련된 총지휘를 일임해놓은 핀에게 깔깔 웃음을 터뜨렸다.

"하지만…… 그렇게 되면 테이머 여자의 움직임이 마음에 걸리는군."

대화 도중 리베리아가 문득 생각났다는 듯 말했다.

아이즈에게 관심을 보인 것이 사실이라고 한다면 앞으로도 모종의 반응을 보일 가능성이 있다. 만일 '원정' 진행 중에 식인꽃 무리를 이끌고 습격하기라도 한다면 감당할 수가 없다── 그녀는 그런 우려를 행간에 드러냈다.

"음──…… 하기야 이번 '원정'은 보류하는 것도 한 가지 선택이 될 수는 있겠지만."

"새삼스레 중지한다고 그랬다간, 베이트나 티오나 같은 친구들이 시끄럽겠구먼……."

아이즈가 얼마 전에 랭크 업을 했으니 더더욱 그럴 거라고, 핀의 말을 받은 가레스가 탄식했다.

"원정을 나가면 극채색 '마석'에 대해서도 무언가 단서를 얻을 수 있을지 모르잖아?"

"흐음……."

"일단 준비만은 이제까지처럼 해두면 되지 않을까?"

식인꽃이 출현하는 계층은 아직까지 확실하지 않지만, 애벌레 몬스터는 제50계층 부근을 근거지로 삼은 것이 분명하다. 정보수집을 위해서라도 '원정'을 감행할 가치는 있다고 설파하는 핀에게 리베리아도 알았다고 고개를 끄덕였다.

그리고 이야기가 일단락되었을 때 방문을 노크하는 소리가 들렸다.

"단장님, 티오네입니다. 들어가도 될까요?"

"어이쿠, 온 모양이네."

문 너머에서 울려 퍼진 목소리에 핀이 들어오라고 대답했다.

집무실의 쌍여닫이문이 열리자, 그곳에는 티오네와 티오나, 그리고 레피야가 있었다.

하지만 정작 데려오라고 부탁했던 아이즈의 모습은 없었다.

"어라, 아이쭈는 어데 있노?"

"어, 그게……."

로키의 질문에 티오나가 시선을 옆으로 돌렸다.

그녀를 찾아 온 홈을 다 뒤졌다는 세 사람은 겸연쩍은 표정을 짓고 있었다.

이윽고 조심스레, 레피야가 대표로 입을 열었다.

"던전에, 가버리신 것 같아요…… 혼자서."

"…………."

송구스러워하는 말에 일제히 입을 다무는 【파밀리아】 수뇌진.

얼굴을 마주본 세 사람은 하아 탄식했다.

"던전에서 돌아온 지 얼마나 됐다고……."

"굉장히 의기소침했던 것 같네만, 혹시 기분전환이라도 하러 간 겐가?"

계층 터주를 격파한 장기탐색에서 귀환한 지 아직 만 하루밖에 지나지 않았다. 근심하는 리베리아와 함께 가레스도 어이없다는 표정을 지었다.

못 말리겠다며 핀은 쓴웃음을 지었다.

"지금 막 얘기를 나눈 탓도 있겠지만, 좀 걱정되는걸."

"공연한 걱정이라고는 생각하네만…… Lv.6도 됐으니."

"애초에 짐작 가는 곳이 없으면 쫓아가봤자 광대한 던전에서 발견할 수 있으리라는 보장도 없지. 다른 사람도 아닌 아이즈니 단독으로도 '중층'까지는 갈 수 있을 거다……. 나 원."

조금 전까지 화제로 거론되었던 테이머 여자가 세 사람의 머리에 떠올랐다.

신경질적으로 변했다는 사실을 자각하면서도 아주 조금, 아이즈를 걱정하게 된다.

옆에서 로키가 거들었다.

"마, 신경 쓰이면 베이트 같은 얼라들한테 은근슬쩍 찾아보라고 말하면 되지 않겠나? 던전에 갈라고 안 했나, 그 호승심 강한 넘."

아이즈의 랭크 업에 몸을 들썩거리던 베이트를 보낸다는 말에 수뇌진들도 그 정도가 타당하겠다고 합의를 보았다. 후각이 뛰어난 수인이라면――암만 그래도 몬스터들의 냄새가 가득한 던전에서는 발견할 가망이 낮지만――냄새를 따라갈 수 있을지도 모른다.

"그리고 말이제, 핀. 길드에는 안 들키게 지하수로 쪽도 조사해줄 수 있겠나?"

"아까 말했던 그 하수도 말야, 로키?"

"맞다. 전에 갔을 때는 구석구석 보진 몬했으니께. 원정 가서 열심히 디볐는데 사실 단서는 발밑에 굴러다니고 있었습니다 카면 그것도 기분 나쁘다 안 하겠나. 내가 있으면 방해만 되니께 지휘는 맡겨도 되겠제?"

"음— 알았어. 말 나온 김에 당장 가보지."

"미안하데이. 넓으니까 애들 데려가도 된다. 근데 마법 쓰는 애들은 안 넣는 게 좋을지도 모르겠다."

'마력'에 반응하는 식인꽃과의 전투를 예상한 충고에 핀은 고개를 끄덕였다. 의자에서 내려와, 방 앞에 가만히 서 있기만 하던 세 단원에게 말했다.

"티오나, 티오네. 지금부터 오라리오 하수도를 조사하러 가겠어. 같이 가줘."

"네, 맡겨만 주십시오!"

"뭔진 잘 모르겠지만 알았어!"

마도사를 제외하고 손이 빈 사람들을 모아오라는 지시에 쌍둥이 자매는 단장실을 뛰어나갔다.

"그러면 우리도 '원정' 준비에 착수하지."

"음. 나는 하급 단원들을 데리고 발주해둔 '마검'을 인수해 오겠네."

우르르 사람들이 빠져나간 집무실.

정신이 들고 보니 방에는 로키와 레피야만이 있었다.

"어, 어라? 어…… 저는……."

"음— 레피야는 내하고 집 보자."

씨익 웃는 로키에게, 홀로 방치당한 레피야는 "아우" 소리를 내며 고개를 푹 꺾었다.

높고 견고한 시벽에 에워싸인 오라리오는 언뜻 보면 감옥 같기도 하다.

사실 '고대'로부터 이어진 역사를 가진 천년도시의 구조는 던전에서 넘쳐난 몬스터의 방파제를 염두에 둔 것이다. 화려한 도시의 중심지, 하늘을 찌르는 아름다운 백대리석 거탑에 등을 돌리면 멀리서 석벽이 도시와 사람들을 바깥으로부터 격리하고 있다. 두꺼운 장벽 안쪽에 가둬놓고 내려다보는 시벽의 위용에 마치 거대한 감옥과도 같다고, 처음 도시를 찾아온 사람들은 어둡게 말한다.

그러나 사실 시벽에 에워싸인 오라리오 시내는 그 어떤 도시보다도, 그 어떤 국가보다도 부유하다.

바다를 가까이에 둔 남서쪽의 기수호에서, 대초원의 잘 정비된 무수한 가도에서 다른 지역의 온갖 물건들이 수출품인 마석제품과 엇갈려 도시로 흘러든다. 던전이라는 이름의 윤택한 자원을 가진 오라리오에 온 세계의 사람과 물건이 모여드는 것이다.

도시 남서쪽에 위치한 교역소를 경유해 오늘도 수많은

물건이 시내로 들어온다. 마차를 타고 먼 길을 와 도로변의 가게에 늘어선 진귀한 식료품, 보석 장식품, 그리고 온갖 무기와 방어구에 도시 주민들과 여행자들의 인파가 끊이질 않는다.

거대한 시벽이 지켜보는 가운데, 미궁도시는 활기를 띠고 있었다.

"……"

그런 시내의 활기와는 달리 아이즈는 혼자 어깨를 늘어뜨렸다.

허리에 찬 《데스퍼러트》가 그녀의 무거운 발걸음에 맞춰 불규칙하게 흔들렸다.

대로의 소란에 에워싸인 아이즈의 발은 도시 중앙, 던전으로 향하고 있었다.

아이즈는 장기 탐색에서 거의 다 소비해버린 아이템을 바벨 내의 상점에서 구입하고 그 길로 던전에 내려가버릴까 생각하는 중이었다. 어제부터 풀이 죽어 지내긴 했지만 이대로 있어봤자 도리가 없겠다 싶었던 그녀는, 없는 의지를 총동원해, 홈에만 틀어박히려는 자신의 몸을 끌어내선 밖으로 나왔던 것이다.

랭크 업도 했다. 마음을 단단히 가져야지. 더 높은 경지를 추구해야지……. 그렇게 몸과 마음을 질타했지만 역시 기분은 맑지 못했다.

이미 멀리 떨어진 홈에서는 로키와 단원들이 그녀의 외

출을 알아차렸을 무렵.

늠름한 【검희】의 얼굴은 온데간데없고, 고민을 끌어안은 평범한 소녀가 검과 갑옷을 장비한 어린아이처럼 길을 걸어간다.

'……왜 이렇게 풀이 죽은 걸까.'

두 번째라서 그럴까. 그가 도망친 것이.

이제까지 무어라 소문이 돌아도 주위의 평판 따위 신경도 쓰지 않았는데…… 그 흰토끼에게 두려움을 샀을지도 모른다는 생각이 너무나 슬펐다. 아니, 힘들었다.

그야말로 귀여운 작은 동물을 쓰다듬으려고 다가갔더니 겁에 질려 도망치는 모습을 본, 그런 감각과도 비슷할지 모른다.

그 루벨라이트색 눈동자에는 자신이 미노타우로스 이상의 몬스터처럼 비쳤던 것일까.

스스로 한 상상에 아이즈는 더욱 풀이 죽고 말았다.

'……해님이, 눈부셔.'

절절히 가슴속으로 중얼거렸다.

맑게 갠 하늘 아래, 햇살을 받으며 많은 이들이 메인 스트리트를 걷는다. 우락부락한 장비를 갖춘 모험자들의 모습도 적지 않다. 주위에서 선망과 호기심 어린 시선이 모여드는 것도 알아차리지 못한 채 아이즈는 인파에 섞이며 대로를 따라 남하하고 있었다.

넓은 길이 탁 트이는 곳, 모두 여덟 개의 메인 스트리트가 합류하는 센트럴 파크. 서쪽에서 동쪽에서 남쪽에서 속속 모험자들이 원형 대광장에 들어왔다.

북쪽 메인 스트리트에서 온 아이즈도 광장에 들어가 하얀 거탑 '바벨'로 향했다.

그리고 한동안 걸어가고 있을 때였다.

"아."

"……?"

어젯밤에도 보았던 여성── 홈을 찾아왔던 하프엘프 손님과 딱 맞닥뜨렸던 것은.

'바벨' 지하 1층.

던전으로 통하는 넓은 홀, 바닥의 중앙에는 유일한 지하 미궁으로 가는 출입구── 직경 10M(메들)의 '구멍'이 입을 벌리고 있다.

원형 홀에는 길고 굵은 기둥이 같은 간격으로 늘어섰으며 머리 위의 천장에는 진짜와 분간이 가지 않을 정도로 아름다운 창공의 그림이 펼쳐져 있다.

이 장소는 지하미궁과 지상을 가로지르는 경계선이다. 지하 깊은 곳으로 이어지는 장대한 던전을 탐험해야 하므로 밤낮으로 모험자들이 드나든다. 지금도 헤아릴 수 없는 데미휴먼들이 서포터를 데리고 '구멍'으로 들어간다.

항상 개방되어 있는 이 미궁 입구에, 탑 계단을 내려오는 금발금안의 검사가 나타났다. 수많은 모험자들을 앞지르며 아이즈는 혼자 '구멍'으로 향했다.

　그런 가운데 반짝, 하고.

　창공을 그린 천장화에 파묻힌 지극히 조그만 청옥(青玉)이 조용한 빛과 함께 그녀의 모습을 따라갔다.

　"──기회다."

　어둠에 파묻힌 실내.

　좌대 위에 놓인 수정을 내려다보며 검은 옷을 입은 인물──펠즈가 중얼거렸다.

　'바벨' 지하 1층의 천장 그림에 박힌 청옥과 같은 광채를 뿜어내는 수정에는 '구멍'에 설치된 나선계단을 내려가는 아이즈의 모습이 비치고 있었다.

　홀로 던전에 진입하는 소녀의 모습을 응시하던 펠즈가 움직였다.

　"가볼게, 우라노스."

　펄럭이는 흑의가 어둠 속으로 사라졌다.

　아이즈는 의뢰를 받았다.

　의뢰라고는 해도 정당한 퀘스트가 아니라, 보수도 대가

도 없는 개인적인 청이었다.

의뢰주는 어젯밤에 만난 손님 하프엘프.

센트럴 파크에서 만난 길드 직원——이름은 에이나 튤——이 사적으로 부탁한 의뢰의 내용은, '소년 벨 크라넬을 도와주었으면 한다'는 것이었다.

그는 지금 성가신 일에 휘말려들었다고 한다. 소년의 어드바이저인 그녀는 체면을 버리고 이제 막 얼굴을 익힌 아이즈에게 애원했던 것이다.

아이즈는 그녀의 청을 받아들였다. 아이즈 또한 그녀와 마찬가지로 소년을 돕고 싶었으니까. 그리고 전해야만 할 말도 있었으니까.

소년은 이미 던전에 들어갔다고 한다. 자세한 위치는 알수 없다. 광대한 미궁에서 단 한 사람의 모험자를 찾아내기 위해 아이즈는 자신의 강인한 다리를 해방해 질주했다.

"——저기, 머리가 하얀 남자아이 못 보셨나요?"

"으악?!"

"엑, 거, 【검희】?!"

아이즈가 말을 거는 바람에 수인 모험자가 파티원들과 함께 깜짝 놀랐다.

'백발에 루벨라이트색 눈동자'라는 특징을 전하고, 보지 못했다는 대답을 듣자마자 그녀는 즉시 뛰어나갔다. 제1급 모험자라는 구름 위의 존재가 말을 거는 바람에 넋이나가 움직이지 못하는 하급 모험자들을 내버려둔 채.

신참 모험자 벨 크라넬의 탐색 거점은 당연히 '상층'이다.

한정된 상급 모험자들이 공략하는 '중층' 이하와는 달리 '상층'은 많은 하급 모험자들의 구역이다. 다행히 사람은 많고 미궁의 규모 자체도 아래쪽 계층에 비하면 매우 작다. 정보수집은 쉬운 편이었다.

소년을 목격한 사람은 없는지, 아이즈는 모험자들을 발견하면 모조리 말을 걸며 다녔다.

Lv.6의 주력으로 각 계층 구석구석을 눈 깜짝할 사이에 돌아다니며 묻기를 수십 차례.

"하얀 머리 휴먼…… 그러고 보니 본 것도 같은데."

"정말요?"

"어, 응…… 이른 아침에, 분명 서포터와 함께 8계층 쪽에 있었지……."

소년을 보았다는 모험자를 몇 명 찾아내 아이즈는 단서를 얻기 시작했다. 목격정보를 따라 하염없이 계층을 내려간다.

정신이 들고 보니 아이즈는 제9계층으로 가는 길을 주파하고 있었다.

소년이 계단을 내려가는 것을 보았다는 새로운 정보를 듣고 다시 다음 계층으로 향한다.

——10계층?

여기까지 필사적으로 탐색을 계속했던 아이즈의 가슴에 의문이 샘솟았다.

몬스터 필리아가 개최되었던 그날, 소년이 자기 수준을 능가하는 몬스터를 쓰러뜨렸다는 말을 들었을 때에도 같은 위화감을 느꼈다.

아이즈가 아는 소년은 신출내기 모험자다. 약 20일 전에 미노타우로스에게 죽을 뻔했던 그의 움직임과 신체능력은 모험자들 중에서도 밑바닥이라 해도 과언이 아니었다.

그럼에도 어떻게 그런 미숙한 모험자가 제12계층까지 존재하는 '상층'의 심부—— 제10계층까지 도달할 수 있었을까. 의뢰주인 에이나에게 들은 말에 따르면 소년은 의지할 동료도 없는 솔로라고 했는데.

'……성장, 했나?'

이 짧은 기간 동안?

당시의 아이즈라 해도 솔로로 도달하기까지 반년 이상 걸렸던 이곳 제10계층에 겨우 20일 만에 도달할 정도로?

그것은—— 있을 수 없다.

'너무 빨라——.'

아무리 그래도 황당무계하다.

그런 모험자는 들어본 적이 없다.

하지만 그렇다면 소년은 어떻게 이런 깊은 계층까지——

여기까지 생각했던 아이즈는 고개를 가로저었다. 지금은 그런 생각에 사로잡힐 때가 아니라고 자신을 질타했다.

계층과 계층 사이를 잇는 계단을 뛰어내려가며 풀리지 않는 의문과, 그리고 이제까지와는 또 다른 소년에 대한 흥미를 지워버렸다.

　이윽고 계단을 다 내려가 제10계층에 도착했다.

　시작지점인 대형 룸을 뛰어나가자 흰 안개가 온 미궁에 자욱했다.

　시야를 가로막는 이 안개는 '상층'에 속하는 제10계층부터 나오는 특징이다. 던전 기믹 중 하나라 할 수 있다. 시야에 충만한 흰색 베일은 방향감각과 접근하는 몬스터의 감지를 둔하게 만들어 하급 모험자들을 괴롭힌다. 사람을 찾기 어려워진 환경 속에서 아이즈는 지면에 돋아난 녹색 풀을 밟으며 이리저리 꼬인 미로 속을 나아갔다.

　통로마다 덤벼드는 '임프'는 스쳐 지나가며 한순간에 없애 조금도 속도를 늦추지 않는다. 안개 안쪽에 흩어진 기척은 하나도 놓치지 않으면서, 우선은 기억 속에 있는 제10계층의 정규 루트를 따라갔다.

　눈에 의존하지 않고 귀를 기울이고 있으려니── 들렸다.

　"!"

　몬스터의 추한 포효와 격렬한 전투음. 그리고 사람의 포효가.

　거친 모험자의 굵은 목소리가 아닌, 소년처럼 높은 목소리. 아이즈는 그 방향으로 전진했다. 긴 통로를 질주해 소리의 출처인 룸으로 돌입했다.

　넓게 트인 공간에는 곳곳에 고목이 서 있었다. 시야 끝, 룸의 중앙 부근에는 안개 속에서 여러 개의 거대한 그림자가 거칠게 날뛰고 있었다. 틀림없이 대형 몬스터인 '오크'였다.

몬스터들과 교전하는 것은 단 하나의 그림자였다.

"——【파이어볼트】!!"

다음 순간 포성과 함께 펼쳐진 불꽃의 번개가 안개의 바다를 갈랐다.

크게 뜬 아이즈의 금색 눈에 비친 것은 터져 나가는 오크, 그리고 팔을 앞으로 내민 백발 모험자였다.

——틀림없어!

소년은 자신이 구사한 '마법'으로 쓸려나간 안개의 틈새 너머에서 싸우고 있었다.

짓쳐드는 몬스터의 팔다리를 피해, 장비한 단검으로 과감하게 반격한다. 임프나 오크로 이루어진 포위망에 악전고투하면서도 토끼 같은 민첩함으로 숫자의 열세를 이겨냈다.

역시 소년은 성장했던 것이다. 제10계층에서 분투할 수 있을 만한 힘을 보여주었다.

초단문영창으로 보이는 마법을 구사하며 싸우는 모습은, 시간만 들이면 자력으로 이 상황을 돌파해버릴 수 있을 정도였다.

놀라움을 느끼며 아이즈는 그에게 달려갔다.

문득 판단을 그르쳐 회피행동이 늦어진 소년. 즉시 오크가 휘두른 고목 곤봉을 왼팔의 방패로 미끄러뜨리듯 흘려낸다. 그러나 방패 표면에서는 콰드득! 하는 엄청난 마찰음이 일어나고 소년은 그 충격에 몸을 비틀거렸다.

무방비해진 등에 입맛을 다시는 임프들이 달려들려 했으나—— 아이즈의 검이 이를 용납하지 않았다.

『꾸에엑——?!』

"?!"

고속의 검광이 세 마리의 임프를 한꺼번에 양단했다.

소년의 등 뒤에서 이루어진 한순간의 검격. 시야 밖에서 일어난 일에 그가 놀라는 기척을 느끼면서도 아이즈는 몬스터의 섬멸을 우선시했다.

안개 속에 숨어 노도와 같은 기세로 괴물의 단말마를 양산했다.

소년도 몬스터도 따라오지 못하는, 마치 분신한 것과도 같은 속도. 금색 장발을 휘날리며 잇따라 임프를 데스퍼러트의 먹이로 삼았다. 느릿느릿한 오크 따위는 반응도 하지 못하고, 정신이 들었을 때는 온몸을 분단당한 상태였다.

눈 깜짝할 사이에 몬스터의 수가 격감했다.

"죄, 죄송합니다!!"

"아."

무너진 포위망을 보고 소년은 그 한쪽으로 강행돌파했다.

초조함을 내비친 목소리만을 아이즈에게 남기고, 한눈조차 팔지 않은 채 룸의 출구로 향한다.

돌아보니 소년의 모습은 이미 안개 너머로 사라지고 없

었다.

아이즈는 멍청히 서 있었지만, 달려드는 몬스터를 어쩔 수 없이 상대했다.

소년의 뒤를 따라가지 못하도록 완벽히 전멸시켰다.

"가버렸어……."

그때까지의 전투가 거짓말이었던 것처럼 조용해진 초원에서.

아이즈는 혼자 중얼거렸다.

말을 붙일 수도 없었다.

눈 깜짝할 사이에도 못 미치는, 등 너머로 이룬 재회.

짙은 안개 때문에 서로 얼굴도 보지 못한 채, 아마도 소년은 아이즈의 정체도 깨닫지 못했을 것이다. 이래봬도 도와주러 온 건데…… 다시 엇갈리는 꼴이 되고 말았다.

"……."

하지만.

아이즈는 마음속으로 중얼거렸다.

어쩌면 그에게 도움이 되었을지도 모른다고.

굉장히 조바심을 내고 있었던 것 같았다. 소년은 습격을 당한 자신의 안전을 도외시하고 필사적으로 몬스터의 무리를 뿌리치려 했다. 마치 위기에 빠진 동료에게 달려가려는 것처럼.

직감일 뿐이지만, 맞는 것 같았다.

이곳에 오기 전에 들었던 정보 중에도, 솔로인 그에게

단 한 사람, 서포터가 있었다는 말을 몇 번이나 들었다.

'이제는 어떻게 한다…….'

의뢰주인 에이나의 말에 따르면, 바로 그 서포터가 관계된 다른 파벌의 다툼에 휘말리려던 것이 아닐까 하는 이야기였는데…… 괜찮을까.

지금 당장 쫓아간다 해도 다시 찾을 수 있을지 어떨지는 알 수 없었다. 게다가…… '마법'도 발현한 지금의 그에게는 어지간한 무법자는 떼로 몰려들어도 아마 당해내지 못할 것이다.

하급 모험자들 중에서도 소년은 최상위의 실력을 갖추어가고 있었다. 아이즈는 조금 전의 싸움을 돌이켜보며 그렇게 분석했다. 걱정할 필요는 없을 것 같았다.

잠시 판단을 망설이던 아이즈는 문득.

시야 한구석에서 무언가가 빛나는 것을 보았다.

"……이건."

다가가서 초원에 떨어진 빛나는 물체── 방어구를 주워들었다.

에메랄드색 광채를 뿜어내는 프로텍터. 광원은 보아하니 이 방패인 것 같았다.

몬스터에게서 얼마나 열심히 몸을 지켰는지를 말해주듯, 매끄러웠던 표면은 너덜너덜해졌다.

던전을 탐색하다 보면 드물게 발견하게 되는 모험자의 분실물? 고개를 갸웃하던 아이즈는 문득 어떤 발상에 생각이 미쳤다.

"아, 혹시……?"

소년의 장비일지도 모른다.

조금 전 오크의 곤봉을 받아 흘렸을 때 팔에서 떨어져나간 것이 아닐까. 시야가 좋지 못한 안개 속에서 아이즈는 소년의 팔에서 녹색 광채가 빛나던 것을 분명히 목격했다.

몸을 숙이고 프로텍터를 조심스레 집어들었다. 금속구가 파손된 흔적을 발견하고 아이즈는 이것이 소년의 것이라 확신했다.

두 손으로 든 방어구를 내려다보며 한동안 그 자리에 서있었다.

"……?"

아이즈는 고개를 들었다.

바스락 소리에 몸을 돌렸다.

등 뒤의 초원에는 상부 계층에서 잘못 들어왔는지 토끼 몬스터 '니들 래빗'이 뛰어다니고 있었다. 아이즈와 눈이 마주친 외뿔토끼는 황급히 폴짝폴짝 뛰어 도망갔다. 주위에 널브러진 몬스터들의 시체를 보고 상대와 자신의 역량 차이를 실감한 것 같았다.

단순한 몬스터……?

아이즈는 의아하게 생각했다. 그녀의 의식에 걸렸던 것은 몬스터와는 다른, **훔쳐보는 듯한** 기척이었는데.

기분 탓이었을까.

"……."

아니다.

자욱한 안개를 앞에 두고 아이즈는 눈을 날카롭게 세웠다.

프로텍터를 오른손에 들고 왼손으로는 칼집에 담았던 검을 다시 발검했다.

저 안개 속에, **무언가가** 있다.

『……알아차렸군. 이거 황송한걸.』

이윽고 안개가 일렁거렸다.

하얀 안개 너머에서 나타난 것은 칠흑의 그림자였다.

검은색 로브로 온몸을 감싼 수수께끼의 인물. 어둠에 묻혀 후드 안쪽은 전혀 보이지 않았으며, 두 손에는 복잡한 문양을 한 글러브를 끼었다. 피부의 노출도 전혀 없었다.

정말로 인간일지 의심하게 될 만한, 말로는 형언할 수 없는 존재감이었다.

성별도 알 수 없는 검은 로브의 인물에게 아이즈는 경계를 늦추지 않고 물었다.

"제게 무언가 볼일이라도 있나요?"

"그래, 맞아. 하지만 이야기하기 전에 그 검을 내려주었으면 좋겠는걸. 나는 자네에게 위해를 가할 마음이 없으니까."

검은 옷을 펄럭이며 다가온 수상한 자가 발을 멈추었다.

분명 적의는 조금도 느껴지지 않았다. 일부러 아이즈의

간격에 들어와 자신의 생살여탈권을 이쪽에게 맡겨버렸다. 이 거리에서라면 상대가 움직이기도 전에 애검으로 베어버릴 수 있을 것이다.

부디 이야기를 들어달라는 속내 없는 자세에 아이즈는 일단 검을 내렸다.

"……당신은, 누구죠?"

"뭐, 하잘것없는 마술사야. ……전에 루루네 루이와 접촉했던 인물, 이라고 말하면 이해하려나?"

상대의 발언에 아이즈는 흠칫했다.

루루네 루이. '리빌라 마을'에서 살해당한 하샤나에게 보옥을 받았다는 수인 소녀. 그녀는 수수께끼의 의뢰인에게 부탁을 받아 운반책 임무를 맡았다고 했다.

'시커먼 로브를 뒤집어썼고', '남자인지 여자인지도 알 수 없었다'…… 그녀가 말한 의뢰인의 정보가 눈앞의 인물과 일치했다.

"아이즈 발렌슈타인…… 자네에게 퀘스트를 맡기고 싶어."

경악에서 빠져나오지 못하는 아이즈에게 흑의인물은 본론을 꺼냈다.

"24계층에서 몬스터의 대량발생, 이상사태가 발생했거든. 그것을 조사하거나, 혹은 진압해주었으면 해."

보수는 물론 마련하겠다고 흑의인물은 말을 이었다.

"사태의 원인은 대충 짐작이 가. 아마도 계층 심장

부…… 팬트리(식량고)."

아이즈는 잠자코 듣기만 하면서 생각을 굴렸다.

제24계층에서 일어난 대량발생 이상사태에 대해선 처음 들었지만, 왜 그런 조사를 자신에게 의뢰한단 말인가. 지금의 정황으로 보건대 상대는 자신과 접촉할 기회를 노리고 있었을 것이다.

애초에 눈앞의 인물은 누구란 말인가. 마술사라는 말을 믿는다면 신에게서 '은혜'를 입은 권속일 것이다. 그럼 왜 다른 파벌 사람에게 협조를 청한단 말인가.

상대의 의도를 헤아려보듯 아이즈는 눈앞의 흑의인물을 바라보았다.

"사실은 전에도 30계층── 하샤나를 보냈던 곳에서 이번과 흡사한 현상이 일어났지."

"!"

아이즈의 어깨가 흠칫 떨렸다. 표정에 동요를 드러냈다.

여기까지 말하면 이제는 알겠느냐는 듯, 상대는 칠흑의 로브를 출렁이며 핵심에 다가섰다.

"'리빌라 마을'을 습격한 인물은…… 그 '보옥'과 관계가 있을 가능성이 높아."

흠칫 숨을 멈추었다.

이것은 자신의 관심을 끌기 위한 미끼다. 그 사실을 자각하면서도 마음은 격렬하게 흔들리고 말았다.

자신의 몸을 술렁거리게 하던 기분 나쁜 '보옥'. 그리고

'아리아'라는 이름을 불렀던 붉은 머리 여자.

아이즈의 뇌리에 일련의 기억이 되살아났다.

"사태는 심각해. 【검희】, 부디 자네가 힘을 빌려주었으면 해."

아이즈는 고민했다.

애원하는 흑의인물을 앞에 두고 열심히 생각을 거듭한 후…… 이윽고 그 가녀린 턱을 끌어당겼다.

"알았어요……."

그 퀘스트를, 아이즈는 수락했다.

상대에게 꿍꿍이는—— 자신을 함정에 빠뜨리려는 악의는 없다. 온갖 경위와 가능성을 고려하고, 마지막에는 직감에 따라 내다보고 내린 결단이었다.

무엇보다 아이즈는 붉은 머리 여자와 '보옥'에 관한 단서가 필요했다.

그녀의 승낙에 흑의인물은 고맙다고 고개를 숙였다.

"가능하다면 지금 당장이라도 가주었으면 하는데. 괜찮을까?"

상대의 요청에 아이즈는 대답을 망설였다.

이대로 혼자, 단독으로 돌진해도 좋을지 어떨지 고민한 그녀는…… 눈앞의 수상쩍음 만점인 인물에게 밑져야 본전이라고 부탁을 해보았다.

"저기, 말을 전해주실 수 있을까요? 저희 【파밀리아】에……."

"음? 아…… 그렇군. 알았어. 그 정도는 맡아주지."

동료에게 걱정을 끼칠 거라는 아이즈의 속내를 헤아렸는지, 흑의인물은 의외로 선선히 승낙해주었다.

살짝 놀라면서도 아이즈는 다행이라고 즉석에서 편지를 작성했다. 허리춤의 파우치에서 휴대용 깃털펜——소량의 피를 잉크 대신 쓸 수 있는 제법 값비싼 매직 아이템이다——과 양피지를 꺼내 로키 앞으로 보내는 편지를 육필로 작성했다. 마지막으로 아이즈 본인의 것임을 알아볼 수 있도록【히에로글리프】도 적어놓았다. 흑의인물의 손에 편지를 넘겨주었다.

……또 한 가지 마음에 걸리는 것이 있다면 그것은 흰토끼 소년의 안부지만.

아이즈는 조금 전에 본 광경을 믿기로 했다.

못 알아볼 정도로 강하게 성장한 한 모험자의 모습을.

"우선 '리빌라 마을'에 들러줘. '협력자'는 이미 그곳에 있으니."

"알겠어요."

어떤 주점으로 가 '암호'를 말하라는 지시에 아이즈는 고개를 끄덕였다.

전해야 할 내용을 모두 전한 흑의인물은 쓸데없는 말은 하지 않고 뒤로 물러나 안개 속으로 사라졌다.

그 모습을 지켜본 아이즈 또한 발을 돌려 부츠를 강하게 울렸다.

첫 목적지는 제18계층.

흑의인물이 말한 '협력자'와 합류해 즉시 제24계층으로 향한다.

테이머 여자와 '보옥'에 대해 생각하며, 아이즈는 현재 위치에서 출발했다.

2장

LET'S PARTY?

Гэта казка іншага сям'і.

Давайце святкаваць?

태양의 위치가 높아지고 시계바늘은 10이라는 숫자를 가리킬 무렵.

 모여들었던 모험자들이 미궁 탐색을 떠나고 나자 길드 본부는 한산해졌다.

 현관 입구에서는 늦게 찾아온 자들이 준비를 갖춘 파티와 엇갈려 지나가는 한편, 남은 모험자들은 대부분 거대 게시판 앞에 모여 있었다. 맞춤한 퀘스트가 없는지 찾기 위해서다. 그 외에도 던전의 유용한 정보를 나누고자 하는 모험자들의 입에서는 진위도 알 수 없는 정보가 빈번히 오갔다.

 그런 가운데, 그 소녀는 주위에 눈길도 주지 않고 혼자 게시판을 올려다보고 있었다.

 아름다운 엘프 모험자였다. 무녀를 연상케 하는 젖은 까마귀 깃털색 장발을 허리까지 늘어뜨렸으며 피부는 놀랄 정도로 희다. 몸에 두른 배틀클로스는 사제복과도 비슷한 구조였으며 이것 또한 전체적으로 순백색이다. 긴 목깃으로 목덜미까지 가렸을 정도로 피부 노출도가 적어 엘프의 결벽성을 드러내주는 것 같았다.

 소녀의 다홍색 눈동자가 게시판에 붙은 양피지를 하나도 남김없이 훑어보았다.

 자신이 원하는 정보—— 제24계층에 관한 퀘스트가 하나도 붙지 않았음을 확인하고 게시판 앞을 떠났다.

 그녀가 다음으로 향한 곳은 창구였다.

"잠시 실례합니다. 발주했던 24계층 퀘스트가 붙어 있지 않은 듯한데요. 몬스터의 대량발생에 관한 것이었습니다만."

마치 떠보기라도 하듯, 스스로 발주하지도 않았던 의뢰를 언급하자 창구에 대기했던 담당자는 명백한 동요의 기색을 드러냈다. 수인 접수원은 짐승귀를 파르르 떨더니 기다려달라는 말을 남기고 안쪽으로 사라졌다.

잠시 후 돌아온 그녀는 조심스레 말했다.

"현재 심의 중인지라…… 죄송합니다."

대답을 들은 소녀는 말없이 몸을 돌렸다.

백대리석 로비를 가로지르는 도중 눈만으로 뒤쪽을 돌아보니 연락을 받은 접수원 자신도 '심의 중'이라는 퀘스트의 보류에 당혹한 기색이었다.

"길드가 의도적으로 24계층의 정보를 제한하고 있나……?"

말단 직원의 반응으로 길드 상부의 움직임을 추측하는 엘프 소녀.

제24계층의 이변── 몬스터 대량발생을 퍼뜨리지 않도록 정보를 조작하고 있음을 헤아리고 나직하게 중얼거렸다.

"……디오니소스 님께 보고를."

【디오니소스 파밀리아】의 일원, 엘프 피르비스는 길드 본부를 나섰다.

북쪽 메인 스트리트에서 떨어진 제1구역 내.

유동인구가 많은 길가에 【파밀리아】가 없는 무소속 데미휴먼 소녀들이 경영하는 꽃가게가 있다. 귀여운 나무 간판에 걸린 가게의 이름은 '디아 플로라'.

아름다운 꽃들과는 전혀 인연이 없을 것 같은 우락부락한 모험자가——얼굴에 헤실헤실 웃음을 지으며 ——빈번히 드나드는 모습에서는 흑심이 뻔히 드러났지만, 그 덕분에 장사는 성황이었다.

그런 소녀들의 화원에 한 남신이 찾아왔다.

"실례. 꽃다발을 좀 만들어줄 수 있을까?"

"아…… 네, 네엣?!"

감미로운 얼굴에 미소를 지으며 말하는 바람에 파룸 소녀는 얼굴을 새빨갛게 물들였다. 동료에게 손짓발짓으로 도움을 청하고 황급히 꽃을 고르기 시작한다.

가게 앞에 선 금발 남신, 디오니소스에게 가게 아가씨들은 하나같이 흘끔흘끔 시선을 보냈다. 비유하자면 어느 먼 나라의 왕자님과도 같은 모습에 그녀들은 가슴이 두방망이질치는 것을 느꼈다.

용모만 아름다울 뿐 천박하게 낄낄 웃음을 터뜨리는 다른 신들과는 달리 디오니소스에게는 기품이 있었다. 그야말로 인간은 발치에도 미치지 못할 만한.

꽃으로 넘쳐나는 가게 안을 밖에서 바라보는 몸짓 하나조차 아이들의 시선을 잡아끌었다.

이윽고 주문한 꽃다발이 마련되어 인사를 하고 대금을 치르고 있으려니, 가게 아가씨들이 디오니소스에게 다가가 에워쌌다.

"여성분께 선물하시는 건가요?"

"나도 남신님께 꽃 받고 싶다~."

"후후. 그러면 난 꽃보다도 아름다운 너희를 받아가도록 할까?"

바짝 달라붙은 점원들은 젠체하는 대사도 싫지 않은 양 기대에 찬 눈빛을 보냈다. 디오니소스는 유리 같은 눈을 가늘게 뜨며 아가씨들에게 얼굴을 가까이 가져갔다.

"그런 눈을 하고 있으면── 정말로 잡아먹어버릴걸?"

꺄악~!

달콤한 목소리에 드높은 비명을 지르는 아가씨들── 그러나 그 직후.

디오니소스의 등 뒤를 쳐다보더니, 시간이 멈춘 것처럼 굳어버린다.

"..................."

어느새 나타났는지 아름다운 엘프 소녀가 완전한 무표정으로 점원들을 보고 있었다.

주먹을 쥔 손이 뚜둑! 하고 가녀린 손가락에 어울리지 않는 소리를 냈다.

아가씨들은 당황하면서 그 자리를 떠나 가게 안으로 들어갔다. 혼자 남은 디오니소스는 달콤한 미모를 실룩거리

© Kiyotaka Haimura

며 등 뒤에 선 권속을 돌아보았다.

"이, 일찍 왔구나, 피르비스……."

"예. 디오니소스 님께 전하고 싶은 정보를 얻어, 디오니소스 님을 위해 달려왔습니다."

신의 자긍심으로 목소리를 떨지 않겠노라 노력하는 주신에게 피르비스는 담담히 대답했다.

소녀의 다홍색 눈동자에는 거무죽죽한 감정이 조용히 소용돌이치고 있었다. 말없는 파동을 뒤집어쓴 디오니소스는 뻣뻣하게 굳어버렸으나…… 천천히 몸에서 힘을 빼고, 미소를 꾸몄다.

오른손에 들고 있던 꽃다발과는 다른 꽃 한 송이를 내민다.

"어디선가 들었을지도 모르겠다만…… 그건 신들이 말하는 립 서비스라는 것이었지. 너에게 줄 꽃도 골라주었단다, 그녀들이."

그가 내민 꽃에 피르비스는 눈을 크게 떴다.

몇 초 전의 모습이 거짓말이었던 것처럼 금세 얌전해졌다. 뺨을 엷게 물들인 엘프 소녀는 하얀 꽃을 두 손으로 든 채 고개를 숙였다.

"신이라 해도, 착각을 유발할 만한 언동은…… 함부로 구애에 응하는 것은, 좋지 않다고 생각합니다."

"뭐냐, 질투했던 거냐?"

"……이런 저를 사랑해주시는 분은 디오니소스 님밖에

없습니다."

몸을 조그맣게 움츠리며 나직하게 중얼거리는 피르비스에게 디오니소스는 웃음소리를 냈다.

"하하하, 귀여운 녀석."

"으……."

빗질을 해주듯 앞머리를 쓰다듬는 주신의 손가락에 더욱 얼굴을 붉히는 피르비스.

한바탕 웃은 후, 디오니소스는 고개를 들었다.

"자, 슬슬 가자꾸나. 정보라는 것도 그쪽에서 듣지."

꽃다발을 끌어안은 채, 디오니소스는 지나가던 마차를 세워 피르비스와 함께 올라탔다.

도시 남동쪽 구역에는 헤아릴 수 없는 묘비가 늘어선 공동묘지가 있다.

'제1묘지'라고 적혀 있는 이 장소는 '모험자 묘지'라고도 불린다. 이름 그대로 평소 던전에서 목숨을 잃은 모험자들을 위한 매장지다. 현재에 이르러서는 계속 늘어가는 그들의 묘지를 다 수용할 수 없어 도시 밖 북쪽의 야트막한 언덕에 제2, 제3묘지가 존재한다.

화려한 공적을 남긴 모험자――특히 '고대'로부터 '영웅'이라 불리는 자들의 묘에는 길드 본부의 앞뜰 같은 곳에서도 볼 수 있는 거대한 기념비가 설치되어 있다. 과거의 선구자들에게 자긍심과 경의를 표하는 수많은 자들은 종족과 【파밀리아】의 벽을 넘어 꽃을 바치곤 한다.

디오니소스와 피르비스는 긴 계단을 내려가, 그런 모험자들의 묘표 안을 나아갔다.

"······."

발을 멈춘 그들의 정면, 【파밀리아】의 자금으로 구입한 묘지 한쪽에는 이미 수많은 묘가 존재했다. 디오니소스는 그중 최근에 만들어진 세 개의 묘비에 자신의 손으로 직접 꽃을 바쳤다.

이 묘지 밑에 잠든 주검의 수는 얼마 되지 않는다. 흉포한 몬스터의 무리와 가혹한 던전의 환경이 유체의 회수를 허락하지 않아, 많은 이들의 묘가 조그만 묘석의 형태만을 띠고 있다. 얼마 전 지상에서 살해당한 디오니소스의 아이는 관에 주검이 들어가 비교적 넓은 면적의 묘를 가졌다.

꽃을 바친다는 이 행위에 아무런 의미도 없음을 신인 디오니소스는 잘 안다.

이미 아이들의 영혼은 하늘로 돌아갔다. 이 묘비 밑에 묻힌 것은 단순한 고깃덩어리일 뿐이며, 다스려주어야 할 비통함도, 그로 인해 보답을 받을 자도 없다. 기도해야 할 명복 따위 '천계'에 남은 신들의 마음에 따라 결정되는 것. 그의 행동은 하계 사람들의 관습에 따른 것일 뿐이다.

그리고 동시에 이것이 지상에 남은 디오니소스가 유일

하게 보일 수 있는, 아이들에 대한 성의이기도 했다.

"24계층의 정보가 공개되지 않았다고…….."

"예. 해당하는 퀘스트도 전혀 없었습니다."

헌화를 마친 후 권속들의 묘비 앞에 선 디오니소스는 뒤에 선 피르비스에게 상세한 내용을 들었다.

주위에 그들 말고 다른 사람이 존재하지 않는 가운데 이야기가 진행되었다.

"어제 방문했던 '리빌라 마을'은 몬스터의 대량발생 화제로 들썩거렸습니다. 길드에서 구체적인 해결책이 제시될 때까지 20계층 이하의 탐색을 삼가자는 움직임도 있을 정도였습니다."

디오니소스가 제24계층의 소동 정보를 얻었던 것은 피르비스가 세이프티 포인트인 제18계층까지 내려갔다 왔기 때문이었다.

권속에게 이야기를 듣고 남신은 생각에 잠겼다.

"사태의 규모로 따지자면 '미션'이 내려오더라도 이상하지 않을 텐데…….."

오라리오의 관리기관인 길드가 긴급 시에는 도시 전체의 파벌에 행사할 수 있는 강제임무. 그것이 바로 '미션'이다. 말하자면 비상 시에 발령하는 퀘스트인 셈이다.

이번 이상사태의 성질이나 규모로 보자면 미션이 발령되어야 마땅할 텐데…….

디오니소스가 중얼거렸다.

"길드 상부…… 아니, 우라노스의 소행일까?"

사태가 혼란에 빠지지 않도록?

혹은 소수정예로 신속하게 소동을 진압하기 위해서?

길드의 주신인 우라노스가 비밀리에 사병을 움직일 가능성이 있다고, 디오니소스는 그렇게 내다보았다.

"어떻게 할까요, 디오니소스 님?"

피르비스의 물음에, 잠시 입을 다물고 있던 디오니소스가 뒤로 돌아섰다.

"로키를 끌어들여볼까?"

"또 왔데이……."

로키는 노골적으로 싫은 표정을 지으며 디오니소스를 맞이했다.

장소는 【파밀리아】의 홈, 황혼관 문 앞이었다. 자신에게 면회를 청하는 신이 있다는 보고를 받아 나가보니, 정문 앞에서 기다리던 것은 단원 피르비스를 대동한 남신이었다.

디오니소스는 하얀 이를 반짝 빛내며 만면의 미소를 지었다.

"마음에 걸리는 정보를 가져왔거든. 서서 이야기하기도 뭣하니 어디 앉아서 차분하게 이야기할 수 없을까?"

행간으로 뻔뻔하게도 홈에 들어가게 해달라고 말하는 그에게 로키도 처음에는 냉큼 돌아가라고 말해줬지만, 피르비스가 슬쩍 내비친 특상 포도주의 이름을 보고는 마지못해 그들을 안으로 들였다. 보초와 경호를 맡은 단원들에게 눈총을 받는 술꾼 여신.

아무리 그래도 저택 안까지 들어가게 할 수는 없었으므로 탑 앞의 좁은 정원에 테이블과 의자를 준비시켰다.

"그래, 뭐고? 마음에 걸리는 정보란 기."

포도주를 받아 냉큼 뚜껑을 따고 마시기 시작하는 로키에게, 디오니소스는 길드에 이상한 움직임이 있다는 전제를 깔고 제24계층의 현재 상황을 들려주었다.

계층 내에서 다발하는 몬스터 대량발생에 대해.

"별로 알려지진 않은 얘기지만, 전에도 이런 몬스터 대량발생이 있었어. 30계층에서."

제30계층이라는 말에 로키는 한쪽 눈썹을 실룩 틀어 올렸다.

살해당한 하샤나가 보옥을 얻은 곳도 그곳이었다고, 아이들에게 보고를 받지 않았던가.

"그게 언제 이야기고?"

"분명…… 3주쯤 전이었어. '하층' 이야기인 만큼 상급 모험자들 사이에서도 화제가 되진 않았던 것 같지만."

'중층'보다도 더욱 위험도가 높은 '하층'에 진출할 수 있는 사람은 상급 모험자들 중에서도 소수에 속한다. 목격자

가 적었기 때문에 대량발생 소문이 퍼지지는 않았던 모양
이라고 디오니소스는 말했다.

　말없이 포도주를 입에 가져가는 로키에게, 그는 길드가
이러한 정보를 제한하고 있다고 말을 이었다. 아울러, 우
라노스가 배후에서 암약해 제24계층에 사병을 보내고 있
는 것은 아닐까 하는 말도.

　"사건 그 자체를 없애 무마하려는 게 아닐까 하는 추측
도 해보고 있어."

　"역시 길드는 몬 믿나?"

　"……우라노스를 캐보러 갔던 건 로키였잖아. 네가 결백
하다고 봤다면 나도 뭐라고는 안 하겠지만…… 아무래도,
말이지."

　길드에는 분명히 수상쩍은 점이 있다는 발언에, 로키도
그 점만은 찬동한다는 뜻을 보였다.

　"그래, 결국 니는 나한테 뭘 바라는데?"

　"하하하. 뭔가 알아내면 알려달라고 했잖아? 다른 뜻은
없었어."

　수상쩍은 눈으로 바라보는·로키에게 디오니소스는 산뜻
한 미소를 지어주었다.

　로키의 단원과 피르비스가 지켜보는 가운데, 귀찮은 일
을 떠넘기고 싶다는 신의와 회피하고 싶다는 신의의 대화
가 시작되었다.

　"우리 얼라들은 지금 다 나가서 24계층 조사는 무리

데이."

"혹시 그 지하수로에 갔나?"

감도 좋은 놈.

그렇게 생각하며 로키는 고개를 끄덕였다. 마도사를 제외한, 핀이 이끄는 정예가 하수도로 출발했다는 사실을 가르쳐주었다.

"다른 얼라들도 '원정' 수속이며 준비 때문에 없지롱."

그리고 혀를 낼름 내미는 로키.

"【검희】는 없어? 그녀가 가준다면 천군만마일 텐데."

아이쭈── 로키가 그렇게 말하려던 순간.

투욱, 머리 위에서 조그만 양피지 두루마리가 떨어졌다.

"앙?"

로키가 머리 위를 올려다보니 상공에는 올빼미 한 마리가 날고 있었다.

전서구…… 아니, 누군가가 보낸 심부름꾼인가?

의문을 품고 있으려니 올빼미는 홈 상공에서 멀리 날아갔다.

"편지인가?"

"그런갑다."

로키는 떨어진 두루마리를 손에 들어보았다. 대접받은 홍차를 디오니소스가 우아하게 입에 가져다대는 가운데 양피지에 적힌 문장을 읽고── 이내 탄식하듯 하늘을 우러러본다.

찰싹, 손바닥으로 이마를 친다.

"아이즈가 24계층에 갔데이……."

"푸웁?!"

디오니소스가 홍차를 뿜었다. 요란하게 기침을 하는 디오니소스의 뒤에서 피르비스 또한 놀라움을 감추지 못했다.

"퀘스트를 받아서 24계층…… 이 타이밍이면 확실하게 그거겠네. '걱정하지 마세요'라니, 내가 걱정 안 하게 생겼나! 바보 아이쮸!"

【히에로글리프】도 들어간 틀림없는 본인의 필적에 로키는 소녀가 소동의 소용돌이 한복판에 있음을 확신했다.

그녀는 곁에 대기하고 있던 단원에게 명령했다.

"베이트하고…… 그리고 레피야 불러온나. 냉큼."

"어쩌려고?"

"베이트랑 레피야더러 아이즈 쫓아가라고 할기다. 이 소동은 리빌라가 습격당했던 거랑 절대 무관하지 않을기라."

디오니소스가 가져다준 정보를 통해 예전 사건과의 관련성을 간파한 로키는 아이즈 추적대를 파견하기로 즉시 결단했다.

피르비스에게서 받은 손수건으로 입가를 닦은 디오니소스는 눈을 가늘게 떴다.

"둘만 보내도 괜찮겠나? 골칫거리를 들고 와놓고는 뭣하지만, 24계층 건은 위험한 냄새가 나."

"그럼 우야노. 다른 얼라들은 다 나갔는데. 아이즈한테 도움이 될 만한 건 이제 베이트하고 레피야밖에 없다."

신의 감 때문인지 디오니소스가 위험성을 주장하자 로키도 투덜거리며 머리 뒤에서 두 손을 깍지 끼었다. 움직일 수 있는 사람이 부족함을 밝힌 그녀에게 디오니소스는 잠시 조용히 생각을 하다가…… 자신의 권속을 돌아보았다.

"피르비스. 로키네 아이들과 함께 24계층으로 가거라."

진지한 표정으로 자신을 바라보는 주신에게 피르비스는 목소리를 높였다.

"디오니소스 님, 지금 뭐라고 하셨습니까?! 주신님의 호위는 어떻게 하라는 겁니까?!"

"내 말 들어라, 피르비스. 개인적인 일에 로키를 끌어들인 것은 나였다. 나도 그저 남에게 맡기기만 할 것이 아니라 성의를 보여야만 하는 거다."

타이르듯 말을 이은 디오니소스는 숨김없이 진심을 드러냈다.

"무엇보다 나는 로키의 신용이 필요하다."

"……."

"신용은 행동으로 얻어내야 하는 법……. 너도 알겠지. 피르비스."

"……큭."

아직도 완전히 로키에게 신용을 받지 못한다는 현재의 상황을 말하는 디오니소스.

"본인 앞에서 이기 뭐라카노."

로키도 어이없다는 표정을 지었다.

"하지만, 저는……."

무언가 말을 흐리는 피르비스에게 디오니소스가 의자에서 일어났다. 의사소통을 하듯 신의 유리색 눈동자와 권속의 다홍색 눈동자가 말없이 몇 마디 말을 나누기 시작했다.

"피르비스. 제발, 부탁한다."

"……알겠습니다."

주신의 간절한 요구에 피르비스는 마지못해 고개를 끄덕였다.

그녀는 로키를 돌아보고 자세를 가다듬었다.

"신 로키. 괜찮으시다면 저도 파티에 동행하도록 허가해 주십시오."

"음~ 맘은 고마운데…… 실제로 따라갈 수 있겠나?"

"피르비스는 우리 【파밀리아】에서 유일한 Lv.3이다. 24계층이라면 적어도 방해는 되지 않을 거다."

옆에서 권속의 실력을 보장하는 디오니소스에게 로키는 고개를 갸웃했다.

"니네 2급 있었나? 내는 금시초문이데이?"

"……거금을 들여, 당시 신회에서는 피르비스의 정보를 거론하지 않도록 의뢰했거든. 이 아이는 모험자들 사이에서는 **안 좋은 의미로** 눈에 뜨이니까. 시시한 부모의 마음일 뿐이다만, 주목을 피해왔어."

디오니소스는 모험자의 명성이 퍼지는 신회에서 단원의 이름을 감추었다는 사실과 함께, 공식 정보에는 Lv.3이라는 사실이 명기되어 있다는 말도 덧붙였다. 로키는 당사자에게 시선을 돌렸다.

흑발 엘프 소녀는 눈을 감고 아무 말도 하지 않은 채 서 있을 뿐이었다.

"마, 댔다. 손이 달리는 거야 사실이고. 베이트한테는 내가 말해두꾸마."

"고맙습니다."

로키의 허가에 피르비스가 고개를 숙였다.

그 후로는 바쁘고도 소란스러운 흐름이 홈 내에서 끊임없이 울려 퍼졌다. 사정 설명을 들은 엘프 후배가 서둘러서 짐을 꾸리고, 이미 탐색 준비를 갖추었던 웨어울프 청년은 노성을 터뜨렸다. 동료에게 가기 위해 그들은 신속하게 출발태세를 갖추었다.

잠시 후, 로키와 디오니소스가 지켜보는 가운데 홈 정문 앞에는 베이트와 레피야, 피르비스가 모였다.

"또 네놈이냐……."

"자, 잘 부탁드려요!"

피르비스와 만난 것은 이번이 두 번째인 베이트가 불만스러운 듯 얼굴을 찡그리고, 원통형 백팩과 지팡이를 장비한 레피야가 자기소개를 마쳤다.

임시 파티를 짜게 된 그들에게 피르비스는 말없이 고개

를 까닥할 뿐이었다.

"발목 잡아당겼다간 걷어차버릴 테니 뒈지기 전에 쑥
빠져."

"……헛소리 마라, 웨어울프."

"으, 으으~……."

처음부터 험악한 분위기를 풍기는 베이트와 피르비스.
고고한 웨어울프와 자존심 강한 엘프의 궁합이 좋지 못하
다는 사실이 여실히 드러났다. 급조 파티에 흔히 보이는
불협화음의 폐해에 레피야 혼자서만 위장이 시큰거리는
기분이었다.

전도다난. 앞길이 훤하다.

파벌 선배와 엘프 동포 사이에 끼어, 레피야는 그들과
함께 홈을 떠났다.

제10계층에서 출발한 아이즈는 일찌감치 제18계층에 도
달했다.

천장의 수정들이 푸른 하늘처럼 펼쳐진 가운데 세이프
티 포인트에 펼쳐진 삼림과 대초원을 가로질러 서쪽의 호
반으로 향해, 흑의인물의 지시대로 거대한 바위섬 위에 세
워진 '리빌라 마을'을 찾아갔다.

이미 열흘도 더 지난 사건이라고는 하지만 식인꽃 무리

에 습격당했던 무뢰배들의 마을은 많은 가게들이 수리를 마친 후였다. 떨어져나갔던 절벽이며 분쇄된 수정기둥 등 던전의 지형 자체는 완벽히 재생되었다. 상급 모험자들로 붐비는 마을의 광경이 아이즈의 눈에 들어왔다. 기재를 끌어안고 상점이며 대로의 계단을 다시 만드는 자들도 이따금 보였다.

그런 사람들 사이를 지나, 아이즈는 우선 어떤 주점을 찾아갔다.

인파가 뜸한 마을의 뒷골목을 지나, 간결하게 들었던 길을 따라 나아간다. 이윽고 도착한 곳은 마을 북부, 장대한 수정 계곡이 형성된 클러스터 스트리트 부근의 뒷길.

우툴두툴한 바위벽에 입구가 뚫린 동굴이었다.

"이런 곳에 주점이 있었구나……."

인기척이 전혀 없는 장소에 오도카니 자리를 잡은 가게를 보며 아이즈는 중얼거렸다. '리빌라 마을'을 오랫동안 이용했지만 이런 곳에 주점이 있는 줄은 몰랐다. 주변은 막다른 골목길 안쪽인데다 계층 천장의 수정 빛이 닿지 않아 어스름했다.

흑의인물이 지정했던 이 주점의 이름은 '황금움막'이었다.

동굴 입구에는 간판이 있었으며 붉은 화살표가 비스듬히 아래 방향을 가리켰다. 안쪽에 설치된 목제 계단을 따라 아이즈는 삐걱삐걱 소리를 내며 내려갔다.

맨 아래에 도착해 문도 칸막이도 없는 공동으로 발을 들이자, 그곳에는 모험자들이 드나드는 주점의 광경이 펼쳐져 있었다.

우선 눈에 들어온 것은 공동 한복판에 돋아난, 노란 빛을 발하는 수정기둥이었다. 흰색이나 푸른색 수정은 제18계층 곳곳에서 발견할 수 있지만 이런 노란 수정은 처음 보았다. 분명 이곳에만 있는 특수한 수정일 것이다.

경탄하면서 아이즈는 주위를 둘러보았다. 까만 바윗결이 그대로 드러난 주점은 넓이가 제법 됐으며 테이블과 의자가 꽤 많았다. 천장이나 벽에 설치된 마석등과 황수정의 빛을 받으며, 테이블에서는 능글거리는 웃음과 함께 모험자들이 도박에 열중했다. 칩은 크고 작은 '마석'이었다.

손님들의 모습은 의외로 많았으며 다섯 개의 테이블 자리는 모두 꽉 찼다. 빈 곳은 주점 구석의 카운터밖에 없었다. 의외로 장사가 잘 되는 곳인지도 모르겠다고 생각한 아이즈는 빈 카운터 자리로 향했다.

카운터 안쪽에는 형형색색의 술병이 놓인 선반과 무뚝뚝한 드워프 마스터가.

그리고 옆자리에는 수인 소녀가 있었다.

"으응? 어라, 【검희】잖아?! 이런 데서 만나다니 신기한 우연도 다 있네!"

"……루루네 씨?"

아이즈를 알아본 시앙스로프 소녀──루루네는 놀란 다음 웃음을 지었다.

'보옥'을 둘러싼 지난번 사건에서 아이즈와 레피야가 잠시 행동을 함께 했던 【헤르메스 파밀리아】의 모험자였다. 지금 아이즈와 마찬가지로 흑의인물에게 고용되어 운반책 노릇을 맡았다.

흑발에 갈색 피부, 나긋나긋한 팔다리. 갑옷은 걸치지 않고 기동성을 중시해 배틀클로스만을 걸친 차림은 가녀린 몸집과도 맞물려 시프(Thief)라는 단어를 연상케 했다.

아이즈가 신기한 인연을 느끼고 있으려니 그녀는 가볍게 말을 걸었다.

"전에는 신세 많이 졌어. 덕분에 죽지 않았지 뭐야. 새삼스럽지만 고마워."

"아냐……. 몸은, 괜찮아?"

"아하하. 보다시피 쌩쌩해."

생글생글 웃으며 자기가 한잔 사겠다고 나서는 루루네의 호의를 사양하면서도, 아이즈는 흑의인물에게 들은 대로 구석에서 두 번째 카운터 자리—— 루루네의 바로 옆에 앉았다.

그녀는 잠시 의아한 표정을 지었지만 이내 다시 웃음을 지었다.

"오늘은 혼자 탐색 온 거야? 이 가게를 알고 있다니, 【검희】도 리빌라에 빠싹한가 보네."

나불나불 떠드는 루루네에게 적당히 맞장구를 치면서 아이즈는 카운터 안쪽을 보았다.

드워프 마스터는 무뚝뚝한 표정으로 다가와 말을 걸었다.

"주문은?"

아이즈는 흑의인물에게 들었던 '암호'를 여기서 말했다.

"'감자돌이 녹차 크림 맛'."

그리고 아이즈가 '암호'를 전한 순간——

콰당탕!!

옆 의자가 요란한 소리와 함께 뒤집어졌다.

놀라 옆을 보니 바닥에 엉덩방아를 찧은 루루네가 믿을 수 없다는 듯 넋 나간 표정을 짓고 있었다.

"……다, 당신이, **원군**?"

——설마.

아이즈가 그렇게 생각하고 있으려니 주위에서도 움직임이 있었다.

술을 마시던 휴먼이, 카드 도박에 열중하던 수인들이, 모든 손님이 일제히 테이블에서 일어나 이쪽을 쳐다본다. 아이즈도 유사시에 대비하고자 의자에서 일어났다.

화기애애하게 술을 마시던 모습은 온데간데없이 진지한 눈빛으로 쳐다보는 그들의 모습에 아이즈는 겨우 깨달았다.

다시 말해…… 루루네를 포함한 이 주점의 손님 모두가, 흑의인물이 말한 '협력자'였던 것이다.

"그녀가 정말 확실합니까, 루루네?"

"아, 아스피……."

아이즈를 에워싸듯 일어난 자들 중에서 한 여성 모험자

가 다가왔다.

맑은 물을 연상케 하는 푸른색의 매끄러운 머리카락은 한 다발만 희게 물들였다. 눈동자는 머리카락 색에 가까운 벽안이었다. 은제 안경을 쓴 얼굴은 단아했으며 지적인 인상이 느껴졌다.

장비는 순백색 망토에 금색 날개 장식이 감긴 샌들. 망토에서 일부 엿보이는 허리춤의 벨트에는 무기인 단검 외에도 여러 개의 홀스터가 매달려 있었다.

그녀와 시선을 나누면서——그리고 놀라움을 느끼면서——아이즈는 눈앞의 미녀가 누구인지 알아차렸다.

'아스피 알 안드로메다……'

【헤르메스 파밀리아】의 두령이자, 오라리오에 다섯 명도 되지 않는다는 레어 어빌리티 '신비'의 보유자.

【만능의 페르세우스】라는 별명을 가진, 희대의 아이템 메이커이다.

발전 어빌리티 '신비'의 힘으로 그녀가 만들어낸 아이템은 손으로 꼽을 수도 없을 정도다. 저주나 상태이상 마법의 효과로부터 몸을 지켜주는 마법의 약 '몰뤼', 연주하는 소리에 따라 특정한 몬스터를 끌어들이는 현악기 '키타라', 나아가서는 지금 아이즈도 가지고 있는, 잉크가 필요 없는 깃털펜 또한 알고 보면 그녀의 발명품이다. 도시에서 손꼽히는 실력을 가진 제1급 모험자와는 또 다른 분야에서 그녀의 명성은 널리 알려졌다.

아이즈가 아스피를 바라보는 동안, 루루네는 그녀의 질문에 대답해 고개를 끄덕이며 일어났다.

"그런가 봐……."

"……여러분도 의뢰를 받았나요?"

아스피와 루루네, 그리고 주위의 모험자들을 둘러보며 아이즈가 물었다.

그들 한 사람 한 사람의 거리감, 그리고 풍기는 분위기로 보건대 같은 파벌 내의 단원들이 아닐까. 이쪽의 질문에 아이즈보다도 연상이리라 짐작되는 아스피는 탄식과 함께 긍정했다.

"그렇습니다. 돈에 눈이 먼 이 똥개 때문에 【파밀리아】 전체가 민폐를 입게 됐지요."

"아, 아스피이~."

가차 없는 말에 루루네가 처량맞은 목소리를 냈다.

아이즈가 눈을 돌리자 그녀는 겸연쩍은 얼굴로 사정을 들려주었다.

"【검희】도 만났겠지만…… 며칠쯤 전에 그 까만 로브 입은 놈이 나타나선, 도와달라고 그러지 뭐야. 처음에는 이젠 지긋지긋하다고 거절했는데……."

리빌라 마을 습격 소동 이후 소식이 없었던 흑의인물이 최근 다시 루루네에게 접촉을 시도했다는 것이다. 이번에도 혼자 있을 때 그와 맞닥뜨린 루루네는 지난번의 운반책 의뢰로 위험을 겪었던 경험 때문에 처음에는 한사코 거부

했다지만…….

어물어물 말을 흐리는 루루네를 밀쳐내듯 아스피가 말을 이었다.

"Lv.을 속였던 사실을 공표하겠다고 협박을 당했다는군요."

"……."

"그뿐만이 아니라 우리까지 뒷설거지에 끌어들이고……."

그제야 그녀들의 상황을 이해한 아이즈는 무어라 말할 수 없는 표정을 지었다.

전에 루루네에게 사정을 들은 바에 따르면, 【헤르메스 파밀리아】는 주신의 명령으로 다수의 모험자가 실제 Lv.을 속이고 있다. 실력이 탄로 나면 '남의 눈에 뜨이지 않고 중립을 자처한다'는 주신의 스탠스를 유지하기가 어려워질 것이다.

그뿐만이 아니라 파벌의 전력이 드러나면 【파밀리아】의 격── 랭크도 단숨에 올라간다. 그에 따라 길드에 내야 하는 세금도 급증한다. 의도야 어찌됐든 【헤르메스 파밀리아】의 현재 상황은 틀림없는 탈세이므로 길드에 알려졌다간 엄청난 벌금 내지는 벌칙이 부과될 것이 분명했다.

약점을 잡혀버린 루루네는 어떻게 할 수도 없어, 흑의인 물이 지시한 대로 파벌 사람들까지 끌어들여선 이번 의뢰에 나서게 되었던 것이다.

"이 바보, 멍청이. 위협을 당하든 말든 끝까지 시치미를 떼었어야죠. 그러고도 시프인가요?"

"우우~ 용서해줘어~."

분노를 드러내는 아스피에게 짐승귀와 꼬리를 축 늘어 뜨리는 루루네. 그녀의 뒷설거지를 하고자 모인 주위 동료 들도 눈을 흘기며 쳐다본다.

"제멋대로 구는 주신님만 해도 성가신데 이런 일까지……!"

투덜투덜 중얼거리면서 화를 내는 단장의 얼굴에는 신 에게 휘둘리는 자 특유의 피로가 엿보였다.

"저기…… 앞으로 어떻게 할지, 말인데요."

아이즈가 조심스레 말을 걸자 아스피는 눈을 깜빡이더 니 안경을 고쳐 썼다.

"……죄송합니다. 흉한 모습을 보여드려서."

표정을 다잡고, 그녀는 현재 착수 중인 퀘스트의 이야기 를 다시 시작했다.

"의뢰 내용을 확인하겠습니다만, 목적지는 24계층의 팬 트리. 몬스터 대량발생의 원인을 조사하고 이를 제거한다. 맞습니까?"

"네."

"그러면 다음으로 이쪽의 전력에 대해 알려드리겠습니 다. 저를 포함해 총원 15명, 모두 【헤르메스 파밀리아】 사 람입니다. 스테이터스는 대부분 Lv.3."

아이즈와 아스피는 의뢰 내용과 함께 서로의 전력을 확 인했다.

무기며 아이템 소지량, 전열과 후열의 역할분담 등 미궁을 탐색하는 데에 필요한 최소한도의 정보도 교환했다. 이번만이라고는 하지만 아이즈는 【헤르메스 파밀리아】에 등을 맡기게 되는 것이다.

남녀가 뒤섞인 모험자들이 싹싹하게 인사하는 가운데 아이즈도 이에 응해 인사를 했다.

"이렇게 된 이상 어쩔 수 없지요. 각자 최선을 다해 의뢰를 수행합시다. 특히 루루네, 당신은 죽을 각오로 뛰세요."

"알았어어……."

단장의 말에 주위 사람들은 고개를 끄덕이고 루루네도 침통한 목소리로 대답했다.

마지막으로 아스피는 아이즈를 돌아보았다.

"【검희】인 당신이 와주었다니 든든하군요. 짧은 기간의 파티가 되겠지만 부디 잘 부탁합니다."

"잘 부탁드려요."

웃음을 짓는 그녀에게 아이즈도 살짝 웃으며 대답했다. 이쪽으로 내민 손을 잡고 악수를 나눈다.

같은 퀘스트를 수락한, 서로 다른 파벌로 이루어진 공동전선.

아이즈는 【헤르메스 파밀리아】의 파티에 임시로 가입했다.

"하지만 부디 저희에 대해서는 발설하지 말아주십시오."

"아, 네."

【파밀리아】의 실상을 공개하지는 말아달라고 못을 박는

말에 고개를 끄덕이고, 아이즈는 아스피 일행과 함께 '황금움막'을 나갔다.

리빌라 마을에서 마지막 보급을 마치고 일행은 제24계층으로 향했다.

☙

"펠즈."

제단에 무거운 목소리가 울려 퍼졌다.

고대 신전의 심장부를 연상케 하는 석조 홀. 주위에 가득 찬 깊은 어둠을 네 개의 붉은 횃불이 갈랐다.

길드 본부 지하에 설치된, 주신 우라노스의 기도실이었다.

로브와 후드를 걸친 거구의 신은 제단 중앙의 신좌에 앉아 있었다. 불똥이 피어나는 횃불의 불꽃에 에워싸인 우라노스는 흑의인물, 펠즈에게 푸른 눈을 돌렸다.

"어째서 【검희】에게 의뢰를 하였나."

아이즈가 제24계층 조사 퀘스트를 수락한 지 이미 몇 시간이 지났다. 해야 할 일을 마치고 이 제단에 돌아온 펠즈에게 미동도 하지 않는 자세로 늙은 신이 물었다.

엄숙한 부동자세를 무너뜨리지 않는 그의 목소리는 힐문이라기보다는 확인에 가까웠다. 예전에 아이즈의 주신인 로키에게 쓸데없는 의심을 사는 것은 좋지 않다고 펠즈 본인이 발언하지 않았던가. 우라노스는 위험성을 무릅쓰면서까지 아이즈와 접촉한 진의를 묻는 것이었다.

신좌의 정면에 선 흑의인물이 대답했다.

"그 '보옥'에 【검희】는 과도한 반응을 보였다더군."

퀘스트를 맡길 때 루루네에게 들은 정보를 펠즈가 들려주었다. 태아의 보옥을 받아들였을 때 쓰러질 뻔했던 아이즈의 반응을.

그 말을 들은 우라노스는 눈썹을 슬쩍 움직였다.

"아이즈 발렌슈타인과 보옥 사이에 무언가 연관이 있지 않을까 판단해 했던 일이야. 보옥의 정체를 해명할 실마리가 될지도 모르지."

펠즈의 생각을 들은 우라노스는 입을 다물고 있었다. 마치 자신도 생각에 잠긴 것처럼 말없는 시간이 이어졌다.

이윽고 그를 바라보던 펠즈가 말을 이었다.

"게다가 30계층 팬트리에서 있었던 사건은 이쪽에서 어떻게든 처리했지만, 동지들도 큰 피해를 입었지. 그들에게 이 이상 부담을 끼칠 수는 없어."

제30계층—— 하샤나가 보옥을 얻었던 경위를 말하는 펠즈.

어둠에 가로막힌 후드 안쪽에서 다시 목소리가 이어졌다.

"지난번에는 **파수꾼**은 없었지만, 30계층에서 있었던 사건 때문에 상대도 신경을 곤두세우고 있을 거야. 그런 온갖 사태에 대비해 【검희】를 포함한 충분한 전력을 갖추었어."

"파수꾼…… 그 테이머가 나온단 말인가."

"아마도."

그렇게 대답한 펠즈에게 우라노스는 두 눈을 감았다.

"헤르메스 쪽에는 내가 언질을 해두지."

"미안해, 우라노스."

아이즈와 마찬가지로 퀘스트에 이용된 【헤르메스 파밀리아】의 뒤처리를 맡아주겠다는 우라노스. 많은 모험자를 위험한 조건에 휘말려들게 한 데 죄책감을 품으면서 펠즈는 고개를 들었다.

"【검희】 일행에게는 미안하지만, 놈들이 이 이상 활개를 치도록 놓아둘 수는 없지."

각오를 드러내듯, 흑의인물은 결연히 말했다.

광대한 대공동이었다.

지상에서 멀리 떨어진 던전 깊은 곳. 중층 영역에 위치한 계층의 심장부.

눅눅한 공기와 좋지 못한 냄새가 감돌았다.

몬스터들의 체취도 아니고 피 냄새도 아니다. 드래곤의 뱃속에 굴러떨어져도 맡을 수 없으리라 여겨지는, 고기가 썩는 듯한——벌레를 끌어들일 것 같은 냄새.

시체 냄새와도 비슷한 냄새가 충만한 이 일대는 던전 내에 있으면서도 모험자는 고사하고 흉포한 몬스터의 포효조차 들리지 않는다. 마치 던전 그 자체에서 격리된 것처럼 미궁의 소란과는 무관했다.

으스스한 정적 속에는 여러 사람이 움직이는 발소리와 무언가가 기어다니는 소리, 그리고 깨진 종을 두드리는 듯한 나직한 울음소리가 간헐적으로 울려 퍼졌다.

어스름한 공간은 피를 연상케 하는 붉은 빛으로 가득했다.

"……."

붉은 빛에 물든 옆얼굴이 아삭 소리와 함께 기괴한 색깔의 과일을 깨물었다.

지면에 늘어진 그림자는 아름다운 팔다리와 풍만한 두 개의 융기를 가진 여성의 몸이었다.

아이즈 일행이 테이머 여자라 부르는, 붉은 머리 여자가 분명했다.

그녀는 한쪽 무릎을 세우고 지면에 주저앉은 채 꼼짝도 하지 않았다.

그런 그녀에게 달려오는 사람이 있었다.

"——이봐, 몬스터가 던전에 넘쳐나 모험자들 사이에서 소란이 벌어지고 있던데 괜찮겠어?!"

대형 로브로 상반신을 감춘 사내였다. 입가까지 뒤집어 쓴 두건에 이마받이를 장비해 얼굴을 감추고 있다.

거칠게 목소리를 높이는 상대에게 여자는 싸늘한 반응을 보였다.

"시끄러워. 소란 떨지 마."

먹다 남은 찌꺼기를 퉷 뱉으면서 손에 들었던 과일을 꽉 쥐어 으깨버렸다. 사방으로 튄 과육이 마치 짓이겨진 뇌수처럼 일대에 흩어졌다.

"비올라스(식인꽃)를 빌려줄 테니 어중이떠중이들은 너희가 알아서 해결해."

시선도 마주치지 않고 내뱉듯 대답하는 여자에게, 상대는 혀를 차곤 몸을 돌려 걸어가버렸다.

그가 어둠 속으로 사라지자, 엇갈리듯 이번에는 다른 사람이 나타났다.

붉은 빛에 드러난 것은 온몸을 새하얀 의상으로 감싼 남성이었다.

"모험자들에게 들키다니, 운이 없군."

머리에는 몬스터의 드롭 아이템인 백골을 이용해 만든 투구를 썼다. 용모를 확실하게 드러내지 않는 차림은 숫제 으스스할 정도였다. 늘씬한 몸에는 아무런 무기도 장비하지 않았다.

흘끔 시선을 보냈던 붉은 머리 여자에게 사내는 발을 멈추고 물었다.

"내버려둬도 되겠나, 레비스?"

붉은 머리 여자—— 레비스라 불린 그녀는 즉시 시선을 앞으로 되돌렸다.

"모험자들 몇 명이 알아차리든 말든 알 바 아니야."

© Kiyotaka Haimura

"이블스 놈들에게 떠넘길 생각인가?"

"그래. 난 여기서 움직이지 않겠어."

레비스는 어둠 속에서 움직이는 무수한 실루엣을 관심 없다는 듯 바라보았다.

곁에서 그런 그녀를 내려다보던 사내의 어조가 거칠어 졌다.

"30계층 때처럼 '그녀'를 노리는 놈들이 온다면 어쩌려고?"

두근 소리를 내며 붉은 빛의 근원이 흔들렸다.

"아마도 지상에서는 몇몇 사람이 우리의 움직임을 감지 했을걸?"

정예가 이 장소를 습격할지도 모른다는 사내의 우려에.

레비스는 단언했다.

"없애면 그만이지."

3장

아름답고도
추한 소녀

Гэта казка іншага сям'і
Прыгажосць або пачварнасць дзяўчыны

© Kiyotaka Haimura

이렇게 불편한 파티는 처음일지도.

레피야는 그렇게 생각했다.

"……오, 오늘은 날씨가 참 좋죠~?"

"18계층에 날씨고 나발이고 있겠냐."

"…….."

억지로 웃으며 억지로 꺼낸 화제를 베이트는 시시하다는 양 일축해버렸다. 한 걸음 거리를 둔 피르비스도 침묵을 관철할 뿐이다.

서먹서먹한 파티 분위기에 레피야는 고개를 축 늘어뜨렸다.

장소는 제18계층, 세이프티 포인트였다. 아이즈 추적을 위해 레피야 일행은 홈인 황혼관에서 출발해 겨우 몇 시간 만에 이곳까지 달려왔다.

연결로인 동굴을 지나면서, 현재는 계층 남쪽의 숲속을 나아가고 있다. 휴식을 겸해 빠른 걸음 정도로 이동 중이다. 파티의 선두에서 나아가는 제1급 모험자 베이트의 페이스를 따라가려면 레피야는 금방 지칠 테니 이를 고려한 속도였다. 베이트야 혀를 찼지만.

시원한 초목의 향기에 졸졸 물 흐르는 소리, 여기저기 돋아난 청수정의 빛을 받아 남색을 띤 나무와 잎새들. 레피야에게 고향인 엘프 마을을 연상케 하는 제18계층의 환상적인 숲도 지금만큼은 마음을 풍요롭게 해주지 못했다.

레피야조차 아직까지 어려워하는──여러 가지 의미에

서 가차 없는 ——베이트는 전혀 우호적인 태도를 보이지 않았으며, 입만 꾹 다물고 있는 피르비스는 그 어떤 교류도 시도하지 않는다. 그 덕에 그들 사이에 낀 레피야도 어찌할 바를 모른다.

출발부터 지금까지 파티는 도저히 견뎌내기 힘든 분위기였다.

'내가 그렇게 생각하는 것뿐인지도 모르지만……'

제대로 된 대화가 한 마디도 없다는 것이 이리도 적막할 줄이야. 평소 티오나를 필두로 한 활달한 사람들과 파티를 짜는 경우가 많은 레피야는 절절히 생각했다. 지금은 아마조네스 소녀의 천진난만한 목소리가 매우 그리웠다.

마음속으로 쩔쩔매면서 흘끔 옆을 보았다.

젖은 까마귀 깃털색 장발에 다홍색 눈동자. 아름다운 용모는 늠름했으며 나이는 레피야보다 많을 것이다.

뾰족한 귀는 동족의 상징.

'피르비스 씨……'

아이즈를 추적하는 데 힘을 빌려주게 된 엘프 모험자는 레피야와 베이트에게 벽을 만들고 있었다. 다른 파벌의 파티에 끌려 들어왔으니 당연하다면 당연할지도 모르지만.

말을 하지 않고, 항상 간격을 둔 채, 이쪽에서 불러도 대답을 하지 않는다. 레피야는 몇 번인가 말을 걸어봤지만 전부 무시당하고 말았다. 미움을 샀나 하는 생각마저 들 정도로 철저했다.

엘프에게는 흔히 있을 법한, 조금 대하기 힘든 인상이
느껴졌다.

'그래도……'

이곳까지 오면서 그녀는 정말로 알 듯 모를 듯 은근하
게, 마도사인 레피야를 감싸주었다.

강행군인 탓에 '마법'을 쓰느라 지체할 수는 없었으므로
레피야는 봉술로 열심히 싸웠다. 그런 자신의 주위에서 피
르비스는 사전에 기습의 싹을 제거해 위험요소를 제거했
던 것이다. 마치 배려를 해주듯.

나쁜 사람이 아니란 점만은 확실히 알 수 있었다.

"피, 피르비스 씨, 조금 전에는 고마웠어요!"

레피야는 굳게 결심하고 다시 말을 걸었다.

앞으로도 함께 싸워나가야 한다. 지금보다도 깊은 계층
으로 가면 힘으로만 밀어붙이는 진행은 통하지 않으며,
연대 플레이를 생각해야 할 상황과 맞닥뜨리게 될지도 모
른다.

무엇보다 그녀는 동포다. 동료의식이 높은 엘프인 레피
야는 어떻게든 친목을 다지고자 몇 번이고 피르비스에게
말을 걸었다.

"미노타우로스를 상대해주셔서…… 사실은 전 몬스터
랑 싸우는 게 힘들어서……"

"……"

"피르비스 씨는 전열 담당이셨나요? 단검 말고도 지팡

이를 가지고 계시는데."

"……."

"혹시 마법검사신가요? 조, 존경스럽네요!"

"……."

"아, 아하하하………… 취, 취미는 뭔가요?"

마지막에는 궁색하게마저 들리는 질문을 건넸지만, 여전히 돌아오는 대답은 없었다.

마음이 꺾일 것 같았지만 아이즈를 비롯한 선배 모험자들의 꺾일 줄 모르는 용기를 코앞에서 보아왔던 레피야는 이 정도쯤이야! 주눅 들지 말자! 하고 자신을 타일렀다. 굴하지 않고 끈덕지게 다시 말을 걸려 했다. 그때.

"시끄러워. 듣기 싫어."

베이트가 짜증난다는 투로 입을 열었다. 그는 코웃음을 치며 말을 이었다.

"써먹지 못할 것 같으면 버리고 가면 그만이지. 친해질 필요가 있나?"

들으란 듯 말하는 웨어울프 청년을 피르비스는 눈을 부릅뜨고 노려보았다.

아우 진짜!

험악해진 분위기에 레피야는 눈물을 흘리고 싶은 심정이었다. 전혀 개선되지 않는 관계에는 분명 그의 도발적인 자세도 한몫 단단히 하고 있을 것이다.

"나도 네놈과 어울릴 마음은 추호도 없다, 천박한 웨어울프 놈."

"오~ 말 할 수 있네, 음침 엘프? 그렇게 몬스터 상대로 마법이나 읊조리고 계셔."

피차 곱지 못한 가는 말 오는 말이 숲속에 울려 퍼졌다. 어디선가 멀리서 몬스터 우는 소리가 들려왔다.

레피야의 정신적 피로가 점점 무거워지는 가운데 피르비스가 혼자 걷는 속도를 높였다. 시간 낭비라는 양 그녀는 숲 너머, 제19계층으로 이어지는 계층 중앙으로 향했다.

"야, 얼빵이. 아이즈가 있는 곳도 모르잖아. 먼저 마을로 가야지."

어이없어하며 정보수집이 먼저라고 말한 베이트는 손을 뻗어 피르비스의 목덜미를 잡으려 했다—— 그리고 다음 순간.

소녀는 몸을 날카롭게 움직이더니 발검하며 검을 강렬하게 내질렀다.

"——건드리지 마!!"

높은 금속성이 울려 퍼졌다.

피르비스의 단검은 예리한 직선을 그리며 날아들었지만 베이트는 팔에 장착한 건틀렛으로 별 어려움도 없이 그 참격을 튕겨냈다.

"아앙?"

아직까지도 지르릉 떨리는 은색 건틀렛을 내리고 베이트는 살기를 풍겼다. 갑자기 공격을 당해, 뺨에 새긴 문신이 분노로 일그러졌다.

일촉즉발의 분위기에 레피야가 황급히 끼어들었다.

"베, 베이트 씨, 기다리세요!!"

두 팔을 벌리며 피르비스를 등 너머로 감싸고 그녀를 변호해주었다.

"엘프는 다른 종족에게 피부 접촉을 허락하지 않는 풍습이 있어서! 그래서 저기! 반사적으로……!!"

그것은 엘프 특유의 문화이자 습성이다.

정확하게는 '인정한 상대가 아니면 피부 접촉을 허락하지 않는다'.

자긍심 높고 자존심이 강한 종족의 기질에 기인한 것이라고 한다. 이 풍습은 지역에 따라 차이가 있으므로——의문시하는 동족도 있다 ——모든 엘프가 피부 접촉에 민감한 것은 아니다.

깊은 숲의 중계지점, 여행의 요소로 개방되어 있던 레피야의 고향도 그런 풍습이 깊이 뿌리 내리지 않았던 곳 중 하나였다. 어린 시절의 그녀 자신도 비교적 다른 종족과의 교류가 있어 편견은 없었으며 오히려 바깥세상에 동경마저 품고 있었다.

레피야는 어떻게든 설명을 주워섬겨댔다.

분명 발검은 지나친 것 같지만, 필사적으로 피르비스를 옹호했다.

그런 후배의 모습에 베이트는 노기가 꺾였는지 쳇, 혀를 찼다.

"그렇다 쳐도 과민하잖아. 뭐 어떻게 된 거 아냐?"

보통 엘프 이상으로 격렬한 반응을 보인 피르비스에게 투덜거린다.

베이트는 두 사람에게 등을 돌리고 리빌라가 있는 서쪽으로 향했다.

"……."

청년이 떠나며 남긴 한마디를 긍정하듯 숲이 정적에 싸였다.

레피야가 민망하게 돌아보는 가운데, 피르비스는 입을 다문 채 고개를 숙이고만 있었다.

세 사람은 '리빌라 마을'로 들어섰다.

모험자들로 붐비는 이 하층 진출의 거점에서 아이즈가 향한 곳을 탐문하기 위해서다. 홈에 배달된 아이즈의 직필 편지에는 '퀘스트를 받아 24계층으로 간다'는 간결한 문장만이 적혀 있었으므로 자세한 행선지는 알 수 없었던 것이다.

로키를 통해, 퀘스트의 목적은 몬스터 대량발생 조사일 거라고 전해 들은 세 사람은 각자 흩어져서 아이즈의 목격 정보를 중심으로 정보수집에 착수했다.

레피야는 아마조네스 점주가 있는 매매소에서 발을 멈추고 탐문을 하다가, 아이즈가 분명 이곳에 들러 정체를 감춘 파티와 행동을 했다는 정보를 얻었다.

"【검희】? 응, 봤지."

"저, 정말요?!"

"정말이야. 후드 뒤집어쓴 이상한 놈들하고 같이 있던 걸? 꽤 많았어."

한편 피르비스는 다른 상점에서 탐문 중이었다.

"【검희】하고 같이 있던 사람들의 얼굴은 모르나?"

"음— 잘 모르겠는데. 수상쩍은 놈들이야 이 마을에는 얼마든지 있으니 딱히 캐물어볼 생각은 들지 않아서."

"증서는? 이곳에서도 무언가를 구입했을 텐데?"

"전부【검희】가 지불했어. 【로키 파밀리아】의 엠블럼으로."

아이즈 일행이 돈을 아끼지 않고 물건을 사들였다는 사실은 알아냈지만, 그녀와 함께 있던 파티의 정체까지는 알 수 없었다. 구입자의 소속 파벌을 알아낼 수 있는 증서도 아이즈가 대신 작성했으며, 그 외의 가게에서도 '마석' 같은 것을 대금 대신으로 물물교환해 거래했다는 것이다.

한편 베이트는 주점 문을 박차고 들어가, 겁먹은 모험자들을 족쳐 마을 안에 널리 퍼진 몬스터 대량발생의 정보를 캐내고 있었다.

"몬스터들이 득실거리는 장소 몰라?"

"네, 넷! 24계층의 정규 루트에 넘쳐난다는 건 확실한데요…… 그게, 수가 너무 많아서 근원지까지는 갈 수 없는 상황이라…….”

“쓸모없는 것들.”

“죄, 죄송합니다…….”

대량발생의 근원지로 가면 아이즈와 자연스레 합류할 수 있으리라 판단하고 탐문을 벌였던 것인데, 정작 모험자들은 몬스터가 너무 많아 퍼레이드를 따라 거슬러 올라갈 수가 없었다는 것이다. Lv.3인 제2급 모험자들조차 맨발로 도망칠 규모였다고 한다. 이미 알고 있었던 대로, 이제는 길드가 토벌대를 파견할 때까지 리빌라에서 대기하겠다는 집단이 태반을 차지했다. 그것이 현재의 상황이었다.

“이럴 때만 꼭 상위 파벌 파티가 안 와준다니까.”

그렇게 투덜거리는 주점의 모험자들을 베이트는 구역질이 날 정도로 욕했다. 요컨대 다른 사람의 힘을 빌릴 수밖에 없는 쓰레기라면 모험자 일은 냉큼 접어버리라는 것이다.

주눅이 들어버린 주점 모험자들을 남겨놓고 그는 다른 가게도 빠짐없이 돌았다.

잠시 후, 흩어졌던 레피야 일행 세 사람은 마을 광장에서 일단 합류했다.

“자세한 정보는 파악하지 못했네요…….”

입수한 정보를 교환했지만 아이즈 일행의 목적지만은 확실하지 않았다. 유명인인 만큼 【검희】를 목격했던 사람은 다수 있어도 단서라 할 만한 것은 들어오지 않았다.

다만 그녀 일행이 예비 무기와 포션을 중심으로 한 아이템을 다수 구입했다는 사실은 알아냈다. 역시 몬스터의 대량발생——장기전투를 내다보고 준비를 갖추었을 것이다. 아이즈와 수수께끼의 파티가 이상사태를 조사하고자 제24계층으로 향했다는 것만은 틀림없는 듯했다.

마을을 떠난 것은 반각 정도 전으로, 행선지만 알 수 있다면 지금부터라도 충분히 따라잡을 수 있을 것이다.

"뭔가 좀 더 알 수 있다면 좋겠는데 말이죠……."

베이트와 피르비스 옆에서 레피야가 주위를 둘러보는 가운데.

현재 위치는 마을의 중심지인 수정광장. 중앙에는 흰색과 푸른색의 커다란 쌍둥이 수정, 그리고 계층의 시간대를 알려주는 거대 모래시계가 설치되어 있다. 지금 있는 제18계층은 '낮'이며 모래가 다 떨어지려면 아직 한참 남았다. 광장은 부서지고 꺾인 목재며 간판 등 식인꽃에게 습격당한 흉터가 아주 조금 남기는 했지만 거의 원형을 되찾고 있었다.

계층 천장에 흐드러지게 피어난 커다란 수정이 광장을 이동하는 모험자들을 내려다본다.

"떡대한테는 가봤냐?"

"네?"

베이트의 물음에 고개를 돌리는 레피야.

떡대라니 누굴 말하는 걸까 싶어 의아한 표정을 짓자, 그는 내키지 않는다는 투로 대답했다.

"이 동네에서 잘났다고 거들먹거리는 그 애꾸눈 떡대 말야."

그 말을 듣고서야 레피야도 이해했다.

"그래. 【검희】라면 우리 가게에도 왔지."

레피야 일행 세 사람은 마을 최대의 매매소를 경영하는 보르스 엘더를 찾아갔다.

왼쪽 눈에 안대를 한 전형적인 악당 얼굴에 근골 우락부락한 몸. '모험자=무법자'라는 공식을 한 몸에 드러내는 인물이다. Lv.3의 확실한 실력자이기도 하다.

리빌라 마을의 두목이기도 한 그는 넓은 정보망을 갖추었다. 레피야 일행은 여기에 희망을 걸고 찾아왔던 것이다.

매매소인 오두막 앞에서 의자에 앉아 있던 보르스는 무기인 곤봉이며 도끼를 꼼꼼하게 손질하는 중이었다.

"방패를 맡아달라고 하던걸. 절대 잊어버리면 안 된다고 몇 번이나 다짐을 받아놓더라니깐. 어울리지 않게."

"방패……?"

'리빌라 마을'에는 모험자의 장비를 잠시 보관해주는 창고가 있다. 짐이 많을 때, 예비 무기처럼 지상에 다 가지고 갈 수는 없는 물건을 창고에 놓아두고 다음 탐색 때 받아 활용하는 것이다.

보르스도 그런 창고 하나를 소유했으며 여기서도 짭짤한 수익을 얻는다. 오두막 안에 있는 동굴에는 멀리서 봐도 수상쩍은 낫이며 거대한 파쇄궁 같은 것들이 잔뜩 보였다.

"그려, 이거야."

고개를 갸웃하는 레피야에게, 아이즈가 맡겼다는 방어구를 보여준다.

에메랄드색 광택을 띤 프로텍터였다. 표면은 무언가에 깎여나간 것처럼 너덜너덜했다.

예쁘기는 하지만 상급 모험자가 장비할 방어구는 절대 아니었다. 레피야의 눈으로 봐도 성능이 너무 떨어졌다. 이래서는 꼭 하급 모험자의 장비 같지 않은가.

왜 아이즈 씨가 이런 걸……?

의문을 품으면서도 레피야는 고개를 들었다.

"저기, 아이즈 씨가 아무 말도 안 했나요? 저희는 아이즈 씨가 간 자세한 위치를 알고 싶어서……."

"음~【검희】의 행선지라."

일어나서 레피야를 내려다보는 거구의 휴먼은 돌 같은 턱을 한 손으로 문질렀다. 능글능글, 젠체하는 웃음을 지으며.

"이 몸께서 사랑하는 돈 소리를 들려주면 무언가 생각이 날지도 모르지~?"

"…………."

정보료를 내놓으라는 말에 레피야는 얼굴을 실룩거렸다.

"——냉큼 말해, 이 쓰레기 자식아."

"앗죄송합니다말할게요용서해주세요."

베이트가 멱살을 붙잡고 으름장을 놓자 보르스는 냉큼 굴복했다. 재빠른 변모에 레피야가 식은땀을 삐질삐질 흘리고 있으려니 그는 자신이 알고 있는 사실을 순순히 털어놓았다.

"【검희】하고 같이 있던 친구들이, 보아하니 양동용으로 트랩 아이템하고 위장포를 여러 개 사가는 것 같던뎁쇼."

"트랩 아이템이라면 몬스터를 끌어들이는 그 고깃덩어리 말인가요……? 그럼 아이즈 씨가 간 곳은…….."

"팬트리구만."

베이트가 레피야의 말을 받았다.

트랩 아이템은 몬스터의 식욕을 자극해 설치한 위치 근처로 끌어들일 수 있다. 위장포는 그 계층에 맞춘 특정한 색깔을 선택해 미궁의 경치와 동화되어 몬스터의 탐색으로부터 눈을 속일 수 있다. 어느 아이템이나 계층 내의 몬스터가 모여드는 팬트리——몬스터에 영양을 공급해주는 던전의 영양공급지 ——로 향할 때 곧잘 이용하는 아이템이다. 몬스터의 대군과 맞닥뜨리지 않기 위해서다.

아이즈 일행이 간 계층 자체는 알고 있다. 레피야 일행은 겨우 목적지를 가늠할 수 있었다.

이젠 이곳에 볼일이 없다고 피르비스가 오두막 앞에서

떠나가고 베이트도 등을 돌렸다. 그에게서 풀려난 보르스는 고개를 움츠리며 '망할 놈'이라고 중얼거렸다.

"저 자식이 아주 기고만장해선. 난 【로키 파밀리아】에서도 저 웨어울프가 제일 싫어. 이봐, 사우전드. 돈 줄 테니 저놈 좀 때리고 와라."

"절대 무리예요……."

소곤거리는 보르스에게 딱 잘라 거절하는 레피야. 아무리 생각해봐도 되레 언어맞는 미래밖에 떠오르질 않았다. 레피야도 목숨은 아까웠다.

"그건 그렇고……."

이윽고 보르스가 고개를 들었다. 멀찌감치 걸어가는 베이트 너머, 혼자 떨어진 곳에 있는 피르비스를 쳐다본다.

"너희들 '밴시'하고 파티를 짠 거야?"

"네?"

돌아본 레피야에게 모르는 거냐고 보르스는 얼굴을 찡그렸다.

"'밴시'라니…… 피르비스 씨의 별명인가요?"

"아니……. 우리 모험자들이 멋대로 그렇게 부르는 것뿐이야. 저 엘프의 별명은 따로 있어."

모험자들이 멋대로 붙인 또 다른 별명.

그리고 '밴시'——죽음을 알리는 요정이라는 불길함.

가슴이 술렁거리는 기분을 느낀 레피야는 잠시 망설이다가, 조심스레 물었다.

"피르비스 씨한테, 무슨 일이 있었나요……?"

곁에서 올려다보는 레피야에게 보르스는 피르비스가 간 방향을 흘끔 본 다음, 그녀에 관한 이야기를 들려주었다.

"저 엘프하고 같이 파티를 짠 놈들은……전부 죽었어."

"네?!"

"저놈만 남기고 말이지. 자기네 파벌이 됐든 다른 파벌이 됐든 상관없이."

심장을 직접 붙들린 듯한 충격에 사로잡혔다.

레피야가 말을 잃고 있으려니 짐승 귀를 꿈틀 움직인 베이트도 걸음을 멈추고 돌아봤다.

"6년 전에 일어났던 '27계층의 악몽'은 알아?"

"드, 들어보긴 했어요……. 많은 모험자 분들이, 돌아가셨다고."

"그래, 그거. 그때는 아직 '이블스' 놈들이 남아 있을 때였는데, 그놈들이 유력 파벌 파티를 27계층에서 한꺼번에 함정에 빠뜨려 죽였어."

이블스. 레피야가 【로키 파밀리아】에 입단했을 때는 이미 궤멸되었다고 들었지만 악명은 몇 번이나 들은 적이 있다.

질서를 싫어하는 자들.

혼돈을 바라는 사신(邪神)들이 통솔하는 과격파 집단.

길드가 절대근절을 내세워, 수많은 【파밀리아】와 함께 타도했던 '악'의 사도들이다.

그런 이블스가 저질렀던 온갖 악행 중에서도 '27계층의 악몽'은 한층 처참했다고 전해진다.

던전 내에 수상쩍은 움직임이 있다는 정보를 일부러 흘리고, 무수한 모험자 파티를 27계층의 어떤 에어리어로 유인했다. 그리고 이블스의 총력을 동원한, 몸을 아끼지 않는 괴물증정, '패스 퍼레이드'를 감행한 것이다.

온 계층 내의 몬스터, 나아가서는 계층 터주까지 끌어들인, 적과 아군이 뒤섞인 혼전은 지옥을 방불케 했다. 뒤늦게 도착한 모험자들의 눈에 들어온 것은 선혈에 물든 검붉은 재의 바다와 헤아릴 수도 없는 시체의 산, 그리고 이를 씹어먹는 몬스터들이었다고 한다. 습격을 당한 모험자들은 이리저리 도망쳤지만 제27계층 곳곳에서 그런 광경이 펼쳐졌던 것이다.

길드 산하의 유력 파벌들과 이블스 쌍방에 막대한 희생자를 낸 이 사건은 오늘날에는 '악몽'이라는 이름으로 전해진다.

"피르비스 셜리아는 얼마 안 되는 그 사건의 생존자야."

멀리 떨어진 광장에 서 있는 피르비스를 쳐다보며 보르스가 말했다.

"목숨만 간신히 건져 도망쳤는지 이 마을까지 돌아오긴 했는데…… 죽은 사람 같은 얼굴이었어."

당시 자신이 목격한 광경을 떠올리는지 그는 눈을 가늘게 떴다.

"동료를 잃은 놈, 몸의 일부가 사라진 놈…… 숱한 모험자들이 있었지만, 그렇게 끔찍한 얼굴을 했던 놈은 처음 봤지."

찢겨나간 옷, 피에 물든 흑발.

생기를 잃은 얼굴.

그 누구도 다가가려 하지 않아 비틀거리던 몸.

죽은 동료의 모습을 찾듯, 그리고 자신이야말로 살아 있는 망자인 듯.

소녀는 온 마을을 헤맸다고 한다.

"그리고 그날부터 말야, 마치 **저주를 받은 것처럼**, 그 녀석이 가담한 파티는 늦든 이르든 다 죽어버리게 됐다고."

"……!"

"한번 떨어지면 밑바닥까지 떨어진다는 거야 우리도 잘 알지만…… 재수가 없으니 소문도 금방 퍼졌어. 저 엘프하고 파티를 짜면 죽는다고."

사건이 수습되고 어떻게든 재기한 다음에도 피르비스의 주위에는 불행이 끊이지 않았다는 것이다.

어떤 때는 파티가 판단을 그르쳐서, 어떤 때는 이상사태와 맞닥뜨려서, 어떤 때는 내부 분열을 일으켜서.

총 네 번, 피르비스와 행동을 함께 했던 파티는 전멸했다.

그때마다 그녀 혼자만을 남긴 채.

"그 후로는 아까 말한 대로야. 몇몇 놈들이 그런 별명으로 부르게 됐고, 역귀 취급하는 사람들도 많아."

파티를 죽이는 엘프——그래서 붙은 별명이 죽음을 부르는 요정, '밴시'.

'악몽'의 날로부터 이어져온 그녀의 비통한 탄식과 울음소리가 희생자를, 새로운 '죽음'을 부르는 것이라고.

마치 사신에게 매료된 것 같은 소녀를 모험자들은 기피했다.

같은 파벌인【디오니소스 파밀리아】단원들조차도 두령인 그녀를 어떻게 대할지 몰라 거북스럽게 여겼다는 것이다.

같은 모험자들 사이에서 **나쁜 의미로** 눈에 뜨인다는 피르비스 셜리아는 이제 리빌라에서는 유명한 솔로 전문 모험자였다.

"본인에게야 힘든 소문이겠지만…… 뭐, 조심들 하라고."

어깨를 으쓱하며 충고한 보르스는 오두막 안으로 들어갔다.

멍하니 서 있던 레피야는 이야기를 모두 듣고 있던 베이트와 함께, 이쪽에 등을 돌리고 있는 피르비스를 살폈다. 광장의 낭떠러지에 세워진 난간 근처에 있던 그녀의 다홍색 눈동자는 어딘가 먼 곳을 바라보는 것만 같았다.

레피야는 생각했다.

당시 '악몽' 사건으로 동료를 잃었던 그녀의 고뇌는 대체 얼마나 큰 것이었을까.

자존심이 강한 엘프이기에 느꼈을 고뇌…… 동료를 죽게 하고 자기 혼자만 살아남았다는 사실을 피르비스는 부끄러워했을까. 절망했을까.

같은 엘프인 레피야는 만약 자신이 같은 처지였다면 어떨까 생각하니 몸이 떨렸고, 동시에 공감해버렸다.

——건드리지 마!!

그 과도한 반응도 어쩌면 자신의 불행을 두려워했기 때문은 아니었을까.

잇따라 닥친 흉험한 일들이 그녀를 물리적으로도 정신적으로도 고립시켜버린 것이었다면.

수많은 모험자들을 구하지 못하고 죽게 해버렸던 자신을, 자신의 손으로 고독에 몰아넣고 있는 것이라면.

짐작의 범위를 벗어난 상상이었음에도 마음이 짓이겨져버릴 것 같았다.

영혼이 빠져나간 빈껍데기처럼 변모한 피르비스의 얼굴이, 같은 【파밀리아】의 동료들까지도 거리를 두어 고독해진 그녀의 모습이 상상으로 뇌리를 가로질렀다. 레피야는 가슴이 옥죄어드는 기분을 느끼며, 걸어가기 시작한 베이트의 뒤를 따라갔다.

광장에서 기다리던 피르비스에게 도착하자 그녀가 천천히 돌아보았다.

상대의 과거를 알아버린 지금, 무어라 말을 걸어야 좋을지를 알 수 없었다.

다가간 레피야가 그렇게 당혹감을 느끼고 있으려니, 갑자기 베이트가 몸을 내밀더니 입가를 틀어 올렸다.

"자세한 얘기는 모르겠다만, 요컨대 넌 동료를 내팽개치고 뻔뻔하게 살아남았다 이거구만. 꼬락서니 하곤."

본인 앞에서, 레피야가 아연실색하거나 말거나 그는 비웃음을 지었다.

"왜 아직까지 모험자 노릇을 하고 앉았냐? 그대로 죽어버리지."

"베이트 씨!!"

소녀의 상처를 헤집는 듯한 발언. 이럴 때도 약한 사람을 괴롭히는 데 여념이 없는 베이트에게 레피야는 분노했지만…… 정작 피르비스는 아무 말도 하지 않았다.

사사건건 대들던 이제까지의 태도는 온데간데없이, 조용한 미소를 짓는다.

"네 말이 맞다."

그 아름다운 얼굴에는 어울리지 않을 정도의 자조와 자학이 담긴 웃음이었다.

"그날, 【파밀리아】 동료들과 함께 죽지 못한 채 나는 이렇게 살아서 수치를 당하고 있지. 이게 무슨 꼬락서니일까."

동료를 죽게 내버려두었다고, 그렇게 인정하는 피르비스.

가만히 서 있는 베이트와 레피야를 향해 그녀는 다시 말을 이었다.

"소문은 다 들었겠지? 어떻게 하겠어, 여기서 헤어질까?

나는 너희를 죽일지도 모르는데."

자학처럼 들리는 위협에.

베이트는 눈가를 일그러뜨리며 쳇, 혀를 찼다.

"너처럼 달관한 척하는 것들이 제일 짜증나."

그렇게 내뱉더니, 그는 혼자 광장 밖으로 가버렸다. 피르비스와 레피야를 내버려둔 채, 마치 가망이 없다고 내팽개친 것처럼.

그 자리에는 레피야와 피르비스 둘만이 남았다.

모험자들이 내는 어딘가 활달한 소음이 두 사람을 에워쌌다. 어디선가 들려오는 현악기의 음색은 괴짜 주민의 연주일까. 천장에서 내리쪼이는 수정의 빛이 선황색 머리카락과 젖은 까마귀 깃털색 장발을 비추었다.

시끌벅적한 주위와는 격리된 것처럼 두 사람 사이에서는 침묵만이 오갔다.

레피야가 할 말을 잃고 서 있으려니…… 피르비스는 시선을 맞추지 않고 입술을 열었다.

"레피야 비리디스…… 무슨 일이 있어도 나에게 정을 주지 마라. 다가오지 마라."

처음으로 이름을 불려 레피야는 어깨를 흠칫 떨었다.

이곳에 올 때까지 계속 신경을 써주었던 그녀에게 경고하듯, 혹은 그 다정함을 거부하듯 피르비스는 말했다.

"나는 더럽혀졌다."

그리고 마치 해탈한 것처럼 힘없이 웃음을 지었다.

"동포를 더럽히고 싶지 않다."

눈을 깜빡이는 레피야에게 딱 잘라 단언한다.

엘프답지 않은 말을 남긴 피르비스는 즉시 그 자리를 떠나가려 했다.

싸늘하게 등을 돌리고 거절의 뜻을 전하는 그녀를 보며 뻣뻣이 서 있던 레피야는——눈꼬리를 치켜세웠다.

창졸간에 팔을 뻗어, 반격당할 것을 각오하고 피르비스의 손목을 잡았다.

"당신은 더럽지 않아요!!"

그리고 거짓 없는 외침으로 상대의 가느다란 귀를 후려쳤다.

이번에는 피르비스가 눈을 크게 뜰 차례였다.

돌아본 그녀는 자신을 노려보는 남색 눈동자와 지금 막 들려온 말에 눈을 크게 뜨고 있었으나…… 한순간 뒤늦게 흠칫 손을 뿌리쳤다.

손목을 붙들고 뒷걸음질을 친 피르비스는 당황한 기색이었다.

즉시 손을 떨쳐내지 못했던 데에 스스로도 놀란 것처럼, 자신의 왼손으로 붙든 오른손을 내려다본다.

"나 같은 사람보다도 훨씬 아름답고 다정한 분이에요!"

레피야는 다시 목소리를 높였다.

동정도 위로도, 하물며 근거 없는 빈말도 아니었다. 본심이었다.

'더럽혀졌다'는 모욕적인 말이 폭발의 방아쇠가 되었다. 지금 이 순간까지 동포를 생각해주었던 언동만 보였던 소녀를 모욕하는 짓은, 설령 그녀 자신의 행위라 해도 참을 수가 없었다. 이런 레피야에게도 마음 깊은 곳에 뿌리를 내린 엘프의 자긍심이, 그리고 동포에 대한 우애가 논리로는 설명할 수 없는 감정을 격발시켰다.

무엇보다도 자신을 고독으로 몰아넣으려 하는 눈앞의 소녀를 내버려둘 수가 없었다.

레피야의 마음이 강한 말이 되어 들려오는 가운데, 낭패했던 피르비스는 다홍색 눈에 힘을 주고 노려보았다.

노기를 드러낸 목소리를 레피야의 콧등에 날려댔다.

"네가 그런 걸 어떻게 아나! 되는 대로 떠들어대지 마라! 나를 본 지 얼마나 됐다고!"

정론이라는 이름의 반론에 으윽 말문이 막힌 레피야는.

져서는 안 된다고── 기세를 죽이지 않은 채 반사적으로 되받아쳤다.

"아, 앞으로 많이많이 볼 거예요! 당신의 좋은 점을!"

"……."

"……."

피르비스는 멍한 표정이었다.

레피야도 내뱉은 자세 그대로 굳어버렸다.

동포의 괴상한 대답에 넋이 나간 것처럼 어이없어하던 피르비스는…… 잠시 후 "풉!" 하고 웃음을 터뜨렸다.

© Kiyotaka Haimura

새어 나온 웃음을 황급히 막으려고 손으로 입을 가렸지만 멈추질 않는다.

웃음을 참는 것을 포기한 그녀는 우습다는 듯 지적했다.

"뭐지, 그게? 결국 아무 대답도 안 되지 않나."

"아우……."

스스로도 실없는 소리를 해버렸다고 자각했던 레피야는 얼굴을 붉혔다.

그 모습에 피르비스는 한층 우습다는 듯 어깨를 떨며 웃었다. 작은 새가 지저귀는 듯 가녀린 웃음소리가 조그만 입술에서 새어 나오고 있었다.

어쩌면 그것은.

모험자는 물론이고 동료들까지도 기피했던 그녀가 오랜만에 보인 웃음이었는지도 모른다.

부끄러워하던 레피야는 피르비스의 웃음에 이끌려 활짝 웃음을 지었다.

'말로는 설명할 수 없지만…….'

동포이기에 알 수 있는 것이 있다.

눈앞의 인물은 자긍심 높고 고결한 마음의 소유자라고.

얼마 나누지 않았던 대화 속에서도 레피야는 그 사실을 느낄 수 있었다.

"……넌 이상한 엘프다."

입가를 누그러뜨린 채 피르비스가 조용히 말했다.

아주 조금 가시가 사라진 그녀의 분위기에 레피야는 견

딜 수 없이 기뻤다.

지하의 푸른 하늘에 에워싸인 채, 동포 소녀와 함께 웃음을 나누었다.

"——야, 바보 엘프들! 냉큼 오지 못해!"

이윽고 노성이 터졌다.

쳐다보니 광장 밖에서 베이트가 그녀들을 기다리고 있었다.

그 목소리에 얼굴을 마주 본 레피야와 피르비스는 고개를 끄덕이고 그에게 서둘러 달려갔다.

편성은 바뀌지 않은 채, 3인 파티는 리빌라 마을을 떠났다.

🔥

은빛 검이 울부짖었다.

『워어억——?!』

비스듬하게 날아간 《데스퍼러트》의 검광이 숫사슴 몬스터——'소드 스태그'의 뿔칼을 절단하면서 그대로 안면을 갈랐다.

몬스터의 거구가 휘청 기울더니 소리를 내며 던전 지면에 쓰러졌다.

"흐아~ 역시 강하구나~."

소드 스태그를 순식간에 물리치는 아이즈를 보며 루루

네가 감탄했다.

무기를 쳐든 아이즈는 방심하지 않고 주위를 경계하면서 루루네와 그녀의 동료들을 보았다. 임시 파티의 대원들 또한 조우한 몬스터의 무리를 모두 쓰러뜨렸다.

일대가 나무껍질에 에워싸인 통로, 수많은 빛의 입자가 맺힌 이끼. 계층을 나아갈 때마다 점점 강해지는 몬스터들을 물리치며 아이즈 일행은 목적지인 제24계층에 발을 들였다.

하층영역이 코앞으로 다가온 제24계층은 통로 하나만 보더라도 '상층'이나 다른 중층영역과는 비교가 되지 않을 정도로 넓었다. 아이즈를 포함한 16명 규모의 파티가 넉넉하게 공간을 활용하며 유유히 이동할 수 있을 정도였다.

이에 따라 한 번에 맞닥뜨리는 몬스터의 숫자도 엄청나게 늘어났지만 루루네를 비롯한 【헤르메스 파밀리아】는 별 어려움 없이 적을 물리치고 있었다.

"루루네 씨네 분들도 대단해……."

"그냥 루루네라고 편하게 불러. 우리 나이 비슷하잖아?"

나이가 열여덟이라고 했던 그녀는 친근하게 대해달라고 부탁했다.

아이즈가 고개를 끄덕여 대답하자 그녀들의 전방에서 파티 리더인 아스피가 지시를 내리고 있었다.

"전진하겠습니다."

각자 적당한 간격을 유지하면서 던전을 나아간다.

"거저 Lv.을 속였던 건 아니니까 말야. 나는 몰라도 아스피나 다른 사람들은 전혀 아닌 척하지만 사실은 엄청 실력 좋아."

파티의 중간 정도 위치에서 둘이 나란히 걸으며 대화를 이어나갔다.

말은 그렇게 해도 루루네의 몸놀림이나 나이프 실력 또한 상당했다. 시프를 자청하는 만큼 화려한 전투는 선호하지 않지만 몬스터를 교란시키고는 팔다리에 일격을 날려 동료들을 철저히 보조해주었다.

'개인의 기량도, 연계 플레이 능력도 뛰어나…….'

백팩을 장착한 서포터에 이르기까지【헤르메스 파밀리아】의 단원들은 실력에 부족함이 없었다.

대검과 커다란 방패를 휘두르는 워타이거, 절묘한 타이밍에 마법을 쏘는 파룸, 쇼트 보우도 핸드 액스도 구사하는 엘프…… 이제까지 오면서 치렀던 전투들을 돌이켜봐도 화려한 솜씨였다. 소드 스태그와의 한 번뿐인 교전도 그렇고, 아이즈가 나갈 차례는 전혀 없었던 것이 그 좋은 증거였다.

단장 아스피의 성격이 반영되었는지 파티는 전열, 중견, 후열의 역할분담이 뚜렷했다. 그중에서도 아스피가 이끄는 중견이 강력했다. 유격수 루루네가 그렇듯 연계공격과 긴급상황에 대한 대응이 매우 빠르다. 중견이 든든히 버티는 만큼 전열도 후열도 마음껏 행동할 수 있는 것이리라.

쓸데없는 행동을 최대한 삼가며 효율을 중시하는 면모가 있지만, 강하다.

파티 집단으로 비교한다면, 능력은 아이즈를 비롯한 제1급 모험자 주력을 제외한 【로키 파밀리아】의 중견 멤버들과 같거나 그 이상일 것이다.

이것이 【헤르메스 파밀리아】.

이제까지 주목하지 않았던 파벌의 실태에 아이즈야말로 감탄을 금치 못했다.

'특히……'

순백색 망토를 걸친 물색 머리카락의 여성을 흘끔 보았다.

지시만 내릴 뿐 스스로 전투를 하는 경우는 손으로 꼽을 정도였지만, 그녀의 단검은 눈부실 정도로 날카로웠다.

두령인 아스피의 움직임은 이 파티 내에서도 격이 달랐다.

"왜, 아스피가 궁금해?"

"……루루네, 아스피 씨의 Lv.은 얼마?"

귓가에 대고 살짝 물었지만,

"4야."

대답은 너무 선선히 돌아왔다.

예상했던 대답이라 수긍하면서도, 아직 무언가 감춘 것이 많으리라고 아이즈는 아스피의 활약을 통해 추측했다. 오히려 그녀야말로 아이즈의 눈을 의식해 히든카드를 보여주지 않았을 것이다.

역시 【헤르메스 파밀리아】의 평가를 대폭 새로이 다져야만 할 것 같다고 마음속으로 다짐했다.

참고 삼아 아이즈는 루루네에게 물어보았다.

"【파밀리아】의 도달 계층은?"

"37계층. 몬스터가 엄청 강해서 깊이는 못 들어갔지만."

길드에서 공식적으로 발표한 【헤르메스 파밀리아】의 도달 계층은 제19계층이었던가. 거의 두 배에 가깝다. '심층'에도 발을 들였다니 싫어 압도될 지경이었다.

그때 문득 아이즈는 궁금해진 것이 있어 의문을 입에 담아보았다.

"어떻게 그렇게 깊은 계층까지 들어가면서, 다른 모험자들에게 안 들켰을까……?"

이렇게 많은 인원으로 미궁을 탐색하면 다른 모험자들이 눈치를 챌 것 같은데――Lv.을 속인다는 사실이 탄로 나는 것은 아닐까 ――하고 아이즈가 생각했을 때 루루네가 의기양양한 표정을 지었다.

"우리 단장이 유명한 【페르세우스】잖아? 엄청난 매직 아이템이 있거든. **아무에게도 안 보이게**――"

"수다는 그만 떠세요, 루루네."

아스피가 루루네의 말을 치단했다. 쓸데없는 소리는 하지 말라고 안경 안에서 눈을 흘기며 못을 박는다.

"미, 미안, 아스피."

"나 참……."

신이 났던 루루네는 몸을 움츠렸다. 입이 가벼운 시프에게 자신도 모르게 탄식한 아스피는 이번에는 아이즈의 옆으로 다가왔다.

"【검희】, 당신의 솔직한 의견을 듣고 싶습니다. 이 의뢰에 대해 어떻게 생각하나요?"

"……무슨, 뜻인가요?"

"리빌라 습격 건에 대해 루루네에게서는 대충 경위를 들었습니다. 수수께끼의 보옥에 집착하는, 검은 로브를 입은 인물의 의뢰……. 이번 소동도 위험하다고 봅니까?"

몬스터 대량발생은 '보옥'에 얽힌 모종의 전조일 거라고, 흑의인물은 그런 뜻을 내비쳤다.

이번 퀘스트가 하마터면 리빌라를 궤멸의 위기까지 몰아넣을 뻔했던 지난번 사건에 필적할 만한 위험성을 내포한 것이냐고, 아스피는 그렇게 물은 것이다. 아이즈는 잠시 간격을 두고 고개를 끄덕였다. 적어도 낙관해도 될 만한 퀘스트는 아니다. 아이즈는 일개 모험자로서 그렇게 생각했다.

그 반응을 본 아스피는 탄식을 참는 표정을 지었다.

"정말로 성가신 일에 말려들고 말았군요……."

옆에서 듣던 이야기를 루루네가 민망해했지만, 아스피는 이미 그녀를 책망하려고는 하지 않았다. 다만 파티 리더로서 한층 마음을 다잡는 것 같았다.

띄엄띄엄 덤벼드는 몬스터들을 연계공격으로 물리치면서 일행은 제24계층의 정규 루트를 나아갔다.

세이프티 포인트인 제18계층의 중앙수를 통과해 진출한, 제19계층에서 제24계층 사이의 층역은 '거목의 미궁'이다.

나뭇결로 이루어진 벽이며 천장, 바닥은 거대한 나무의 내부를 방불케 했다. 인광 대신 빛을 내는 이끼는 미궁 안에서 무질서하게 번식해 푸른 빛을 뿜어냈다.

탐색을 하는 모험자의 앞길에서는 기묘한 형태와 색깔을 띤 잎, 커다란 버섯, 은색 물방울을 떨어뜨리는 꽃 등 지상에는 존재하지 않는 온갖 식물들이 모습을 보였다. 룸에 따라서는 경치가 바뀌어 아름다운 꽃밭이 펼쳐지기도 했다.

출현하는 몬스터 또한 상위 계층 이상으로 유별난 것들이 많아, 제24계층 정도 되면 Lv.2 최상위의 스테이터스, 그리고 무엇보다도 파티의 밀도가 필요하다.

"와, 화이트 리프다. 아스피, 잠깐 채집하고 가지 않을래?"

"그만두세요. 따러 갔다가 몬스터에게 포위당하기 십상이니. 의뢰를 수행하기 전에 쓸데없는 데 힘을 낭비할 수는 없어요."

"요즘은 어느 가게나 품귀 상태라 비싸게 팔릴 텐데…… 아까워라아."

통로에서 룸 안쪽에 자리 잡은 화이트 트리를 발견한 루루네가 재빨리 반응했지만 아스피에게 야단을 맞았다. 그녀는 아쉬운 듯 꼬리를 흔들었다.

이렇게 퀘스트에서 곧잘 조달 의뢰를 받는 채집용 아이템이 많은 것도 이 계층영역의 특징이다. 온갖 종류의 약초는 그대로 먹어도 즉효성 체력회복이나 해독 효과를 주는 것이 확인되어, 포션 등을 제작하는 약사들이 애용한다. 미궁의 광원인 빛나는 이끼조차 지상으로 가져가면 나름 돈이 된다.

어지간해서는 볼 수 없는 보석나무——붉은색이며 푸른색의 아름다운 보석 열매가 맺히는, 그야말로 돈이 열리는 나무 ——를 발견했을 때는 아스피도 포함해 파티원 전체가 술렁였으나 마지못해 그냥 지나쳤다. 그 나무를 지키는 것은 계층 최강의 목룡(木龍), 그린 드래곤이다. Lv.4에 필적하는 잠재능력을 자랑하는 괴물이다. 제51계층의 강룡 카드모스도 그렇지만 귀중한 채집용 아이템 곁에는 강력한 파수꾼이 함께 있는 경우가 많다.

보석나무 뿌리께에 엎드려 있던 그린 드래곤의 녹색 눈과 시선이 마주친 아이즈는 피가 술렁거리는 것을 느꼈지만 아스피 일행에게 폐를 끼칠 수는 없으므로 멈췄던 발을 옮겼다. 금발금안의 소녀가 떠난 후, 눈을 감은 그린 드래곤은 겁을 먹은 듯 연신 몸을 움찔거렸다.

그렇게 얼마를 나아갔을까.

"······!"

전방의 통로에서 전해지는 기척에 아이즈를 비롯한 모험자들이 반응했다. 아스피가 즉시 한 손을 들어 파티의 진행을 제지했다.

"전원 멈추십시오."

진로 전방은 거대한 십자 교차로였다. 발광하는 이끼의 광도가 살짝 떨어진 가운데, 어스름 속에서 무수한 그림자가 꿈틀거렸다. 그곳을 주시한 모험자들은 그림자의 정체가 무엇인지를 이내 깨달았다.

넓은 통로 안을 가득 메운 몬스터의 대군이었다. 제대로 눈을 뜨고 보기도 힘들 정도였다.

"으게엑……."

아이즈의 곁에서 루루네가 신음했다.

헤아릴 수 없는 몬스터의 무리에 다른 단원들도 무의식 중에 후퇴했을 정도였다. 인간의 본능으로는 받아들일 수 없는 추악한 괴물이 소굴처럼 들끓는 그 광경은 등줄기가 서늘해질 만했다.

'정말로 부자연스럽게 모여 있어.'

아이즈는 관찰하며 그렇게 생각했다. 이렇게 특정한 에어리어에 모여 행렬을 이루는 광경은 본 적이 없었다.

한동안 분위기를 살피고 있으려니 무리의 일부가 이쪽을 알아보았다. 대열에서 벗어나 우르르르 진로를 바꾸고, 다른 개체들도 뒤를 따랐다.

"아스피, 어떻게 하지?"

"어차피 제거해야 합니다. 여기서 해치우지요."

다가오는 다수의 몬스터를 앞에 두고 루루네가 묻자 아

스피는 그렇게 대답하고는 단원들에게 전투 준비 지시를 내렸다.

파티원들은 저마다 무기를 들고, 전열 담당이 방패와 함께 앞으로 나왔다.

"후열은 영창을 개시. 접촉하기 전에 숫자를——"

"잠깐."

그때 아이즈의 목소리가 아스피의 포격 지시를 가로막았다.

의아해하는 얼굴로 돌아보는 그녀에게 다가가며 딱 잘라 말했다.

"내가 가게 해줘."

"네?"

장비한 《데스퍼러트》를 휘둘러 소리를 낸 아이즈는 아스피가 말릴 틈도 없이 단독으로 단숨에 달려나갔다.

"어, 야?!"

당황한 루루네가 외친 목소리가 등을 두드린 것과 거의 동시에 몬스터의 대군과 아이즈의 전투가 시작되었다.

개전과 동시에 크게 수평으로 휘두른 은색 세이버를 따라 여러 마리의 단말마가 터져 나왔다.

『워어어어어——————————?!』

소탕이 시작되었다.

무시무시한 참격의 소용돌이가 쇄도하는 몬스터들을 베어 쓰러뜨리고 숨통을 끊었다. 세 마리의 적을 한꺼번에 물리치는 한 번의 참격, 회피행동 속에 섞여 있는 회전베기. 공중으로 솟구친 아름다운 금발을 몬스터가 올려다보면 안면에 검광이 내달렸다.

밀려드는 무리에 아이즈는 당당히 정면으로 맞부딪쳤다.

소녀가 전진할 때마다 주위에서 몬스터의 모습이 사라지고, 전진한 통로에는 공간이 뻥 뚫렸다. 대신 수많은 시체와 재가 지면에 남았다.

그야말로 검의 결계였다. 다가오는 괴물은 가차 없이 찢겨나가 목이, 가슴이, 몸통이 절단되었다.

어찌 보면 【검희】의 이름에 어울리지 않는 힘에 의존하는 참격으로, 아이즈는 몬스터의 공격과 방어를 짓밟고 여러 마리를 한번에 격파해나갔다.

흥분한 몬스터의 포효는 눈 깜짝할 사이에 절규로 바뀌었다.

"……."

"……."

"……그냥 그녀에게만 맡겨놔도 되겠군요."

단원들과 함께 뻣뻣이 굳은 가운데 아스피가 툭 내뱉자 루루네가 물었다.

"……집에 갈까?"

"그럴 수도 없지요……."

아스피는 고개를 끄덕이고 싶은 심정을 꾹 참고 대답했다.

시야 너머에서 일방적인 섬멸전을 펼치는 검사의 모습

에【헤르메스 파밀리아】는 '우린 필요 없는 거 아닐까……'
하고 마음의 소리를 하나로 모았다.

"흡!"

아득한 후방에서 아연실색하는 아스피 일행의 시선을
받으며 아이즈는 검격을 늦추지 않았다.

몬스터의 공격을 한 번도 클린 히트시키지 않고, 하지만
때로는 일부러 방어를 중시하며, 서서히 몸의 움직임을 가
속시켰다.

'조금 더 시간이 필요해.'

금색 눈동자에 몬스터의 모습을 비추면서 의식은 몸 구
석구석으로 돌렸다.

아이즈는 확인하고 있었다. 몬스터와의 전투를 통해, 자
신의 잠재능력을.

이제 막 달성한【랭크 업】.

아이즈는 Lv.6에 도달해 대폭 강화된【스테이터스】를 파
악하는 데 힘쓰고 있었던 것이다.

【랭크 업】때 찾아온──급격히 힘이 강해졌기에 일어나
는──육체와 정신의 갭. 미세한 감각의 오차를 서서히
회복하고 심신을 조화시켜나가도록, 온갖 동작을 되풀이
하고 시험해보았다.

소년 벨 크라넬을 추적하느라 제18계층으로 서둘러 내
려오고, 아스피 일행의 손발이 척척 맞는 연계 플레이 덕
에 오늘 하루 제대로 된 전투를 치르지 못했던 아이즈는

지금이 기회라는 양 날뛰었다.

'마법'은 쓰지 않았다. 순수한 검기와 신체능력만으로 교전을 되풀이하고 거듭해나갔다.

"!"

『키이익————?!』

질주와 함께 몬스터를 없애고 통로 끄트머리에 도달하자마자 벽을 박차고 허공으로. 공중에서 날던 비행 몬스터 '데들리 호넷'을 양단한다.

뛰어난 민첩성을 자랑하는 거대 말벌의 몸이 둘로 갈라져 지면에 추락한 것과 동시에 아이즈는 낙하하면서 두 마리의 소드 스태그를 해치웠다. 다가오지도 못하는 다른 몬스터들은 착지한 순간 직접 달려가 베어버렸다.

『크아아아아아악!!』

『샤아악!』

격감하는 동포의 숫자에 몬스터들이 드디어 겁을 먹기 시작한 가운데, 네이처 웨폰——커다란 꽃 방패와 꽃잎 단검 ——을 장비한 리저드맨이 승부를 청했다. 용맹하게 달려드는 세 명의 리저드맨 전사. 그러나 그들은 세 줄기의 검광과 함께 검사의 격이 어떤 것인지를 똑똑히 깨닫게 되었다.

가차 없는 유린을 펼치는 아이즈의 움직임을 멈추고자 수많은 버섯 몬스터 '다크 펑거스'가 아군까지 끌어들이면서 독 포자를 뿌렸지만——통하지 않았다. 고평가 어빌리

© Kiyotaka Haimura

티 '내성'을 습득한 아이즈에게는 중층 정도의 몬스터가 펼치는 상태이상 공격은 무효로 끝나버렸다.

광범위하면서도 살인적인 양의 독 포자 속에서 아이즈가 돌진했다.

숨을 쉬지 못하고 헐떡이는 리저드맨이며 소드 스태그가 털썩털썩 쓰러지는 한편, 독 안개를 뚫고 나온 칼이 다크 펑거스 한 마리를 꿰뚫고 그대로 무리를 섬멸한다.

『오오오오오오······.』

혼자라면 제2급 모험자조차 목숨을 잃을 만큼 가혹한 전장에서도 아이즈는 부상 하나 입지 않았으며, 몬스터를 압도해나갔다.

그리고 고블린의 상위종인 '홉고블린'의 단말마를 끝으로 전투는 끝났다.

대형급의 거구가 땅 울리는 소리와 함께 쓰러진 후, 아이즈는 데스퍼러트를 칼집에 거두었다.

대량발생했던 몬스터가 전멸할 때까지 겨우 10분 정도만에 벌어진 일이었다.

"······저것이 【검희】로군요."

헤아릴 수도 없는 몬스터의 시체를 둘러본 후 아스피는 통로 중심에 있는 아이즈를 바라보았다.

꼴깍 마른침을 삼키는 루루네와 마찬가지로 파벌 동료들이 외경심 섞인 시선을 보내는 가운데, 그녀는 소녀의 등을 바라보며 눈을 가늘게 떴다.

"……여, 역시 제1급 모험자는 대단하구나! 그렇게 많은 놈들을 혼자 잡다니, 다른 모험자들이 겁먹을 만하네! 아, 포션 마실래?"

"아니, 괜찮아……. 고마워."

루루네 일행은 조금 주눅이 들기는 했지만 돌아온 아이즈를 웃으며 맞아주었다.

이 이상 없을 정도로 든든한 아군의 존재에 그녀들은 흥분해 입을 모아 칭찬했다.

칭찬을 받는 아이즈는 흔들림 없는 표정을 지으며 자신이 이른 높은 경지에 확실한 실감을 느끼고 있었다. Lv.5였다면 나름 소모되었을 체력도 지금은 포션 보급이 필요 없을 정도였다.

한층 드높아진 힘과 속도, 무엇보다도 지칠 줄 모르는 강인함을 실감했다.

"그래서 몬스터는 정리가 됐는데…… 아스피, 이젠 어떻게 할까?"

시산혈해 속에서──몬스터의 시체 무더기를 이대로 방치해둘 수는 없었으므로 서포터들이 분담해 '마석' 추출작업에 착수했다 ──루루네가 아스피에게 의견을 물었다.

손을 쥐락펴락하던 아이즈도 고개를 들고 앞으로의 동향에 귀를 기울였다.

"그 까만 로브 이야기를 믿는다면 팬트리에 뭔가 있을 거 아냐? 24계층에 있는 팬트리는 세 개…… 남서쪽, 남동쪽, 그리고 북쪽이야. 어느 에어리어부터 돌까?"

부스럭부스럭, 루루네는 파우치에서 양피지 한 장을 꺼냈다.

복잡하게 얽힌 광대한 미궁이 그려진 제24계층의 맵이었다.

맵 구석에 기재된 남서쪽, 남동쪽, 북쪽의 어떤 에어리어—— 어느 룸보다도 크게 그려진 세 곳의 대형 공동은 붉은 동그라미로 에워싸였다. 아이즈도 맵을 노려보는 루루네의 곁으로 다가가 옆에서 고개를 내밀고 맵을 바라보았다.

이렇게 새삼 보고 있으니 역시 넓다.

아래 층역으로 내려가면 내려갈수록 광대해지는 던전에서 이곳 제24계층은 이미 오라리오의 총 면적 절반 정도는 되지 않을까. 계층 심장부에 존재하는 팬트리를 세 번이나 돌아야 한다면 몬스터와의 조우까지 포함해 엄청나게 힘든 작업이 될 것이다.

파티가 리더의 판단을 기다리는 가운데 아스피가 입을 열었다.

"몬스터가 있는 곳을 나아가겠습니다."

"?"

"몬스터가 밀려오는 방향으로 향하면 그 부근에 아마도 원인이 있겠지요. 팬트리가 대량발생의 근원이라면 우리는 몬스터가 가르쳐주는 방향으로 나아가면 그만입니다."

아이즈는 아스피의 설명에 오오 고개를 끄덕였다.

일행은 이미 몬스터의 대량발생지가 팬트리일 거라고 감을 잡고 있었다. 수상한 일대를 빠짐없이 조사할 필요는 없으며 방향만 알아내면 세 개의 지점 중에서 후보를 추려낼 수 있는 것이다.

루루네와 다른 단원들도 그렇겠다며 고개를 들고, 아이즈가 전멸시킨 몬스터들의 주검을 바라보았다.

행렬을 이루어 그들이 밀려왔던 곳은 십자 교차로의 어떤 방향——

"……북쪽이네."

루루네가 중얼거린 대로, 모든 이들은 이끼의 빛이 어렴풋이 이어지는 북쪽 통로 너머를 바라보았다.

서포터가 작업을 마친 후, 일행은 북쪽 팬트리로 진로를 바꾸었다.

"그건 그렇다 쳐도 팬트리라……. 그곳에서 몬스터가 잔뜩 태어난 걸까? 어떻게 생각해, 【검희】?"

"모르겠어…… 하지만."

"하지만?"

"아마…… 그렇게 단순한 건 아닐 거야."

루루네와 대화를 나누며, 때로는 아스피에게 주의를 받으며 아이즈는 앞으로 나아갔다.

북쪽으로 간다는 선택이 옳았는지, 몬스터의 행렬이 간헐적으로 통로 전방에서 밀려들었다. 난전과 마인드 소비를 꺼려하는 아스피의 부탁에 따라 무리는 거의 아이즈가 상대했다.

연속전투를 보다 못했는지 서포터를 맡은 휴먼 소녀가 포션을 건네주어 한 번 체력을 회복하고 나아가니, 던전에 변화가 일어났다.

거목과도 같은 나뭇결을 가진 천장이며 벽면이 어느 순간을 기점으로 바워너설처럼 울퉁불퉁한 구조를 띠기 시작했다. 색깔은 엷은 붉은색으로 바뀌고, 길은 완벽하게 동굴 형태가 되었다.

팬트리에 다가간다는 증거였다. 굶주린 몬스터들이 모여드는 영양 보급지대는 대공동 중심부의 석영기둥에서 영양가 높은 액체가 배어나온다. 팬트리 부근의 미궁은 석영이 서 있는 대공동의 환경에 최적화되도록 형상이 바뀐다.

몬스터 대량발생의 원인.

자신들을 기다리는 것은 과연 무엇일까.

루루네 일행이 이제까지보다도 더욱 긴장을 띠고 한 걸음 한 걸음 통로를 나아가는 가운데 아이즈도 감각을 예민하게 곤두세웠다. 몬스터의 기척은 어느 사이엔가 끊어지고 으스스한 정적이 그녀들의 귀를 찔렀다.

그리고 맵을 가진 루루네와 아이즈가 앞장서는 형태로 갈림길을 나아가, 파티가 나아가기를 한동안.

"아니……."

모험자들은 마침내 **그것**을 목격했다.

"벼, 벽이⋯⋯."

"⋯⋯식물?"

일행의 눈앞에 나타난 것은 통로를 가로막은 거대한 벽이었다.

기분 나쁜 광택과 울룩불룩 부풀어오른 표면. 징그러운 녹색의 벽이 일행 앞을 가로막고 진로를 멋지게 차단했다. 주위의 석질 벽면과는 구조도 성질도 분명히 달랐다.

생물인 것 같기도 하고, 어찌 보면 누군가가 중얼거린 대로 식물인 것 같기도 했다. 어쩌면 던전이 앓은 종양 같기도 했다.

아스피를 비롯한【헤르메스 파밀리아】는 물론이고 '심층'에 몇 번이나 진출했던 아이즈조차 이런 것은 이제까지 본 적이 없었다.

눈을 의심할 만한 광경에 파티 전체가 술렁거렸다.

"⋯⋯루루네, 이 길이 확실한가요?"

아스피가 확인을 구하자 황급히 맵을 다시 보는 루루네.

"트, 틀림없어. 난 팬트리로 이어지는 길을 골라서 왔는 걸. 이런 장애물은 존재하지 않아⋯⋯야 하는데."

맵을 든 그녀에게 안내를 받아 파티는 이곳까지 왔다. 그녀의 곁에 있던 아이즈도 갈림길에 들어서면 그녀의 맵을 보았으므로 올바른 최단경로를 따라왔다는 것은 분명했다.

팬트리가 존재하는 대공동까지는 아직 절반 정도밖에

오지 못했다.

아이즈는 눈을 깜빡이며, 자신들의 앞길을 가로막은 수수께끼의 벽을 올려다보았다.

"……다른 경로도 조사해보지요. 팔거, 세인. 다른 사람들을 데리고 둘로 갈라져주세요. 너무 깊이 들어가선 안 됩니다. 이상이 있을 때는 즉시 돌아오십시오."

아스피의 지시에 커다란 워타이거와 엘프 청년이 고개를 끄덕였다. 그들은 예비 맵을 한 손에 들고 각자 다섯 명의 단원과 함께 왔던 길로 돌아갔다.

분기점까지 돌아가는 그들을 지켜본 후 아이즈 일행은 벽으로 눈을 돌렸다.

이 자리에는 아이즈, 루루네, 아스피, 그리고 서포터 네 명이 남았다. 모두들 말없이, 약속이라도 한 것처럼 주위를 조사하기 시작했다.

측면에 펼쳐진 석질의 벽에서는 별로 이상한 점이 발견되지 않았다. 던전이 변화를 일으켰다기보다는 역시 이 녹색 벽 자체가 이질적인 듯했다. 아이즈는 조심스레 이동하는 루루네와 함께 벽에 가까이 가보았다.

제24계층의 거대한 통로를 완전히 가로막은 것을 보면 크기는 높이와 폭 모두 10M은 될 것 같았다. 코를 찌르는 나쁜 냄새…… 부패취도 살짝 감돌았다. 시앙스로프인 루루네는 으에엑 신음하며 코를 싸쥐었다.

생리적 혐오감을 자극하는 녹색 벽에 아이즈는 가만히

한쪽 팔을 내밀었다. 루루네가 황급히 관두라고 말했지만 아랑곳 않고 벽 표면을 건드렸다.

'살아 있어……'

또렷한 열기, 그리고 심장 고동과도 같은 미미한 율동이 손바닥 너머로 전해졌다.

경계를 멈추지 않으면서 아이즈는 가만히 벽을 바라보았다.

"아스피, 돌아왔어."

"어땠나요?"

대충 조사를 마치고 아이즈 일행이 벽에서 거리를 두고 있으려니 다른 통로로 갔던 소대가 양쪽 모두 돌아왔다.

그들의 말에 따르면 다른 통로도 마찬가지로 녹색 벽에 차단당해버렸다고 한다. 아마 팬트리로 이어지는 모든 길이 막혀버렸을 것이다.

그 말을 들은 아스피는 즉시 생각을 정리한 모양이었다.

"보아하니 그 몬스터의 대군은 단순한 대량발생…… 던전이 갑작스럽게 몬스터를 쏟아낸, 그러한 현상은 아니었던 모양이군요."

"무, 무슨 소리야?"

루루네의 질문에 아스피는 안경을 밀어 올렸다.

"팬트리에는 배가 고픈 몬스터가 계층 전체에서 몰려듭니다. 만일 어떤 팬트리에 들어가지 못하는 사태에 직면한다면…… 먼 곳에서 온 몬스터의 무리는 다음에 어떤 행동을 취할까요?"

"아⋯⋯!"

"⋯⋯다른 팬트리로 가려고."

루루네 대신 대답한 아이즈에게 아스피가 고개를 끄덕였다.

"이곳 북쪽 팬트리까지 온 몬스터들은 어쩔 수 없이 남쪽의 다른 팬트리로 진로를 전환했을 것입니다. 지난 며칠 동안 모험자들을 괴롭혔던 것은 몬스터의 대량발생이 아니라 몬스터의 **대이동**이었던 것이지요."

계층 전체에서 북쪽으로 몰려들었던 몬스터의 진로가, 모험자들이 다니는 길과 운 나쁘게 겹쳐져버린 것이라고 아스피는 결론을 내렸다.

이 녹색 벽에 의해 팬트리로 진입하지 못하고, 몬스터는 남서쪽과 남동쪽의 팬트리로 향했던 것이다. 계층 북쪽에서 남쪽으로 향한 굶주린 괴물의 대이동은 그 중간에 있는 모든 길을 종단했으며, 결과적으로는 모험자들이 이용하는 정규 루트에까지 몬스터가 밀려들고 넘쳐나게 되었다.

식량을 찾아 헤매던 몬스터가 이번의 대량발생 현상으로 이어진 것이다.

사태의 진상에 단원들이 수긍을 보이는 가운데 루루네는 등 뒤를 돌아보았다.

"몬스터들이 돌아다녔다는 건 알겠지만⋯⋯ 그럼 이 안쪽에는 뭐가 있을까?"

몬스터의 대이동을 일으킨 원인. 식물을 연상케 하는 정체불명의 녹색 벽.

눈앞의 이 두꺼운 벽이야말로 이상사태이고—— 이 장벽 너머에 무언가 **당치도 않은 것**이 잠들어 있다는 사실만은 틀림이 없을 것이다.

"……아스피, 이젠 어떻게 해?"

"……갈 수밖에 없겠지요."

꽁무니를 빼는 루루네에게 아스피가 한숨을 내쉬었다.

"그렇겠지~."

내키지 않아하던 루루네도 어깨를 늘어뜨렸지만 이내 의식을 전환한다.

"일단 '문' 같은 건 있는데……."

녹색 벽의 중심에는 꽃잎이 겹쳐진 것처럼 생긴 '문', 혹은 '입' 같은 기관이 있었다.

직경은 대형급 몬스터도 쉽게 지나갈 수 있을 정도. 이것이 출입구라면 언젠가 열리는 순간이 찾아올지도 모르겠지만…… 미동할 기척조차 없다.

"역시 파괴할 수밖에 없겠군요."

출구를 포함해 두꺼워 보이는 구조의 녹색 벽을 아스피가 주시했다.

"식물을 연상케 하는 외견이니 불이 유효할 것 같습니다만……."

"베어볼까요?"

아이즈가 칼집에서 검을 뽑자 루루네가 질린 표정으로 말했다.

"【검희】넌 얌전하게 생겨선 은근히 과격하다……."

벽을 관찰하던 아스피는 이내 아이즈에게 고개를 가로저었다.

"아닙니다. 정보가 필요해요. '마법'으로 시도해보지요. 메릴?"

그녀의 말에 파룸 마도사가 파티 앞쪽으로 나왔다.

모두가 지켜보는 가운데, 아이즈의 허리 정도밖에 오지 않는 조그만 소녀는 파룸용 짧은 금속제 로드(Rod)를 들고 영창을 시작했다. 머리에 쓴 뾰족모자가 까닥까닥 흔들렸다.

매직 서클을 전개한 상위 마도사는 조용히 마법명을 입에 담고는 불꽃으로 이루어진 커다란 구체를 뿜어냈다.

착탄과 동시에 굉음과 충격, 그리고 불길이 솟아났다.

비명과도 비슷한 연소음을 뿌리며 출입구에 해당하는 '문' 부분이 완벽하게 타버렸다. 녹색 벽은 그을린 흔적을 남기고 입을 쩍 벌렸다.

주위의 시선에 아스피가 고개를 끄덕이자, 파티는 줄을 지어 벽 너머로 이동했다.

아이즈 일행은 내부로 침입했다.

"벽이……."

기분 나쁜 소리를 내며 융기하는—— 수복되어가는 녹색 벽을 루루네가 돌아보았다.

벽은 시간을 들여 완벽히 막혀버렸다.

마치 자신들을 가둬버리려는 것 같은 움직임에 루루네와 단원들은 입을 다물었다.

"탈출할 수 없게 된 건 아닙니다. 귀환할 때는 또 구멍을 뚫어버리면 그만이지요."

사기 저하를 막기 위해 아스피가 그렇게 말하자 루루네와 단원들은 금세 평정심을 되찾은 것 같았다. 그들과 함께 아이즈도 다시 주위를 둘러보았다.

내부는 전체가 녹색 벽으로 변했다. 벽도, 천장도, 지면도 그렇다. 마치 생물의 체내로 들어온 것 같은 착각을 일으킨다.

장벽에서 발산되던 썩은 냄새가 한층 진해진 가운데 아이즈는 벽 한쪽으로 다가갔다.

《데스퍼러트》를 들고 벽을 베어본다.

손쉽게 갈라진 틈내 너머에서는 석벽── 제24계층 본래의 벽이 드러났다.

'**무언가가** 던전을 뒤덮고 있는 걸까……?'

마치 이 녹색 벽이 미궁에 달라붙은 것 같다.

출입구의 '문'과 마찬가지로 막 베인 상처가 아물어가는 광경을 보고 루루네는 이게 뭐냐고 징그럽다는 듯 중얼거렸다. 자동수복…… 적어도 던전과 같은 성질이 보인다는 사실에 아이즈는 말없이 생각에 잠겼다.

"자, 가지요."

아스피를 따라 아이즈 일행은 녹색 벽의 미궁 안으로 걸어 들어갔다.

후각이 예민한 수인들이 주위에 떠도는 썩는 냄새에 신음소리를 내는 가운데 모두가 긴장을 감추지 못했다.

갑자기 던전에 출현한, 수수께끼의 녹색 벽에 에워싸인 공간. 틀림없는 이상사태이며 무엇보다도 '미지'라는 이름의 영역에 발걸음도 자연스레 신중해졌다.

"저기, 무서운 상상 하나만 해도 될까? 만약 이 불룩불룩 기분 나쁜 벽이 전부 몬스터라고 하면 우린, 괴물의 위장 속을 걸어가고 있는 거지?"

"아!" "관둬." "그만하세요!"

루루네의 무시무시한 혼잣말에 단원들에게서 비난의 폭풍이 몰아쳤다. 재수 없는 소리 하지 말라고 모두가 입을 모아 말해, 의도치 않게 【헤르메스 파밀리아】의 긴박한 공기가 약간 누그러졌다. 다른 파벌 사람들의 소란스러운 대화를 들으며 아이즈는 시선을 어떤 한 점에 집중했다.

이 영역 내의 광원.

어렴풋한 인광을 뿜어내는, 벽과 천장에 피어난 꽃.

꽃의 색은 극채색.

아이즈의 두 눈이 가늘어졌다.

광량이 미덥지 못한 어두운 통로를 나아가기를 몇 분.

"갈림길…… 이젠 기존 맵은 도움이 안 될 것 같군요."

정면과 좌우 측면, 그리고 위쪽에까지 존재하는 합계 네

개의 길을 앞에 두고 아스피는 발을 멈추었다.

 보아하니 이 녹색 벽이 이루는 통로는 구조가 복잡한 모양이다. 원래 있는 제24계층의 미궁벽을 관통하기라도 했는지 땅속으로 무수히 뻗은 식물의 뿌리처럼 복잡하게 갈라지는 것 같았다.

 설마했던 사태에 아이즈가 당혹감을 느끼고 있으려니 아스피가 루루네에게 눈을 돌렸다.

 "루루네, 지도를 작성하세요."

 "알았어~."

 단장의 침착한 지시에 루루네는 맵과는 다른 양피지와 붉은 깃털펜——아이즈의 것과 같다 ——을 꺼냈다.

 마치 이 녹색 벽 내에 들어온 당초부터 자신의 걸음 수와 모퉁이를 돈 횟수를 모두 기억하는 것처럼, 종이 끄트머리부터 정확한 맵을 그려나가기 시작한다.

 이것은 즉 매핑(지도 작성) 기술이다.

 아이즈는 충격을 느끼면서, 루루네의 어깨 너머로 착착 완성되어가는 맵을 들여다보았다.

 "대단해……. 맵을, 만들 수 있네."

 "음— 대단한가? 【검희】한테 칭찬을 받다니 영광이지만…… 난 이래봬도 시프니까."

 멋쩍었는지 쓴웃음을 지으면서도 루루네는 손을 멈추지 않았다.

 자신에게는 없는 기술이다. 금세 현재 위치까지 오는 길을 다 기록한 그녀를 보며 아이즈는 솔직하게 대단하다고 생각했다.

지금이야 길드에는 수많은 계층의 맵 데이터가 축적되어 모험자는 불편함 없이 탐색환경을 갖출 수 있지만, 그것도 아득한 '고대' 시절부터 이어져온 탐색자들의 공적이 있기에 가능한 것이다. 그들은 아무런 정보도 없이 '미지'에 도전했으며, 목숨을 걸고 정규 루트를 개척했고, 각 계층의 매핑을 행했던 것이다.

그저 과거의 선구자들이 만들어낸 맵 데이터를 따라 탐색하는 현재의——아이즈를 비롯한 모험자들은 말하자면 그들의 위업 위에 편하게 앉아 있는 것이다. 그 증거로 아이즈는 매핑 방법을 모를 뿐만 아니라 지식조차 전혀 없다. 분명 다른 모험자도——미개척 에어리어의 맵 데이터를 팔아 생활하는 매퍼(지도제작자)를 제외하면 ——많은 이들이 방법을 모를 것이다.

'미개척 미궁을 탐색한다'는 행위에 아이즈는 그제야 겨우 긴장을 느낄 수 있었다.

싸움만 하느라 완전히 잊어버렸던 '모험자'라는 직업의 본질과, 그리고 자신의 미숙함을 생각하게 되었다.

이에 따라 루루네에 대한 존경심도 들었다.

"정말 잘한다……."

"아하하, 도시 밖에 나가는 주신님이랑 같이 수상한 유적 같은 곳에도 곧잘 드나들거든, 나는. 이젠 익숙해."

오른쪽 길을 고른 파티의 진행에 맞춰 술술 매핑을 해나가는 루루네에게 아이즈는 감탄할 뿐이었다. 루루네는 다시 멋쩍어하며 주신에게 단련받은 기술임을 가르쳐주었다.

지나갔던 길을 몇 번 돌아오기를 반복하면서 아이즈 일행은 복잡한 미로를 탐색해나갔다.

맵을 척척 메워나가는 한편, 루루네는 제18계층에서 확보한 수정 조각을 때때로 뒤에 떨어뜨려 지나온 길의 이정표로 삼는 것도 잊지 않았다.

"그건 그렇다 쳐도…… 이래서는 리빌라 마을에서 샀던 트랩 아이템이나 위장포는 쓸 일이 없겠네."

"그럴 것 같군요…… 음?"

몬스터와의 조우도 전혀 없어 기이한 정적을 유지하는 녹색 미궁에 단원들이 으스스함을 느끼기 시작했을 무렵이었다.

탁 트인 통로의 중심에 부자연스럽게 흩어진 재를 발견했다.

"몬스터의 시체인가?"

"예. 틀림없이 그런 것 같습니다."

사방에 어질러진 재의 무더기에서 아스피는 '마석' 대신 '드롭 아이템'을 발견했다.

왜 이런 곳에 몬스터의 시체가 있을까, 생각에 잠긴 루루네에게 그녀가 말을 이었다.

자신의 단검을 조용히 뽑으면서.

"아마도 그 '문'을 돌파할 수 있었던 여러 마리의 몬스터가 이곳까지 침입했겠지요……. 그리고 **무언가에** 살해당한 것입니다."

아스피의 그 발언을 시작으로 파티의 분위기가 더욱 긴장을 띠었다. 아이즈를 비롯해 눈치가 빠른 자들은 이미 무기를 장비해 주위를 경계하고 있었다.

팬트리로 가는 길을 봉쇄했던 장벽을 돌파할 만큼 강한 몬스터 개체들——그런 것들을 보기 좋게 물리친 것처럼 수많은 주검을 사방에 흩어놓았다.

후열 사람들을 지키듯 진형을 재편성하며 아스피 일행은 신경을 곤두세웠다.

여러 개의 어스름한 수평굴 너머, 통로 전방, 그리고 후방.

모험자들이 주위에 날카로운 시선을 보내는 가운데, 아이즈는.

혼자 머리 위를 보고 있었다.

"——위."

아스피 일행은 흠칫 어깨를 떨고 일제히 고개를 들었다. 그곳에는 어스름 속에서 꿈틀거리는 몇 개나 되는 길쭉한 몸이 있었다.

아득한 위쪽의 천장에서 구물구물 움직이는 몬스터들은 극채색 꽃잎에서 점액을 뚝뚝 떨어뜨렸다. 송곳니가 돋아난 커다란 입을 드러낸 몬스터——식인꽃의 무리는 지체하지 않고 천장에서 떨어졌다.

『ㅇㅇㅇㅇㅇㅇㅇㅇㅇㅇㅇㅇㅇㅇㅇㅇㅇㅇㅇㅇㅇㅇㅇㅇ!!』

깨진 종을 두드리는 듯한 포효와 함께 밀려드는 적을 앞에 두고 아스피가 외쳤다.

"각자 맞서 싸우세요!"

수많은 거구의 강하를 회피해 아이즈 일행은 몬스터에게 달려들었다.

✦

"레비스, 침입자다."

붉은 빛에 비친 으스스한 대공동에서 남자가 경고했다.

"몬스터야?"

"아니, 모험자다."

붉은 머리 여자, 레비스의 물음에 온통 새하얀 사내는 그것 보라며 밉살스럽게 대답했다.

두 사람의 주위에서는 로브를 입은 자들이 약간 안절부절못하는 기색이었다. 침입자의 존재를 위험시하는지 서로 목소리를 높이며 황급히 뛰어다녔다.

레비스는 그 광경을 같잖다는 듯이 흘끔 보았다.

"상대는 중규모 파티…… 모두 고수들인 것 같았다."

녹색 벽의 일부, 달 표면을 연상케 하는 창백한 수막에는 식인꽃과 교전하는 모험자들의 무리가 비치고 있었다.

레비스는 흥미를 조금도 보이지 않았지만── 수막 속

에 아름다운 금발금안의 소녀가 나타난 순간 눈빛을 바꾸었다.

주저앉아만 있던 그 자리에서 재빨리 일어났다.

"'아리아'다."

"뭐야?"

그녀의 중얼거림에 사내도 반응했다.

레비스의 녹색 눈이 아이즈에게 못 박혀 있음을 알아차리자 그의 입술은 영문을 모르겠다는 듯 일그러졌다.

"【검희】가 '아리아'……? 믿을 수 없군."

"확실해."

짧게 대답한 붉은 머리 여자는 조금 전까지와는 완전히 다른 분위기를 띠었다.

사냥감을 좇는 사냥꾼처럼, 혹은 나락에서 온 재앙의 사자처럼 냉혹한 위압감을 풍겼다.

가늘게 뜬 두 눈으로 수막에 비친 소녀만을 노려본다.

"내가 가겠어. '아리아'를 주위의 다른 놈들에게서 떨어뜨려."

"……알았다."

대답을 듣지 않고 등을 돌린 채 여자는 대공동에서 이동했다.

흘러나온 피처럼 붉은 빛이 그녀의 모습을 흉흉하게 비춰주었다.

⊡

천장 부근에 피어난 창백한 꽃 한 송이가 내려다보는 통로 한 모퉁이에서는 격렬한 전투가 펼쳐지고 있었다.

필살의 기세가 실린 몬스터의 육탄공격을 전열의 방패가 막아내고, 무수히 꿈틀거리는 촉수를 중견 포지션의 전사들이 튕겨낸다. 영창을 행하는 후열의 마도사들에게 곁눈질도 하지 않고 달려드는 그 불규칙한 움직임에 악전고투하면서 식인꽃 몬스터와 【헤르메스 파밀리아】는 일진일퇴의 공방을 되풀이했다.

"루루네, 상대의 '마석'은 어디 있죠?!"

처음 만난 상대에게 단원들이 공세를 펼치지 못하고 있을 때, 가장 먼저 전황에 적응한 것은 아스피였다. 여러 각도에서 밀려드는 수많은 촉수를 단검으로 모조리 베어 날리면서 상대의 긴 몸을 깊고 예리하게 베어냈다.

깨진 종을 두드리는 것 같은 비명이 연속으로 이어지며 식인꽃 무리의 경계 우선순위가 치솟는 가운데, 양동도 겸한 요란한 고속이동으로 적을 혼란에 빠뜨렸다.

"어, 분명, 입안!"

그녀와 같이 나이프로 촉수를 잘라내던 루루네는 리빌라 습격 때 얻은 정보를 외쳤다.

"입안이란 말이지요."

식인꽃의 주둥이를 노려다본 아스피는 채찍처럼 머리

위로 날아든 촉수의 일격을 특제 망토로 받아 흘리고는 벨트의 홀스터에서 다홍색 액체가 든 작은 병을 꺼냈다.

순식간에 작은 병은 식인꽃의 입에 투하되고——폭발.

『—————————————아아?!』

입안에서 작렬한 폭탄에 비명은 마지막까지 이어지지 못했다. '마석'이 파괴당한 식인꽃은 재가 되었다.

아이템 메이커의 특제 투척용 무기, 버스트 오일이었다. 도시 밖에서 나는 자원——대륙 북부의 화구(火口) 부근에서 싹트는 화산꽃을 원료로 아스피가 몇 가지를 더해 생성한 액체 폭약이다. 그녀만이 만들 수 있는 다홍색 폭약은 작은 병 하나로 중층 몬스터의 숨통을 끊을 만한 위력이 있다.

자신 전용의 강력한 아이템을 구사해 아스피는 잇따라 격파를 거듭해나갔다.

단원들도 상대의 움직임을 파악했는지 단숨에 공세로 전환해 밀어붙였다.

한편 표적이 되기 쉬운 마도사의 방어에 나선 아이즈는 '마력'에 이끌린 몬스터들을 하나하나 해체시켜나갔다.

"괜찮아?"

"네, 네엣!"

얼굴을 붉힌 파룸 소녀가 올려다보는 가운데, 아이즈는 아스피가 중심이 된 【헤르메스 파밀리아】의 교전을 바라보았다.

역시 강하다, 아이즈는 순백색 망토를 나부끼는 아이템 메이커의 모습을 눈으로 좇으며 생각했다. 식인꽃의 성질 때문에 마도사들이 걱정되어 후열 위치까지 물러났지만 이제는 나설 필요도 없다. 다른 단원들의 높은 대응능력도 대응능력이지만 그녀의 냉정한 분석과 행동력은 그야말로 타의 추종을 불허했다. 아이즈는 자연스레 핀의 모습을 떠올렸다.

아스피는 워타이거의 원호를 받아 품으로 파고들어선 서포터에게 건네받은 장검으로 식인꽃의 머리를 베어 날려버렸다.

"대충 정리가 됐군요……."

장검을 서포터에게 던져 돌려주며 아스피는 주위를 둘러보았다.

후방에서는 마침 루루네가 마지막 한 마리를 해치운 참이었다. 잿더미 속에서 마석을 깨뜨린 투척용 단검을 회수하며 아이즈에게 돌아온다.

"휘이~ 차분하게 싸우니 어떻게든 되는걸."

"타격이 통하지 않았을 때는 안 되겠다 싶었지만…… 뭐, 양호하다고 해두죠."

리빌라 습격 당시 식인꽃에 쓰디쓴 기억이 남아버린 루루네는 파티의 연계 플레이와 함께 자신감을 되찾은 모양이었다. 아스피도 버스트 오일 소비를 신경 쓰며 전과를 긍정적으로 받아들였다.

일행이 극채색 마석을 수습하고 술렁거리기도 했지만, 무장과 아이템 점검을 재빨리 마치고 파티는 진행을 재개했다.

"듣기는 했지만 그것이 그 신종 몬스터였군요……."

"단단하고, 빠르고…… 게다가 수도 많아. 아~ 진짜 싫다."

"【검희】, 당신은 저 신종의 성질을 숙지한 것 같았습니다만 아는 것이 있다면 이 기회에 가르쳐주실 수 있을까요?"

"알았어요."

아스피와 루루네에게 아이즈는 식인꽃에 대해 가지고 있는 정보를 제공했다.

우선 타격은 잘 통하지 않으며, 대신 참격 내성이 낮다는 사실.

그리고 '마력'에 민감하게 반응해 '마법'의 발생지에 밀려든다는 사실.

파티원들도 주위 경계를 태만히 하지 않으면서 아이즈의 방울 같은 목소리에 귀를 기울였다.

아이즈는 마지막으로 전달할까 말까를 조금 생각한 다음, 밝혔다.

"……그리고, 다른 몬스터들을 우선적으로 노리는 습성이, 있을지도 몰라요."

몬스터를 노리는 경향이 있다는 성질은, 정확하게는 '심층'에서 조우했던 애벌레 몬스터에게서 보였던 특징이었다. 제51계층에서 맹렬히 도망칠 때 아이즈 일행을 잠시 방치해두고 '블랙 라이노스'를 잡아먹던 광경은 지금도 선명히 떠올릴 수 있다.

식인꽃에게서는 아직 그러한 행동을 확인하진 못했지만, 극채색 '마석'이라는 공통점에서 아이즈는 혹시나 몰라 말해두었다.

"동족상잔을 하는 몬스터란 말야? 거 신기하네."

매핑을 하던 루루네가 고개를 들자, 옆에서 입을 다물고 있던 아스피는 안경테를 매만지며 흐음 소리를 냈다. 그녀는 가설을 털어놓듯 해설을 시작했다.

"몬스터가 몬스터를 습격하는 행동에는 크게 나누어 두 가지 가능성이 있습니다."

아스피는 우선 손가락을 하나 폈다.

"하나는 돌발적인 전투. 우연히, 혹은 모종의 사고로 피해를 입어 발끈한 몬스터끼리 다투는 것. 무리와 무리가 싸우는 경우도 있습니다."

아이즈가 고개를 끄덕이자 아스피는 두 번째 손가락을 폈다.

"그리고 두 번째. 몬스터가, **마석의 맛을 알아버렸을** 경우."

본론에 접근한 듯, 그녀는 말을 이었다.

"다른 개체의 '마석'을 섭취하면, 몬스터의 능력에는 변동이 일어납니다. 【스테이터스】를 갱신받은 우리처럼."

"'강화종'······."

아이즈가 중얼거리자 아스피가 고개를 끄덕였다.

"예. 과도한 양의 '마석'을 섭취한 몬스터는 본래의 능력과는 확연히 다른 존재가 되지요."

본능 밑바닥에서는 동포임을 무의식적으로 자각한 몬스터들은 최소한 동족상잔만은 기피하는 성향이 있으나, 여기서 일탈한 개체도 이따금 나타난다.

【엑세리아】를 축적해【스테이터스】를 높이는 인류와는 다른, 문자 그대로 약육강식의 법칙에 따라 몬스터는 자신의 힘을 끌어올리는 것이다.

'마석'이 가져다주는 힘과 전능감에 도취되어버린 괴물은 오로지 동료의 핵을 탐식하게 된다. 그리고 지나치게 힘을 얻은 존재는 길드에서 현상수배범, '바운티 몬스터'로 막대한 상금이 걸려 토벌의 대상이 되기도 한다.

"유명한 것은 '피에 젖은 트롤'…… 수많은 모험자들을 해쳤으며, 토벌에 나섰던 정예 파티마저 되레 퇴치당했던 괴물이지요."

"아, 맞아……. 상급 모험자를 50명 정도 죽였다며?"

"예. 마지막에는【프레이야 파밀리아】가 토벌했던 것이 아직 기억에 생생하군요."

아이즈도 기억한다. 세간을 뒤흔들었던 사건이었다.

길드의 추정 Lv.을 아득히 능가하는 수준까지 강화된 '피에 젖은 트롤'은 어디까지나 특례 중 하나지만, 같은 종족의 '마석'을 다섯 개만 섭취하면 몬스터의 능력은 눈에 띄게 변화한다는 정보가 존재한다.

"그렇다면 그 신종도 '마석'을 목적으로 다른 몬스터를 습격한다는 거야?"

"……라고, 저는 생각합니다만. 적극적으로 동족상잔을 저지른다는 것은 모종의 이유가 있어야 할 테니까요. 게다가 조금 전의 전투에서도 능력 차이가 현저한 개체가 다수 존재했습니다."

"듣고 보니 그 식인꽃의 힘은 들쑥날쑥했어. 쉽게 잡을 수 있는 놈도 있고, 상대하기 버거운 놈도 있고. ……그래도 무리 전체가 '마석'을 노리다니, 그런 게 있을 수 있나? 처음부터 '마석'의 맛을 찾다니, 장난이 아닌데."

루루네와 아스피의 대화를 들으며 아이즈는 생각에 잠겼다.

아스피의 추측이 옳다는 느낌이 들었다. 이번에 교전한 몬스터들에 비해 몬스터 필리아 때나 리빌라 마을에서 격돌했던 식인꽃 중에는 능력 면에서 뛰어난 개체가 많았다. 단순한 개체차라 단언하기는 어려울 정도로 큰 격차가 있었다.

마음에 걸리는 것은 식인꽃끼리는 동족상잔이 발생하지 않는다는 점…… 루루네가 의구했듯 극채색 '마석'을 가진 몬스터는 다른 몬스터와는 달리 후천적이 아니라 선천적으로 '마석'을 추구하는 성질이 있는지도 모른다.

'아무튼…….'

여기까지 생각했던 아이즈는 의식을 전환했다.

'몬스터가 나왔다면…… 이 너머에.'

기다리고 있을 가능성이 높다.

식인꽃 몬스터와 함께 연상되는 붉은 머리 여자의 모습이 머릿속을 가로질렀다.

질끈 왼손을 쥔다.

조용히, 아이즈는 자신의 마음에 각오를 다졌다.

"또 갈림길이야……."

다시 기로에 접어들어 파티의 걸음이 멈추었다.

넓게 좌우로 갈라진 두 개의 길을 앞에 두고 루루네가 아스피의 지시를 기다렸다.

"아스피, 이번엔 어디로——."

그때였다.

루루네의 목소리를 가로막고, 커다란 몸을 질질 끄는 소리를 내며 좌우 길에서 몬스터의 독살스러운 꽃 머리가 나타났다.

"하필 양쪽에서……."

신음하는 루루네에게 결정타를 날리듯 아스피가 주의를 촉구했다.

"아닙니다…… 뒤에서도."

"으곗."

좌우와 후방, 세 방향에서 이루어진 협공이었다. 천장과 지면을 기어 출현하는 수많은 식인꽃을 보고【헤르메스 파밀리아]의 다른 단원들도 낯을 찡그렸다.

퇴로가 완벽히 차단되었다.

"……【검희】, 한쪽 통로를 맡아주실 수 있겠습니까?"

"알았어요."

아스피의 요청을 아이즈가 받아들였다.

유일한 제1급 모험자인 아이즈에게 한쪽 통로의 적을 맡기고, 그동안 두 방향에서 오는 몬스터를 섬멸하려는 작전이었다.

곧 아스피의 날카로운 호령에 따라 총원 16명의 모험자들이 뛰어나갔다.

후방으로 8, 오른쪽으로 7, 그리고 왼쪽으로 아이즈가 혼자 달려나가 적과 접촉한다.

그리고 누구보다도 먼저 아이즈의《데스퍼러트》가 식인꽃을 갈라 쓰러뜨린── 그 다음 순간.

마치 그 타이밍을 가늠했다는 듯 천장에서 거대한 기둥이 그녀에게 떨어졌다.

"웃?!"

즉시 반응한 아이즈는 긴급회피를 시도했다.

지면을 박차고 후방의 허공으로 몸을 날려, 쿠웅, 쿠웅, 쿠웅, 잇따라 발사되는 거대한 녹색 기둥을 잇따라 회피해, 정신이 들고 보니.

왼쪽으로 이어졌던 길이 완벽히 가로막혀 아스피 일행과 격리되고 말았다.

"분단?!"

두꺼운 벽으로 변한 기둥 너머에서 루루네의 비명이 들렸다.

아이즈 또한 금색 두 눈을 크게 떴다. 보통 던전에서는 있을 수 없는 함정에 뿔뿔이 흩어진 동료들과 마찬가지로 경악에 휩싸였다.

──의도적으로 갈라놓은 거야!

충격이 빠져나가지 않은 동안에도 아직 남은 식인꽃들이 아이즈에게 달려들었다.

『오오오오오오오오오오오오오오오오오오오오오!!』

"웃!"

적의 촉수를 베고 아이즈는 합계 다섯 마리의 몬스터를 순식간에 물리쳤다.

마지막 한 마리를 재로 만든 것과 동시에 벽으로 달려가, 그 너머에 있을 루루네 일행과 합류하기 위해 파괴하려 했다.

그러나 어디선가 뿜어져 나온 맹렬한 살기가 이를 용납하지 않았다.

"……!"

강렬한 전의에 아이즈는 어깨를 흠칫 떨었다.

돌아보고, 어스름이 이어지는 통로 안쪽을 바라본다.

저 어둠 너머에 있는, 무시할 수 없는, 무엇보다도, 기억이 있는 압도적인 존재감.

이 상대에게 한순간이라도 등을 돌려서는 안 된다고 판단한 아이즈는 몸을 돌리고…… 이윽고 눈꼬리를 틀어 올렸다. 이끌리듯 어둠 속으로 나아가기 시작했다.

벽에 피어난 시든 꽃이 인광을 뿜어 아이즈의 얼굴을 비추었다.

은색 가슴받이와 어깨받이가 빛을 반사하는 가운데 부츠 소리를 조용한 외길에 퍼뜨렸다.

시간은 그리 오래 걸리지 않았다.

나아가는 아이즈의 모습을 거울로 비춘 것처럼, 천천히.

상대도 어둠을 가르고 다가오고 있었다.

"──그쪽에서 먼저 와줄 줄이야. 바라지도 않았는데."

그리고 나타난 것은 붉은 머리의, 테이머 여자였다.

아무런 변장도 하지 않은, 흰 피부와 붉은 머리카락. 녹색 두 눈을 드러낸 맨얼굴로 아이즈를 정면에서 바라본다.

──역시, 있었어.

싸늘한 여자의 시선을 금색 눈동자로 받아냈다.

거대한 녹색 벽에 에워싸인 통로 안에서 아이즈와 테이머 여자는 대치했다.

시선이 얽히고, 빈틈없이 대비하면서 아이즈는 상대가 어떻게 나올지를 살폈다.

마치 누군가에게서 벗겨낸 것처럼, 어딘가 상한 흔적이 있는 배틀클로스. 방어구를 비롯해 무기는 아무것도 들고 있지 않았다.

"……당신은 여기서 뭘 하고 있어?"

"글쎄에."

"이건, 이 던전은 뭐지? 당신이 만들었어?"

"알 필요는 없지."

이쪽의 질문에 상대는 역시 제대로 대답해줄 마음이 없는 모양이었다. 예전에 조우했을 때와 마찬가지로 딱 잘라 거절한다.

"너는 잠자코 따라오면 그만이야. 만나고 싶다는 녀석이 있거든. 오도록 해, '아리아'."

그 말에 아이즈는 눈을 날카롭게 떴다.

"나는 '아리아'가 아니야."

부정하는 아이즈에게 여자는 의아하다는 표정을 지었다.

"'아리아'는, 우리 어머니."

"헛소리 지껄이지 마. '아리아'에게 아이가 있을 리 없어. 설령…… 네가 '아리아' 본인이 아니라고 해도 상관없고."

말을 나누는 동안 아이즈는 몸을 내밀었다.

"당신은 어떻게 '아리아'를 알고 있어? '아리아'에 대해 무엇을 알아?"

"이름을 알고 있을 뿐이야. '아리아'를 만나고 싶다고 몇 번이나 채근을 하는 녀석이 있거든……. 짜증나는 목소리에 떠밀려 찾아봤더니 널 만났지. 그뿐이야."

말수가 늘어나고 감정이 드러난 아이즈를 앞에 두고도 여자는 무미건조한 태도를 바꾸지 않았다.

공연한 말을 했다는 듯 그녀는 말을 끊었다.

"쓸데없는 소리는 이만 끝. 널 데려가겠어."

그렇게 말하고, 여자는 지면에 한 손을 **꽂았다**.

잘록한 허리가 구부러지고 풍만한 가슴이 흔들리는 동안 콰륵, 하고 물이 소용돌이를 치는 듯한 소리가 그녀의 발밑에서 터져 나왔다.

이윽고 힘차게 손을 뽑자, 붉은 액체를 뿜으면서 긴 막대 형태의 덩어리가 튀어나왔다.

자루가 존재하는, 틀림없는 **장검**.

——네이처 웨폰?

놀라는 아이즈의 앞에서 여자는 검을 휘둘러 날에 묻어 있던 액체를 털어냈다.

생물에게서 뽑아낸 혈육을 그대로 거푸집에 부어넣어 만든 것처럼 기분 나쁜 외견. 코등이를 비롯한 장식은 전혀 없었으며 붉은 검신은 전혀 베일 것 같지 않았다. 상처를 입으면 저주를 받을 것 같은, 그런 흉흉한 위압감이 있을 뿐이다.

입을 다문 아이즈는 조용히, 몸에서 쓸데없는 힘을 **뺐다**.

임전태세를 갖춘 강적을 앞에 두고 자신의 모든 것을 애검에 맡기며, 한 명의 검사로 탈바꿈한다.

"간다."

한순간 후, 여자가 돌격했다.

붉은 머리카락이 피거품 같은 경사를 그리며 장검이 날

아들었다.

아이즈는 정면으로 받아내고 《데스퍼러트》로 튕겨냈다.

지르릉 울리는 세이버의 금속성과, 쇳덩어리를 후려친 듯한 둔중한 소리. '리빌라 마을'에서 압도되었던 흉포한 기세로 여자는 잇따라 공격을 퍼부었다. 공기가 비명을 지르는 가공할 수평 일격을 아이즈는 몸을 굽혀 별 어려움 없이 피하고 즉시 베어올렸다.

지난 전투를 되풀이하듯, 순수한 검기와 권각(拳脚)이 뒤섞인 기술이 펼쳐졌다.

"……?"

격렬한 육박전 속에서, 여자의 표정이 의아함이 떠올랐다.

눈살을 찡그린 그녀는── 서서히 빨라져가는 아이즈의 검기를 깨달은 순간 눈을 크게 떴다.

지체하지 않고 잔상을 남기는 은색 검이 여자의 경악과 함께 반응을 갈라버리고 번뜩였다.

자세를 무너뜨릴 정도로 장검이 크게 튕겨나갔다.

"아니?!"

동요할 틈도 주지 않고, 아이즈는 말없이 추가공격을 펼쳤다.

현저한 연속공격에 휩쓸려 여자는 간신히 방어만을 하다가, 결국 견디지 못하고 크게 후퇴했다.

혼신의 대각선베기를 받아낸 반동을 상쇄하지 못하고 녹색 지면에 발을 끌었다.

겨우 기세가 그쳐 몸이 멈추었을 때, 여자는 아연실색하고 있었다.

완만한 움직임으로 풍만한 가슴에 손을 대니 끈적끈적한 붉은 피가 손끝을 적신다.

얕은 상처를 입은 그녀는 아이즈에게 고개를 들었다.

"너, 설마……."

날카로운 눈으로 의연히 자신을 바라보는 소녀에게, 다음에는 요란하게 미간을 찡그린다.

"【스테이터스】를 승화시킨 거냐……?!"

열흘 전과는 몰라볼 정도로 달라진 아이즈의 능력에, 상대도 마침내 깨달은 모양이었다.

위업을 달성해야만 이를 수 있는 새로운 경지, 【랭크 업】.

칠흑의 계층 터주 우다이오스와 격전을 치른 끝에 탈피한 아이즈가 이른 Lv.6이라는 정점.

그 수정 마을에서 패배했던 소녀는 더 이상 없다.

"아아, 성가셔……!!"

내뱉은 말에는 조바심이 배어나왔다.

열흘 전에는 압도했던 순수한 신체능력이, 이제 와서 백중지세를 띠었다.

가증스럽다는 듯 노려보는 여자에게 아이즈는 조용히 받아쳤다.

"당신에게 지고 싶지 않았을 뿐."

푸른 어둠 밑에서 그녀에게 맛보았던 패배감이, 아이즈

를 높은 경지로 떠밀어주었다.

마음속 깊은 곳에 감춘, 【파밀리아】 동료들 못지않은 타고난 호승심. 융통성 없는 경쟁심리를 발휘하여 소녀는 이 순간에 이르렀다. 설욕전이었다.

자신의 의지를 드러내듯 아이즈는 애검의 끝을 겨누었다.

"쯧……."

혀를 차고, 장검을 고쳐 드는 여자와 서로 노려본다.

항상 냉담했던 표정을 무너뜨리고 상대는 이쪽을 명확한 적으로 간주해 날카로운 시선의 칼날로 쏘아낸다. 이제까지보다도 더욱 농후한 위압감이 아이즈를 엄습했다.

조용히 기선을 살피는 두 사람. 그러나 여자가 천천히 입을 열었다.

"쓰지 않는 거냐?"

'바람'을 쓰지 않는 거냐고, 그렇게 묻는다.

최대의 무기인 마법을 구사하려 들지 않는 소녀에게 의문을 건넨다.

그리고 아이즈는 또렷하게 말했다.

"필요 없어."

'마법'에 의존하던 지난번의 전투를 돌아보고, 다시 한 번 자신의 원점으로 돌아가겠다는 생각.

검사로서 함양한 검기만으로, 아이즈는 이 여자와의 승부에 임했다.

"——만만하게 보지 마."

이에 테이머 여자는 열화와도 같은 분노를 띠었다.

그 무표정한 미모에 살기가 넘쳐나고, 꽉 쥔 장검의 칼자루에는 균열이 내달렸다.

이제까지 보이지 않았던 감정을 터뜨리며 다음 순간, 밟아 부술 듯이 지면을 박찼다.

탄환이 되어 밀려드는 상대에게 아이즈도 검을 쳐들고 질주했다.

은색과 붉은색 검이 무시무시한 기세로 교차했다.

충돌.

4장

백
발
귀

Гэта казка іншага сям'і

сівавалосы дэман

© Kiyotaka Haimura

"【저격하라, 요정의 사수. 뚫어라, 필중의 화살】!"

아름다운 주문의 선율이 울려 퍼진다.

단문연창을 자아낸 레피야는 마도사 전용 장비인 마장 《숲의 티어드롭》을 겨누었다. 메이지가 애용하는, 특수광석 '세이로스'를 본체의 재료로 삼아 마도사의 마법을 끌어올리는 성능이 추구된 지팡이. 여기에 장착할 마보석을 생성하는 데에는 귀중한 아이템인 '천년수의 눈물'이 쓰여 특정 종족——엘프——의 '마력'에 높은 융화성을 보인다.

발밑에 펼쳐졌던 마법원과 연동하듯 지팡이 끝에 달린 마보석이 눈부신 빛을 뿜어냈다.

"【아르크스 레이】!!"

힘찬 마법명이 빛의 화살을 소환했다.

특출한 '마력'과 강력한 스킬 【페어리 카논】 덕에 이제는 포격으로 변한 단발 마법이 좁은 직선통로 안을 가득 메웠다. 진로 위에 있던 스무 마리도 넘는 몬스터들은 절규를 지르며 거대한 섬광에 휩싸이고, 사라졌다.

섬광의 궤적을 따라 남은 잿더미.

적을 격파했음을 확인하고 레피야는 지팡이를 내렸다.

"그렇구나. 넌 위세 숲 출신이었군. 동포들 중에서도 '마력'이 뛰어난 향토의……. 그 마법 출력을 보니 수긍이 가는걸."

"아, 아뇨! 전 이런 것 말고는 할 줄 아는 게 없어서……."

눈앞을 가로막았던 몬스터의 벽을 없애고 다시 나아가

면서 피르비스가 이해했다는 듯 레피야의 얼굴을 바라보았다.

던전 제24계층. 아이즈를 추적하고자 복잡한 미궁 안을 달려온 레피야 일행 셋은 이 목표 계층까지 도착했다. 베이트, 피르비스와 나란히 거대한 나무로 이루어진 미궁에 탁탁탁 발소리를 울린다.

일행은 계층 북쪽의 팬트리로 향했다. 몬스터의 대량발생이 확인된 정규 루트로 가보니 미처 수습하지 못한 것으로 보이는 '드롭 아이템'과 몬스터의 시체가 북쪽 방향으로 이어져 있었기 때문이다. 어지간한 상급 모험자가 아니고선 돌파할 수 없었을 몬스터들이었으므로 분명 아이즈의 소행이리라고 확신했다.

몬스터가 속속 모여들었지만 시간낭비를 꺼려 현재는 큰 통로를 우회해 나무껍질에 에워싸인 좁은 길로 나아가고 있다. 좁은 길이라고 해도 폭은 5M 이상이나 되므로 소수 편성이라면 아무런 지장도 없을 만한 길이었다.

빛을 발하는 이끼에 휩싸여, 피르비스와 대화를 나누던 레피야는 얼굴에 웃음을 지었다. 그녀의 칭찬과, 무엇보다도 줄어든 거리감에 자꾸만 기쁨이 드러나고 말았다.

"수다 그만 떨어. 또 온다."

같잖다는 듯 내뱉으며, 나란히 달리던 베이트가 앞으로 튀어나갔다. 시야 저편에서 나타난 몬스터를 순식간에 해치운다. 아크로바트를 하듯 여러 마리의 데들리 호넷을 공중에서 단숨에 격추하고, 2M이 넘는 '홉고블린'의 굵고 추한 거구에 상단 발차기를 날려 말 그대로 분쇄했다.

파티의 진행속도에 조금도 영향을 미치지 않는 기세로 베이트가 길을 여는 동안 레피야 일행의 주위에서는──

쩌적, 소리와 함께.

사방으로 튀는 나무껍질 파편과 함께 벽에 균열이 발생하더니, 리저드맨과 다크 펑거스의 무리가 우르르 출현했다.

"!"

"물러나, 비리디스!"

나무껍질 벽면을 뚫고 태어난 몬스터에 포위당한 가운데 레피야의 이름을 부른 피르비스가 질주했다.

단검을 뽑아 레피야의 옆에 있던 몬스터를 베어 쓰러뜨린다. 울부짖는 리저드맨들이 피르비스에게 달려들었지만 그녀는 찌르기와 횡베기를 현란하게 섞은 재빠른 공격으로 적확하게 급소를 공격했다. 순백색 배틀클로스를 나부끼며 굵은 꼬리의 공격을 흘려내고, 엇갈린 것과 동시에 도마뱀 몬스터의 목을 몸통에서 날려버린다.

뻣뻣하게 서 있던 레피야가 개입할 틈도 없이 눈 깜짝할 사이에 리저드맨의 숫자를 줄인 피르비스는 허리에서 나무로 만든 완드를 뽑아 들었다.

"【일소하라, 파사의 성장(聖杖)】!"

남은 두 마리의 리저드맨과 전투하며 주문을 이어나간다.

'병행영창'을 개시해 리저드맨들을 베어 쓰러뜨린 다음에는.

버섯의 갓을 펼치고 불온한 움직임을 보이는 세 마리의 다크 펑거스에게 완드를 내밀고 있었다.

"【디오 튀르소스】!"

독 포자의 확산과 같은 타이밍에 초단문영창 마법이 발동되었다.

날카로운 섬광과 함께 뿜어져나간 한줄기의 벼락이 다크 펑거스들을 독 포자와 함께 태워버렸다.

'괴, 굉장해…….'

몬스터의 무리를 쓰러뜨린 피르비스의 활약에 레피야는 경탄을 금할 수 없었다.

순수한 후열 마도사인 레피야와는 다른 '마법검사'.

모험자 파티에서 중견 포지션으로 매우 수요가 높은──인기가 있고 중시되는 ──하이 밸런서다. 스스로도 전선에서 싸울 수 있으며, 활이나 투척무기로는 당해낼 수 없는 '마법'의 화력까지 자랑하는 스피드 중시형 마도사. 레피야가 동경하는 배틀 스타일이기도 하다.

피르비스는 초단문영창 공격마법을 주체로 삼는 '마법검사' 중에서도 한층 더 빠른 스타일의 전법이 주특기인 모양이었다.

단검과 완드로 근거리와 원거리를 빈틈없이 소화해내며, 격렬한 전투 속에서 '병행영창'도 쉽게 구사하는 것 같았다. 검과 함께 춤추며 적을 물리치고 마법으로 태워버리는 모습은 단아한 용모와도 맞물려 아름답고 화려했다.

한동안 시간이 지나고도 넋을 잃고 바라보던 레피야는 —— 문득 열등감을 느끼고 말았다.

"너도 저 정도는 할 수 있어야지."

"윽……."

다가온 베이트가 결정타를 가했다.

보통은 전열을 담당해줄 사람이나 거리가 필요한 후열 마도사인 그녀는 동료의 도움 없이는 크게 활약하지 못한다. 혼자서도 전투를 해낼 수 있는 만능의 피르비스와 비교하면 천양지차였다.

고개를 푹 숙인 채 풀이 죽어 있으려니 이번에는 돌아온 피르비스가 옹호해주었다.

"화력 특화 마도사에게 거기까지 바라는 건 잔혹한 짓이다. 진정한 국면에서 필요한 건 비리디스의 힘일 텐데."

포대인 그녀를 지키는 것이 파티의 역할이라고 피르비스는 베이트를 힐난했다.

실제로 베이트가 요구한 기술——'병행영창'을 화력특화형 순수 마도사들이 쓸 수 있는 경우는 별로 없다. 그렇다기보다는 그런 엄청난 마도사는 레피야도 리베리아 말고는 모른다.

상위 마도사야말로 파티의 비밀병기라고 주장하는 피르비스에게 베이트는 레피야와 그녀를 번갈아 바라보더니 코웃음을 쳤다.

"아주 친해지셨구만, 엘프들끼리."

얼마 전의 태도는 뭐였냐고 비아냥거리는 그에게 피르비스는 윽 소리와 함께 입을 다물었다. 레피야도 무의식중에 얼굴을 붉혀 둘이 우왕좌왕해버렸다.

경박하게 웃고 있던 베이트가 레피야에게 시선을 돌렸다.

"넌 그래도 되겠냐. 자기 몸도 스스로 못 지켜서."

호박색 눈동자로 가만히 바라보며 물음을 건넨다.

평소와 같은 모멸 섞인 말이었지만, 한편으로는 진지한 눈빛을 보내는 웨어울프 청년에게 레피야는 어깨를 흠칫 떨었다.

"그 바보 아마조네스들은 응석을 다 받아주는 모양이다만, 난 그런 짓 안 할 거다. 마법 말고는 할 줄 아는 게 없다고 지껄이다간 넌 평생 짐짝 신세 못 면해."

"우……."

"넌 응석받이야."

단언하는 말에는 자상함이라고는 조금도 없었다. 그 호박색 눈동자는 레피야를 깔보고 있었으며, 마치 절벽 아래로 떠미는 것처럼 멸시했다.

베이트의 말은 언제나 적확하게, 사람들이 저마다 품은 상처를 헤집고 들어온다. 그가 많은 이들에게 미움을 사는 이유 중 하나다. 배려심이 없고 난폭한 말의 칼날을 내던져 억지로 상처를 벌려놓고, 모험자들의 분노와 원망을 산다.

뒤집어 말하자면, 그를 원망하는 사람은 자신의 상처와 마주할 수 없는 사람이라는 뜻도 된다.

한마디도 받아치지 못한 레피야는 크게 풀이 죽었지만, 분명 변해야만 하겠다고 자기 자신을 바라볼 수가 있었다. 얼마 전의 몬스터 필리아 사건에서도 통감했기 때문이다.

동경하는 아이즈나 다른 사람들에게 짐이 되지 않기 위해, 그녀들의 곁에 함께 설 수 있도록 레피야는 지금 있는 위치에서 한 단계 더 높은 곳을 지향해야만 한다. 자신의 무력함에 흘린 눈물과 동경으로 애태우는 마음을 잊어서는 안 된다. 자신을 업신여긴 베이트에 대해 분한 마음도 없다면 거짓말일 것이다.

걱정스러운 피르비스의 시선을 뺨 언저리에 느끼면서, 레피야는 지팡이를 꾹 쥔 두 손에 힘을 주었다.

"……?"

고개를 숙였던 레피야는 문득 고개를 들었다.

하고 싶은 말을 다 내뱉은 베이트는 먼저 이동하기 시작했다. 피르비스도 이쪽을 신경 쓰면서 걷고 있다.

두 사람의 등을 시야에 담으며 레피야는 위화감을 느끼고 있었다.

'마력……?'

그 자리에 가만히 선 채 잠시 고개를 주위로 돌렸다.

"저기 베이트 씨……?"

"아앙?"

베이트에게 말을 걸어봤지만,

뒤를 돌아본 그는 뭐냐고 물을 뿐 딱히 아무것도 알아차리지 못한 기색이었다.

"무슨 일이지?"

"어, 아뇨, 저기……."

피르비스도 물었지만 레피야는 말을 흐렸다.

아무것도 느끼지 못한 두 사람을 보며, 기분 탓인가 하고 고개를 갸웃했다.

"암것도 없으면 냉큼 가자고. 팬트리까지 얼마 안 남았어."

방해하지 말라고 투덜거리면서 다시 걷기 시작하는 베이트. 피르비스도 그 뒤를 따랐다.

자신들이 왔던 길의 후방을 바라보던 레피야는 잠시 후 몸을 돌려 서둘러 두 사람을 따라갔다.

선황색 머리카락을 흩날리며, 그녀의 뒷모습이 점점 작아져간다.

『…….』

그리고 그 뒷모습을 살피는 그림자가 있었다.

레피야가 바라보던 통로에 뚫린 수평굴 모퉁이에서 모습을 나타냈다.

후드가 달린 보라색 로브, 그리고 기분 나쁜 가면을 뒤집어쓴 그림자는 소리도 없이 세 사람의 뒤를 따라갔다.

"야, 【검희】! 내 목소리 안 들려?!"

몬스터들의 노성을 누비고 루루네의 고함이 터져 나왔
다.

아이즈와 분단되어 식인꽃의 무리에 협공당한 【헤르메
스 파밀리아】는 격전을 벌여야 했다.

길 저편에서 더욱 늘어나는 몬스터를 상대하며 검과 창
을 끊임없이 휘두른다.

"무슨 일 있었어?! 어떻게 하지, 아스피?!"

"큭……. 그녀를 걱정하느니 우리 몸을 걱정하는 편이
현명할 겁니다. 길을 확보하는 대로 이 자리에서 이동하겠
습니다!"

"박정해!"

"그녀는 【검희】예요!!"

루루네는 차단당한 벽 너머에서 아무 반응도 보이지 않
는 아이즈를 우려했지만, 아스피는 제1급 모험자를 걱정
해봤자 쓸데없는 짓이라고 단언했다. 백전연마의 '전희'는
내버려두고 지금은 자신들을 우선시해야 한다.

전방, 그리고 후방에서 밀려드는 식인꽃의 협공은 여전
히 이어지고 있는 것이다.

"후방에서 몬스터! 숫자 다섯!"

"앞에서도 온다!"

몬스터의 증원을 알리는 비명이 잇따라 터져 나왔다. 아스피의 판단은 신속했다.

"'마석'을 뿌리세요!"

단장의 지시에 단원들도 호흡을 척척 맞춰 행동했다. 각자가 허리에 찬 자루며 파우치에 손을 집어넣고는 빛나는 보라색 결정을 벽 쪽으로 뿌렸다.

식인꽃의 무리는 가장 먼저 표적으로 삼았던 단원들을 무시하고, 먹이로 달려드는 가축처럼 '마석'에 달려들었다.

"전원 전진!"

아이즈에게서 얻은 정보——식인꽃의 습성을 이용한 아스피의 임기응변 덕에 전방의 길이 열렸다. '마석'에 정신이 팔린 몬스터의 틈으로 파고들어 루루네 일행은 즉시 전진했다.

파티의 제일 뒤에 선 아스피는 마무리라는 양, 홀스터에서 세 개의 버스트 오일을 꺼냈다.

"넬리, '마검'을."

아직까지 '마석'을 먹고 있는 식인꽃들에게 집어던지는 투척탄.

동시에 명령을 받은 휴먼 소녀 서포터가 '마검'을 꺼내 휘둘렀다.

단검에서 쏟아져나간 화염의 비수가 세 개의 버스트 오일과 접촉해 단발 이상의 대폭염을 일으켰다.

불덩어리로 변해 절규를 지르는 몬스터들로부터 추격의

이빨을 뽑아버렸다.

"아스피, 앞에서 엄청나게 오는데?!"

전방에서 밀려드는 식인꽃을 보고 루루네가 외쳤다. 그러면서도 달려나가 적의 몸과 몸 사이를 빠져나가고 그와 동시에 공격을 펼친다. 루루네의 참격이 몬스터들의 기세를 꺾었을 때 전열이 든 대형 무기가 꽃의 안면을 호쾌하게 갈랐다.

"우릴 어지간히 이 앞으로 보내고 싶지 않은 모양이군요……."

날카롭게 전방을 노려보며 아스피는 입술을 웃음의 형태로 일그러뜨렸다.

몬스터들의 더욱 격렬해지는 반격에, 이 너머에는 '무언가'가 있다고 그녀는 확신했다. 부대의 제일 뒤에서 제일 앞으로 이동해, 앞을 가로막는 몬스터들을 혼자서 물리쳐 나갔다. 파티의 진행속도를 늦추지 않는다.

아스피와 함께 대검을 장비한 워타이거가 앞장서서 한층 거대한 몸집을 자랑하는 식인꽃을 퇴치했다.

몇 번째인지 모를 몬스터의 습격을 물리쳤을 때.

"……저건."

길게 이어진 통로 너머에서 시들시들한 꽃의 힘없는 인광과는 다른, 핏빛과도 같은 붉은 빛이 새어나오는 것을 단원들은 보았다.

"혹시 석영의 빛인가? 팬트리가 가까워진 걸까?"

주위의 동료들과 마찬가지로 루루네가 눈을 가늘게 떴다.

팬트리라 불리는 던전 심장부의 대공동에는 특대 석영이 있다. 몬스터의 영양원이 되는 액체를 생성하는 석영기둥은 신비로운 빛을 뿜어내며 항상 대공동 내부를 비춘다.

제24계층의 기둥은 적수정── 통로 너머의 붉은 빛을 보고 모두가 종착점까지 이제 얼마 남지 않았음을 깨달았다.

"아스피."

"……이대로 돌진하겠습니다."

파티는 단장의 말에 따랐다.

마지막 식인꽃을 격파하고 녹색 미궁을 질주한다.

나아갈수록 썩은 냄새가 진해져가는 가운데, 붉은 빛이 새어 나오는 통로의 출구로 뛰어들었다.

【헤르메스 파밀리아】는 팬트리의 대공동으로 발을 들였다.

"────."

시야가 탁 트인 직후, 그들은 말을 잃었다.

그들을 기다리던 것은 이제까지 온 길과 마찬가지로 녹색 벽에 침식당한 거대한 공간이었다. 차이점을 든다면, 크기가 다른 무수한 꽃봉오리가 녹색 벽 곳곳에 늘어져 있었다는 점이었다.

그리고 그런 대공동 내에서도 아스피 일행의 시선과 의식을 빼앗았던 것은, 팬트리의 거대 기둥에 기생한 **거대한 몬스터**였다.

"기생목……?"

합계 세 그루, 식인꽃과 흡사한 몬스터가 높이 30M은 될 법한 붉은 석영기둥에 달라붙어 있었다.

독살스러운 극채색 꽃을 세 송이 피운 초대형은 신장도, 체구의 굵기도 식인꽃의 열 배가 넘었다. 거대한 몸에서 늘어진 넝쿨과도 같은 촉수를 기둥 표면에 빈틈없이 감고 있었다.

붉게 빛나는 석영 탓도 있고 해서 그 광경은 수많은 혈관을 연상케 했다.

"설마…… 기둥에서 나오는 양분을, 빨아먹고 있는 건가?"

두쿵, 두쿵. 간격이 긴 고동 소리가 울릴 때마다 무언가를 빨아들이는 것 같은 기이한 소리가 이어졌다. 아스피의 흔들리는 시선 너머에서, 거대 꽃 몬스터는 수정에서 흘러 내리는 액체를 남김없이 흡수하고 있었다.

몬스터의 촉수며 뿌리는 기둥 표면에만 머무르지 않고 그대로 대공동의 벽과 천장, 지면으로 뻗어 나가 녹색의 벽을 이루고 있었다. 제24계층 팬트리 일대가 변이한 원흉은 틀림없이 저 거대 꽃 몬스터다.

그야말로 기생목이라는 말이 딱 맞았다.

던전에서 무한히 넘쳐나는 양분을 무한히 흡수하여 몸의 조성을 폭발적으로 확대시키는 몬스터들이 이 괴상망측한 녹색 벽의 미궁을 형성하기에 이른 것이다.

"저, 저건……."

식물의 녹색 벽에 뒤덮인 대공동 내에는 아스피 일행 말고도 수수께끼의 집단이 있었다.

상반신을 가린 대형 로브에, 입가까지 덮는 두건, 이마받이. 얼굴과 정체를 감춘 의문의 집단은 갑자기 나타난 【헤르메스 파밀리아】에 소란스러워지는가 싶더니, 이쪽을 가리키며 서로에게 경계를 촉구했다.

험악하면서도 살기 띤 분위기가 충만한 가운데, 루루네의 눈만은 그들을 넘어 붉은색 석영에 못 박혀 있었다.

아연실색한 그녀의 시선이 향한 곳, 세 마리의 거대 꽃이 휘감은 석영의 뿌리께에는.

여자 태아를 머금은 녹색 구체가 달라붙어 있었다.

"그때 그, '보옥'……?!"

"여기까지 왔군."

아스피와 루루네 일행이 전율하는 한편.

그들과 대치한 자들 또한 긴장하는 빛을 띠고 있었다.

석영기둥의 뿌리께 옆에서 대기하던, 머리끝부터 발끝까지 흰색 장비를 갖춘 사내는 총 열다섯 명의 침입자를 노려보았다. 드롭 아이템인 백골로 만든 투구 사이에서 칙칙한 백발이 출렁거렸다.

레비스와 대화를 나누던 바로 그 장신의 사내였다.

흰 사내가 아스피 일행을 노려보고 있으려니 휴먼 하나가 달려왔다.

"뭘 하는 거야. 어떻게 여기까지 침입을 허용했지?!"

"비올라스만 가지곤 저 침입자들에겐 상대가 안 돼."

다른 자들과는 색이 다른 로브를 걸친 그의 비난에 사내는 감정을 억누른 목소리로 대답했다.

"일을 해라, 이블스의 잔당들아. '그녀'를 지킬 초석이 되어라."

그에게서 시선을 뗀 흰 사내는 석영기둥을 올려다보았다.

붉은 석영 표면에 달라붙은 보옥, 여자 태아.

거대 꽃의 덩굴로 보호를 받듯 기생한 기분 나쁜 보옥은 몬스터와 마찬가지로 석영기둥의 양분을 흡수하고 있다.

몬스터의 '모태'라 불리는 이 던전에서, 그 광경은 그야말로 모체로부터 영양을 보급받는 태아 그 자체였다.

다만, 모체의 부담은 돌아보지 않는 이기적인 태아였다.

지금 당장이라도 신음이 들릴 것 같은 석영의 힘없는 붉은 빛 따위 아랑곳 않고 영양을 탐욕스럽게 빨아들여 천천히, 그러나 확실하게 성장했다.

부르르 준동하는 보옥의 태동에 흰 사내는 눈 안에 한순간 황홀함을 띠었다.

"쯧…… 시키지 않아도 그렇게 할 거다!"

코앞에서 보옥의 태동을 본 로브 사내는 눈을 찡그리며 몸을 돌렸다.

흰 사내, 그리고 비대한 태아의 안구가 지켜보는 가운데 이블스의 잔당이라 불린 집단은 차례차례 칼을 뽑아 들었다.

"침입자 놈들을 살려보내지 마라!!"

노성이 터졌다.

주위와는 색이 다른 로브를 걸친 사내——지휘를 맡은 두목인 듯한 휴먼의 목소리에 대공동에 있던 로브 일당이 호응했다.

무기를 들고, 아스피 일행에게 밀려든다.

"어째 저 인간들 살기등등한데?!"

살의를 풍기는 적의 모습에 루루네가 소리를 쳤다. 대공동의 통로로 막 들어섰던 【헤르메스 파밀리아】를 원수처럼 노려보며 수수께끼의 집단이 엄청난 기세로 달려온다.

"응전하겠습니다. 우리도 그들이 이곳에서 무엇을 하고 있었는지를 알아내야만…… 하니까요."

적들에게서 어딘가 이상한 분위기를 느끼며 아스피는 주위에 시선을 보냈다.

아스피 일행이 들어온 길 이외에도 대공동에는 무수한 통로가 있다. 그리고 그 출입구 부근에는 커다란 검은색 우리가 수없이 놓여 있었다. 내용물은 똬리를 튼 식인꽃 몬스터였다.

게다가 대공동의 녹색 벽에서는 지금도 몬스터가 간헐적으로 태어나고 있었다. 벽에서 늘어진 꽃봉오리에서 극채색 꽃이 피어나선, 그대로 주르륵 떨어지면 생후 몇 초인 식인꽃이 지면에 늘어지는 것이다. 보아하니 거대 꽃에 먹힌 이 팬트리는 던전과 마찬가지로 특정한 몬스터를 낳는 기능을 가지게 된 모양이었다.

거대 꽃으로 이루어진 이 녹색 벽의 미궁은 인위적으로 만들어진 것일까? 나아가서는 신종 몬스터—— 식인꽃은 이러한 상황에서 태어난 것일까?

고찰이 억측을 불러 전율에 가까운 감정을 느꼈다.

'좋은 예감은 들지 않는군.'

아스피는 완전히 변해버린 팬트리를 둘러보고 생각했다.

이 대공동의 정체는 물론, 저 식인꽃을 넣은 까만 우리를 어디로 가져갈 생각인지 심문해야만 한다.

"죽여라!!"

"공격하겠습니다!!"

양 진영에서 노성이 터지고 【헤르메스 파밀리아】와 로브 집단이 전투를 시작했다.

맞부딪친 무기에서 금속성이 넘쳐나고 인간과 인간의 격렬한 전투가 벌어졌다.

로브, 그리고 입가까지 덮은 두건으로 정체를 감춘 적 집단은 【헤르메스 파밀리아】의 두 배나 되는 인원을 자랑했다. 거친 목소리와 함께 눈사태처럼 밀려드는 적의 전열을 향해 루루네를 필두로 한 데미휴먼 중견 부대가 최전선으로 나서 맞버텼다.

이쪽으로 날아드는 검과 창을 워타이거의 거대 방패가 한꺼번에 막아내고, 그 뒤에서 잽싸게 튀어나간 엘프들이 로브 집단을 베었다. 적의 후열에서 쏜 화살이 날아들면 갚아주겠다는 양 단문영창 마법이 작렬했다.

【헤르메스 파밀리아】는 서로를 보완하는 연계 플레이, 그리고 무엇보다도 뛰어난 잠재능력을 보이며 숫자에서 우세한 상대를 압도했다. 상급 모험자의 움직임을 보이는 적은 여러 명이 한꺼번에 달려들어 접근하지 못하도록 붙들었다.

살의가 실린 공격을 튕기고 흘려내고 무시하며 적의 군세를 밀어냈다.

"홋, 차!"

"끄아악?!"

루루네는 상대의 팔다리를 나이프로 벤 후 복부에 무릎을 꽂아주었다. 휴먼으로 보이는 로브 사내는 괴로움에 찬 비명과 함께 재기불능에 빠졌다.

"어디 보자. 네놈들 어디【파밀리아】야?"

로브 자락 부분을 한 손으로 걷어올리며 심문한다.

사내는 출혈을 일으킨 두 팔을 축 늘어뜨리고 이마받이 밑에서 두 눈을 찡그렸다. 교전 때문에 소란스러운 주위의 소리를 들으며 천에 덮인 입을 꾹 다문다.

"······읏!"

"뭐, 잠자코 있어도 소용없지만."

아무 말도 하지 않으려는 상대에게 루루네는 악랄한 표정을 지으며 품에서 조그만 병을 꺼냈다.

투명감이 있는 진홍색 액체와 결정이 떠 있는 그것은——'스테이터스 시프'였다. 등에 새겨진 신의【스테이터스】를 피킹하여 소속 파벌과 함께 본인의 진명을 밝혀낼 수 있다.

검지와 중지 사이에 낀 작은 병 형태의 아이템을 보고 사내의 눈이 흔들렸다.

"……."

그리고 이내, 사내의 시선이 무언가를 깨달은 것처럼 먼 곳을 향한다.

"신이시여. 맹약에 따라 바치겠나이다……."

두건에 가려진 입에서 목이 꽉 잠긴 목소리가 새나왔다.

그리고 다음 순간.

사내가 결심한 듯 눈꼬리를 틀어 올리더니 힘차게 허리에 손을 돌렸다. 그 반동에 로브 안쪽이 드러났다.

그의 상반신에 감긴 것은 불꽃을 봉해놓은 듯한, 새빨간 보석이었다.

"————."

시야에 비친 그 광경에 루루네는 흠칫 숨을 멈추었다.

——'화염석'.

심층영역에서 서식하는 몬스터 '플레임 록'에게서 입수할 수 있는 '드롭 아이템'. 가공되지 않은 괴물의 육체 일부는 강한 발화성과 폭발성을 가진다.

눈앞의 화염석은 입수할 수 있는 '드롭 아이템' 중에서도 특히 거대한 것이었으며, 그것도 무수히 많았다. 치밀하게도 여러 개씩 이어 몸에 감아놓았다.

얼어붙은 루루네는 아랑곳 않고 사내는 손을 움직였다.

도화선이 이어진 허리춤의 작은 상자──발화장치에서 이어진 끈을 힘차게 잡아당긴다. 루루네는 창졸간에 사내의 멱살을 놓고 힘껏 걷어차버렸다.

"이 목숨은 이리스에게────!!"

루루네 자신도 뒤로 날아가면서 두 팔을 교차시켰다.

다음 순간, 발화장치를 점화시킨 사내의 몸은 폭쇄했다.

"〜〜〜〜〜〜〜〜〜〜〜〜〜〜〜〜〜〜〜〜?!"

대폭발에 루루네는 멀리 날아가버렸다. 밀어닥치는 열풍과 막대한 불똥의 소나기. 피부에 화상을 입으면서 등을 지면에 강타당했다.

간신히 몸을 일으키고, 붉게 넘실거리는 전방을 바라본 루루네는 망연자실해 중얼거렸다.

"……자, 자폭?!"

원형을 알아볼 수 없는 사내의 몸은 요란하게 타고 있었다.

두 무릎을 꿇고 지면에 털썩 쓰러진다. 여전히 폭염에 휩싸인 그의 등은 피부와 함께 타버려 '스테이터스 시프'를 사용할 수가 없었다. 물론 사내는 이미 숨이 끊어졌다.

정보누설을 방해하기 위해 결행된 폭사.

자신의 목숨을 아무렇지도 않게 내버리는 적에게 루루네의 낯빛이 창백해졌다.

　"——어리석은 이 몸에 축복을!!"

　그리고 주위에서도 잇따라 로브 집단이 자폭하고 있었다.

　전투불능에 빠진 자들은 이젠 끝났다는 양 발화장치를 작동시켜, 혹은 길동무로 삼겠노라 팔을 뻗으며 격렬한 빛에 휩싸였다. 귀를 찢는 굉음과 함께 불덩어리가 사방으로 날아가고 대공동을 형형히 비추었다.

　폭발에 휩쓸린 【헤르메스 파밀리아】측에서 절규가 터졌다.

　"아스피, 이 자식들 사병(死兵)이야!!"

　평정심을 내팽개치고 루루네가 온 힘을 다해 외쳤다.

　사명을 위해 모든 것을 내팽개치는 자들.

　가장 상대하기 고약한, 죽음까지도 각오한 무리.

　자신의 목숨마저 폭탄으로 바꾸어 덤벼드는 상대에게 비명이 잇따라 울려 퍼졌다.

　——세일이 당했어!!

　——누가 치료해줘!

　——야, 저거 막아아아아아아!!

　경악하는 아스피의 눈에도 폭염에 휩쓸린 동료들의 모습이 비쳤다. 밀려드는 폭풍을 망토로 막아냈지만 코를 찌르는 화약 냄새와 무언가가 타는 메슥거리는 냄새가 눈 깜짝할 사이에 전장을 지배했다.

"동지여, 죽음을 두려워 마라!"

전장 후방에서 이단자의 고무가 날아들었다. 색이 다른 로브를 입은 사내는 핏발 선 두 눈에 시커먼 빛을 번들거리며 한패들을 채찍질했다.

"죽음을 맞이한 후가 바로 우리의 비원이다! 우리의 주신께── 충성을 바쳐라!!"

등을 떠미는 목소리가 잇따라 터져 나오자 로브 집단은 공포를 깡그리 내팽개치고 앞을 다투어 무시무시한 행위에 나섰다. 복면 안에서 죽음의 상을 띠며 그들은 처참한 불꽃을 뿜어냈다.

"나의 죄를 용서해다오, 소피아!"

"레이나, 이것으로 청산하겠다──!!"

"아아, 율리우스!!"

목숨을 불씨 삼은 폭발이 잇따라 터졌다. 고막을 못 쓰게 될 것 같은 폭음과 충격에 얼굴을 일그러뜨리며 아스피는 잇따라 벌어지는 광경에 숨을 삼켰다.

'신의 이름…… 아니, 인명?!'

남자와 여자가 뒤섞인 최후의 규환이 폭염 너머에서 사라졌다. 누군가의 이름으로 보이는 단어를 외치고는 자폭하는 기괴한 집단에 그녀는 섬뜩한 전율을 느꼈다.

이것이 모두 신에 대한 충성의 증거일까. 혹은 주신의 신의에 따른 것일까.

지금 싸우고 있는 상대는 어떤 【파밀리아】란 말인가. 아스피의 등줄기가 얼어붙었다.

동시에, 이런 일이 용납될 수 있느냐고 떨리는 심정으로 중얼거렸다.

──한편, 아스피 일행에게서 멀리 떨어진 대공동의 심장부에서는.

"망가진 놈들. 신에 속박된 어리석은 놈들…… 우스꽝스럽구나."

싸움을 방관하는 흰 사내가 조소하며 한쪽 팔을 들고 있었다.

전장을 향해, 투구 안에서 엿보이는 두 눈을 가늘게 뜬다.

"비올라스."

사내가 입을 연 순간, 대공동 내의 식인꽃 몬스터들이 일제히 고개를 들었다.

마치 하나의 의지로 통솔된 것처럼 침묵을 깨고 무시무시한 기세로 행동을 개시한다.

꽉 닫혀 있던 까만 우리를 파괴하고, 주위에서 기어와 아스피 일행에게 쇄도했다.

"아니?!"

"몬스터가?!"

식인꽃까지 가세한 총공격이 시작되었다.

마치 노린 것처럼 밀려드는 몬스터. 【헤르메스 파밀리아】의 고통 어린 비명이 더욱 커졌다. 수를 헤아릴 수 없는 촉수와 거대한 이빨이 단원들에게 가차 없이 밀려들었다.

"으와아아아아아아아아아아아아아아악?!"

식인꽃의 적의는 아스피 일행에게만 향하지 않았다. 닥치는 대로 촉수를 휘두르며 눈 아래에 있는 로브 집단에게도 달려든다. 하반신을 거대한 턱에 붙들린 채 이리저리 휘둘리던 적은 절규와 선혈을 뿌려댔다.

몬스터는 적과 아군을 가리지 않고 유린하기 시작했다.

"엉망진창이야……!!"

그것은 혼전의 극치였다.

적을 통째로 삼키는 식인꽃, 이를 털끝만큼도 두려워하지 않고 아스피 일행을 잇따라 공격하는 사병의 무리. 몬스터에게 붙들리고 자폭에 휩쓸려 피해가 끊이질 않는【헤르메스 파밀리아】측은 연계 플레이는 고사하고 방어도 어려운 형편이었다. 혼란만이 앞서 이제는 아비규환의 참상이 펼쳐졌다.

후열조차 전열로 밀려나온 가운데 몬스터의 촉수에 쫓긴 루루네는 신음소리를 내고 있었다.

"이를 어떻게 한다……!"

붕괴된 전선을 앞에 두고 아스피의 표정이 초조함에 타올랐다.

한 사람, 또 한 사람. 적인지 아군인지도 모를 이들이 쓰러져간다.

이대로는 전멸도 시간문제일 것이다. 아군은 미쳐 날뛰는 몬스터의 맹위에 밀려나고, 로브 차림의 사병집단에게는 자폭이 두려워 공세로 나설 수가 없었다.

이 상황에서는 후퇴도 불가능에 가깝다. 항전을 포기하고 등을 보인 순간 파티는 궤멸당할 것이다.

'저 악취미스러운 흰 사내……!'

단검을 휘둘러 동료를 구하면서 아스피는 적병과 몬스터의 틈으로 전방을 노려보았다.

색이 다른 로브 입은 사내가 있는 곳보다도 더 안쪽, 의연하게 이쪽을 바라보는 수수께끼의 흰 사내. 백골 드롭아이템 투구를 뒤집어쓴 저 사내의 동작에 몬스터들이 일제히 움직이는 모습을 아스피는 놓치지 않았다.

——아마도 테이머!

얼마 안 되는 선택지 중에서 아스피는 적의 정체를 가정했다.

대량의 몬스터에다 초대형 몬스터까지 테이밍할 수 있다니 비상식적이어도 정도가 있다는 생각이었지만, 이 변이한 팬트리도 테이머의 소행이라고 생각하면 일단 앞뒤가 맞는다. 그리고 현재의 전황에 한몫을 하고 있다는 것도.

아군까지 말려들게 한 것도 적의, 아니, 저 흰 사내의 의도일 것이다.

설령 사병을 모조리 잃는다 해도, 지쳤을 때 몬스터들에게 공격을 당하면 버티지 못한다.

사병을 지위하는 색 다른 로브 사내도 포함해, 머리만 없애버린다면.

이 혼돈스러운 현상을 타개하기 위해 아스피는 지면을 박찼다.

"팔거, 지휘를 맡아주세요! 모두를 모아 버티십시오!"

말을 마치기도 전에 아스피는 버스트 오일을 전장 한복판에 집어던졌다.

투척된 대상은 한 로브 사내. 눈을 크게 뜬 그의 몸에 작은 병이 명중해 작렬하면서 자결용 화염석을 인화시켜 대폭발이 발생했다.

주위에 있던 몬스터와 로브 집단이 한꺼번에 날아갔다. 한편 루루네 일행이 워타이거의 호령 아래 재빨리 진형을 재편성할 동안 아스피는 폭염 속을 내달렸다. 직접 제작한 망토로 온몸을 감싸 강렬한 폭풍으로부터 몸을 보호하며 전장을 일직선으로 가로지른다.

색이 다른 로브를 입은 두목은 사병과 몬스터의 벽을 돌파해 나타난 그녀에게 경악했다. 창졸간에 한손검을 들어 막았지만 검광이 한순간 먼저 밀려들었다.

"커억?!"

엇갈려 지나가며 아스피는 가차 없이 검을 휘둘렀다. 물색 머리카락을 흩날리며, 쓰러지는 사내를 등 뒤에 남겨두었다.

그대로 고속이동을 멈추지 않고 흰 사내에게.

단검을 꽉 쥐며, 기둥 밑에서 움직이지 않는 기분 나쁜 적에게 돌진을 감행했다.

"비올라스에게 얌전히 잡아먹혔더라면 좋았을 것을……."

쓸데없는 수고를 끼친다며 입가를 일그러뜨린 흰 사내는 스스로 한 걸음 나섰다. 여자 태아가 달라붙은 기둥으로부터 멀어져서 반격의 태세를 보인다.

눈 깜짝할 사이에 좁아지는 간격. 아직까지 맨손으로 서 있는 사내에게 아스피는 칼을 꽂고자 더욱 속도를 높여 달려들었다.

"해치워라."

"으윽?!"

찰나였다.

사내와의 거리가 다섯 걸음 이하로 줄어든 순간 지면에서 수많은 녹색 창이 튀어나왔다.

아래쪽에서 급속도로 달려드는 촘촘한 창날의 대열에 아스피는 직각 궤도를 그리며 옆으로 뛰었다. 억지로 방향 전환을 감행해 기습을 피했다.

화를 모면한 그녀가 황급히 돌아보니 그곳에는 지면에서 돋아난 대량의 촉수에 보호를 받는 사내의 모습이 있었다. 이어서 녹색 벽으로 덮인 지면을 가르고 여러 마리의 식인꽃이 모습을 나타냈다.

원래부터 몰래 대기시켜두었던 것인지, 몬스터의 무리가 복병처럼 아스피 앞을 가로막았다.

"제법 몸놀림이 괜찮구나, 모험자…… 아니, 【페르세우스】."

"――?!"

"그러나 죽어라."

냉기를 떠올리게 하는 목소리와 함께 사내는 몬스터를 조종했다. 긴급회피의 반동에서 자세를 고치려 하는 아스피에게 식인꽃의 무리가 덤벼들었다.

마치 히드라처럼 잇따라 밀려드는 꽃머리의 거대한 주둥이를 그녀는 불안정한 자세로 열심히 피했다. 그러나 여기에 무수한 촉수의 난타까지 더해지니 도주로는 눈 깜짝할 사이에 가로막혔다.

촉수를 망토로 막아 몸이 뒤로 휘청 기울어지자 마지막 일격이라는 양 모든 방향에서 공격이 날아들었다.

얼굴을 일그러뜨린 아스피는 혀를 찬 것과 함께 다리에 장착해두었던 샌들을 손가락으로 건드렸다.

"'탈라리아'."

입술에 단어를 얹은 것과 동시에 촉수와 이빨이 그녀에게 박혔다. 녹색 지면을 찢고 부수는 소리가 수없이 겹쳐 울려 퍼졌다.

"아니?!"

흰 사내는 머리 위를 올려다보았다.

촉수와 이빨이 꿰뚫은 지면에 있어야 할 시체가 존재하지 않았다. 홀연히 사라진 아스피에게 몬스터들이 고개를 이리저리 돌리며 당혹스러워하는 동안 그의 시선은 허공한 점에 머물러 있었다.

천장까지 아득한 높이가 존재하는 대공동의 허공에 아

스피가, 샌들에서 돋아난 하얀 날개를 펼치고 떠 있었다.

"공중에……!"

놀라는 사내와, 지금도 전투를 계속하는 사병들의 시선까지 한 몸에 받으며 아스피는 아래를 내려다보았다.

비행신발 탈라리아. 【페르세우스】가 만들어낸 걸작 매직 아이템.

각각 두 개씩, 좌우 합계 네 장의 날개를 펼쳐 장착자에게 비행능력을 부여하는, 【페르세우스】의 발명 중에서도 차원이 다른 능력을 가졌기에 늘 숨겨왔던 '신비'의 결정이다.

몬스터의 무리, 그리고 흰 사내가 올려다보는 가운데 허공을 박찬 아스피는 안경을 밀어 올렸다.

"이것까지 쓰게 하였으니 완벽하게 해치우도록 하겠습니다."

말을 떨구고, 아스피는 망토 안에 손을 뻗었다.

홀스터에 든 버스트 오일은 물론 예비까지 모조리 꺼내 들고 팔을 휙 펼쳐 수많은 병을 눈 아래에 뿌렸다.

투구 안에서 흰 사내의 눈이 크게 뜨였다.

후둑후둑 소리를 내며 다홍색 액체가 든 폭발탄이 투하된다.

"————————————————크악?!"

폭격이 시작되었다.

무시무시한 폭염의 꽃이 흐드러지게 피어 몬스터를 닥

치는 대로 날려버리고 단말마마저 묻어버렸다. 극채색의 꽃잎이, 이빨과 살조각이, 촉수가, 거대한 몸이 산산이 터져 날아간다.

가진 것을 모조리 쏟아부은 버스트 오일의 비.

낯빛 하나 바꾸지 않는 아스피의 눈 아래에서 가차 없는 섬멸이 이루어졌다.

"쯧!!"

불꽃의 발톱은 몬스터를 억지로 모아 방어벽을 구축한 흰 사내까지도 위협했다. 주위 일대를 가득 메운 붉은 섬광이 사방에서 밀려들어 방패가 된 몬스터들의 몸을 갈기갈기 찢었다.

융단폭격이라 해도 과언이 아닌 규모에 대공동이 흔들렸다.

"──큭!!"

방대한 연기가 피어오르는 가운데 아스피는 지금이라는 양 강하했다.

연기의 돔 속으로 뛰어들어 더더욱 가속한다. 제작자 본인인 그녀는 탈라리아를 자유로이 구사해 상공에서 사냥감을 노리는 매처럼 재빨리 접근, 시야를 뒤덮은 흰 연기까지 이용해 기습을 감행했다.

급강하에서 지면에 스칠 듯이 활공하며 사내의 등 뒤로 다가간다. 위쪽만을 경계하다가 허를 찔린 상대는 창졸간에 반응했으나 아스피 쪽이 더 빨랐다.

'이미 늦었어!'

회피도 제대로 하지 못해 맨몸으로 필살의 공격을 받아 내려 한다.

——잡았다!

날카로운 단검 일격이 날아들었다.

"——."

그러나.

"?!"

검신은 **맨손에** 가로막혀, 멈추었다.

"아니……?!"

눈앞의 광경에 아스피는 눈을 크게 떴다.

흰 사내가 돌아서면서 왼손으로 단검을 쥐고, 저지한 것이다.

무기를 맨손으로 잡는 무모한 방어임에도, 탈라리아의 최대속도가 실린 찌르기를 손 하나로 완벽히 받아냈다.

기괴했다. 검신을 움켜쥔 사내의 왼손은 출혈을 일으키기는 했지만 손가락 피부 이상 칼날이 파고들지는 않았다. 게다가 Lv.4인 아스피가 밀어도 당겨도 그의 손에 붙들린 단검은 꼼짝하지 않았다.

강인한 근조직, 무시무시한 괴력.

그리고 백골 투구에서 엿보이는 무기질적인 두 눈.

형언할 수 없는 오한이 아스피를 엄습했다.

머릿속에서 울려대는 경종에, 단검을 놓고 후퇴하려 했

으나 적이 이를 용납하지 않았다.

"흐읍!"

"크악?!"

멱살을 붙들려, 그대로 내동댕이쳐졌다.

엄청난 완력에 아스피의 몸은 지면에 몇 번씩 튕겼다. 사방에 널브러진 식인꽃의 주검에 부딪치고 살덩어리를 밀쳐내며 날아갔다.

아스피는 부딪친 어깨의 아픔에 이를 악물며 간신히 발을 지면에 박아 기세를 상쇄하고.

여전히 연기가 피어나는 가운데 휙 몸을 일으켰다.

시야에서 사라진 사내의 모습을 연기 속에서 발견하고자 시선을 끝에서 끝으로 움직였다.

그 직후.

푸욱.

"————크헉!"

아스피의 몸에서 끔찍한 소리가 울려 퍼졌다.

소리가 들린 곳을 중심으로 이내 타는 듯한 열기가 퍼졌다.

배틀클로스에 퍼져가는 새빨간 얼룩. 번쩍이는 은색 검신이 피를 뒤집어쓰고 배에서 돋아나 있었다. 아스피는 떨면서 뒤로 시선을 돌렸다.

흰 사내가 서 있었다.

백발을 출렁거리며, 눈에 익은 단검으로, 아스피를 찌르고 있었다.

옆구리를 관통한 자신의 무기. 무시무시한 속도로 등 뒤까지 돌아와 있었던 적에게 비지땀이 흘렀다. 다음 순간에는 입으로 피를 토하고 있었다.

주르륵 뽑혀나가는 검신의 움직임에 맞춰, 아스피는 피를 흩뿌리며 지면에 쓰러졌다.

자신의 방심, 그리고 헤아릴 수 없는 상대와 자신의 역량 차이를 저주하면서.

"아스피?!"

떨그렁. 바닥에 떨어진 아스피의 단검이 소리를 냈다.

멀리서 들려오는 루루네의 비명. 땅바닥에 쓰러지는 단장의 모습에 【헤르메스 파밀리아】는 동요를 일으켜, 간신히 방어에 집중하던 전선이 일제히 무너지기 시작했다.

칼 부딪치는 소리가 요란하게 울려 퍼지는 가운데 흰 사내는 아스피에게 다가갔다.

날개가 달린 탈라리아를 짓밟아 파괴하고 그녀의 목을 붙잡아 들어올린다.

"컥, 끄윽……?!"

"말 그대로 숨이 끊어지기 직전이로군?"

아스피의 몸이 쉽게 허공에 매달렸다.

새빨간 피로 순백색 망토와 의상을 물들인 그 모습은 책형을 당한 성녀를 방불케 해, 이 상황에서도 처참할 정도로 아름다웠다.

흘러나온 핏방울이 지면에 피웅덩이를 이루었다.

아스피의 가느다란 목을 한 손으로 조여대며, 흰 사내는 웃음을 지었다.

"안심해라. 모험자들이 얼마나 끈덕진지는 잘 아니…… 확실하게 숨통을 끊어주지."

손가락이 목에 파고든다.

뿌리치고자 저항하는 아스피의 얼굴이 일그러졌다. 투구 안쪽의 눈동자에 가학적인 빛을 머금으며 사내의 손은 따뜻한 여자의 목덜미를 단숨에 짓이기려 했다.

그러나── 다음 순간, 한줄기 천둥소리가 대공동에 쩌렁쩌렁 울려 퍼졌다.

"?!"

흰 사내가 돌아보니, 시야 저편에서 날뛰고 있는 웨어울프와── 지팡이를 든 두 명의 엘프가 있었다.

"【숭고한 전사여, 숲의 궁수대여. 밀려드는 약탈자 앞에서 활을 들라. 동포의 목소리에 호응하여 살을 시위에】."

베이트, 피르비스와 함께 대공동에 도달한 레피야는 피르비스의 영창에 이어 포격 준비를 이어나갔다.

──팬트리로 향하던 세 사람은 아이즈 일행과 마찬가지로 녹색 벽의 '문'을 파괴해 침입했다. 변모한 던전의 몰

골——으스스한 식물의 미궁에 그들은 메슥거리는 기분을 느껴, 최대한 서둘러 이곳까지 왔던 것이다.

앞서 지나간 자들의 발자취처럼 지면에 떨어진 수정 조각, 그리고 쓰러진 몬스터의 주검을 따라가면 이 대공동에 도달하기란 쉬웠다.

"나 원, 이게 대체 무슨 상황이냐고!"

로브 집단과 식인꽃에게 포위당한 모험자 파티의 광경이 눈에 들어오자마자 베이트는 투덜거리며 전장으로 뛰어들었다.

일단은 식인꽃에게 공격당하는 파티를 도와주려는 모양이었다. 그의 재빠른 판단에 따라 피르비스의 지원마법이 날아들고, 거의 동시에 은백색 부츠가 몬스터를 호쾌하게 걷어차 날려버렸다. 놀라는 모험자 파티의 시선을 한 몸에 받으며 그는 적을 물리치기 시작했다.

"【머금어라 불꽃, 삼림의 등화. 쏘아라 요정의 불화살】."

덤벼드는 자들은 모조리 적으로 인식했다. 노성을 지르며 달려드는 로브 집단은 자폭 따위 묘한 짓을 하기도 전에 발차기와 주먹에 뻥뻥 날아가 단숨에 기절해버렸다. 한편 레피야에게 다가오려던 식인꽃은 영창을 외워 미끼 역할도 맡은 피르비스의 손에 격퇴되었다.

"【빗발처럼 쏟아져 야만의 무리들을 불태우라】!!"

영창이 완성된 그 순간, 발밑의 선황색 마법원이 강한 빛을 뿜어냈다.

휙 돌아본 모험자 파티 속의 소녀, 파룸 마도사가 눈빛을 바꾸며 소리쳤다.

"다, 다들 도망쳐어!!"

마법원에 장전된 '마력'의 규모에 마도사 소녀가 떨었다. 그 경고에 모험자들이 대피하는 가운데, 레피야는 같은 마도사에게 두려움을 살 정도의 포격마법을 해방시켰다.

"【퓨절레이드 팔라리카】!!"

화염의 호우가 쏟아졌다.

몬스터의 대군을 일소하는 광역 공격마법이 전장을 뒤흔들었다.

사정거리를 한계까지 확대한 최고출력. 불화살에 맞지 않으려고 로브 집단은 필사적으로 도망다녔으며 식인꽃을 놓아두고 효과범위 안에서 아슬아슬하게 이탈했다. 호를 그리는 대량의 마법탄은 대공동의 절반 정도는 되는 면적을 뒤덮어 거대한 몬스터들을 한꺼번에 격멸해버렸다.

모든 이들의 시야가 붉게 빛났다.

"아니!"

눈앞에 전개된 처절한 광역마법에 흰 사내가 경악했다.

조준에서 벗어난 화염탄이 그의 눈앞에 몇 발이나 떨어졌다. 박살나는 지면에서 충격파가 발생해, 그는 아스피를 들지 않은 오른팔로 얼굴을 감쌌다.

그리고 형세가 그야말로 역전되려 하는 가운데, 목을 붙들린 아스피는 푸른 눈을 크게 떴다. 혼신의 힘을 쥐어짜내 홀스터에서 뽑아든 부무장인 나이프를 휘둘러 자신을 붙든 손목에 내질렀다.

"차앗!!"

"크윽?!"

느슨해진 악력으로부터 벗어나는 동시에 사내의 가슴을 걷어찼다.

시야 밖에서 흐르는 불화살과 함께 아스피는 복부에서 피를 뿌리며 사내의 구속에서 벗어났다.

"네 이년……."

나이프를 손목에서 뽑아내고, 사내는 지면에 쓰러진 아스피를 노려보았다.

그녀는 멀리 떨어진 곳에 엎드린 채 쿨럭쿨럭 기침하며 신음했다. 피가 흐르는 손목을 붙든 사내는 그쪽으로 향하려 했지만 한층 커다란 포격음과 섬광이 작렬하여 발을 멈추었다.

빈사상태인 아스피를 내버려둔 채, 그는 새로운 침입자들에게 눈을 돌리고 의식을 할애했다.

"허억, 헉…… 여긴, 대체……?"

몬스터의 무리를 전멸시킨 레피야는 지팡이를 내리고 다시 한 번 주위를 둘러보았다.

녹색 벽에 에워싸인 대공동, 석영기둥에 기생한 세 송이의 거대 꽃. 일제포격에 의해 크게 도려져나간 지면은 기분 나쁜 소리를 내며 수복되어간다. 천장과 벽은 헤아릴 수 없을 정도로 많은 꽃봉오리에 뒤덮였으며 지금도 극채색 꽃이 피어나고 식인꽃이 태어나 주르륵 떨어졌다.

그 꽃봉오리 전체가 식인꽃 몬스터임을 알아차린 레피야는 낯빛을 바꾸면서 이 식물의 미궁에 의문을 품었다.

그리고 주위에 굴러다니는 수많은 시체에 숨을 멈추었다. 불타 죽은 주검, 모험자의 무리, 몬스터. 레피야의 곁에서 눈살을 찡그리며 피르비스가 중얼거렸다.

"여러 세력이 뒤섞인 건가……?"

그때.

"넌…… 레피야 맞지?!"

"어라, 루루네 씨?!"

이쪽의 이름을 부른 시앙스로프 루루네를 알아보고 레피야는 그녀에게 달려갔다.

리빌라 마을 사건 때 얼굴을 익혔던 상대는 동료들과 마찬가지로 온몸이 상처투성이였다.

"어떻게 루루네 씨가 여길……."

그렇게 물으려 하는 레피야의 목소리를 가로막고.

"야, 아이즈는 여기 안 왔어? 대답해."

옆에서 베이트가 끼어들어 루루네에게 힐문했다.

한쪽 무릎을 꿇고 앉아 있던 시앙스로프 소녀는 베이트의 험악한 눈초리에 짐승귀와 꼬리를 흠칫 떨었다.

"거, 【검희】는 아까까지 우리랑 같이 있었지만…… 분단됐어."

"아앙? 분단?"

고개를 꼬는 베이트와 레피야에게 루루네가 몸을 내밀었다.

"그, 그보다도, 부탁이야! 아스피를 구해줘!"

그녀의 시선을 따라가보니, 대공동 안쪽에서는 머리에서 발끝까지 흰색 일색인 사내가 서 있었다. 조금 떨어진 장소에선 피투성이가 된 여성의 몸이 쓰러져 있다.

투구 안에서 칙칙한 백발을 출렁이는 기분 나쁜 사내는 이쪽을 노려보고 있다.

"이 괴상망측하게 변한 팬트리도, 저 식인꽃에 대해서도 분명 저 자식이 알고 있을 거야! 분명 저놈의 소행이야!"

"……!"

"우리 사정은 나중에 전부 설명할게. 그러니까 지금은 아스피를……!"

애원하는 루루네의 말을 긍정하듯 한쪽 팔을 척 휘두르는 흰 사내의 곁에, 막 벽에서 태어나 떨어진 식인꽃 두 마리가 질질 몸을 끌며 다가왔다.

몬스터를 조종하는 흰 사내를 본 베이트는 눈을 가늘게 뜨고, 레피야는 그 모습에 압도당했다.

투구 안에서 뿜어져 나오는 시선에는 명확한 적의가 실려 있었다. 피르비스도 레피야와 베이트 곁에서 자세를 잡았다.

"야, 검 내놔봐."

"네, 네엣?!"

흰 사내에게서 눈을 떼지 않고 베이트가 레피야에게 말했다.

그녀는 황급히 어깨에 걸어놓은 통 형태의 백팩을 열고 안에서 검신의 길이가 50C 정도 되는 쌍검을 꺼냈다. 홈에서 출발하기 전에 베이트가 준비하도록 시킨 무장이었다.

"귀찮지만 해치워주지. 저 자식 눈깔도 마음에 안 들어."

단장 아스피가 쓰러졌으니 자신들은 당해낼 수 없다는 루루네의 요청에 제1급 모험자가 응했다. 살려 돌려보낼 마음이 없음을 자세로 말하는 흰 사내를 보며 베이트는 호박색 눈동자에 험악한 빛을 띠었다.

이윽고 그가 쌍검을 장비한 것이 계기가 된 것처럼, 식인꽃이 깨진 종을 두드리는 듯한 목소리로 울부짖으며 사내의 곁에서 달려나왔다.

질주하는 베이트를 바라보며 루루네가 외쳤다.

"저 로브 입은 놈들은 우리가 어떻게든 할게! 너희도 가서 해치워줘!"

주위에서는 태세를 가다듬은 로브 집단이 움직이려 하고, 아이템으로 응급처치를 마친 루루네의 동료들도 무기를 들었다.

"아, 알았어요!"

레피야는 그녀의 목소리에 고개를 끄덕였다. 마찬가지로 고개를 끄덕인 피르비스와 나란히 달려나가 베이트의 뒤를 따랐다.

변모한 팬트리에서 제2의 공방전이 막을 열었다.

『——————————오오오!!』

"거치적거려!!"

정면에서 짓쳐드는 두 마리의 식인꽃을 베이트는 역수로 쥔 쌍검으로 상대했다. 참격을 두 차례 번뜩여 적의 몸을 깊이 갈라 치명상을 입힌다. 바둥거리는 몬스터의 뒤처리는 뒤를 따르는 레피야와 피르비스에게 떠넘기고 자신은 흰 사내에게 돌진한다.

투덜거린 피르비스가, 떠맡은 꼴이 된 몬스터의 숨통을 끊었다.

"시시한 재주는 집어치워!"

"떼거지로 몰려드는구나, 모험자 놈!"

베이트는 흰 사내와 접촉했다.

낫처럼 날린 날카로운 상단 차기, 그러나 분노에 찬 사내는 별 어려움 없이 피해 이를 헛발질로 만들었다. 그리고 등을 드러낸 베이트에게 반격하려 했으나—— 회색 털결은 그 이상의 기세로 한 바퀴 돌았다. 축발을 바꾸어 날린 베이트의 돌려차기에 경악한 사내는 오른팔을 들어 방어했다.

"크윽?!"

이를 막아낸 아래팔이 저릿저릿해지는 위력에 흰 사내
는 신음하고,

"쳇!"

베이트 또한 상대의 반응속도와 부러지지 않은 단단한
팔에 혀 차는 소리를 냈다.

"【바나르간드】…… 그렇군, 【로키 파밀리아】! 【검희】를 쫓
아왔구나!!"

"뭐! 너 이 자식, 아이즈를 어떻게 한 거야?!"

투구 안에서 입가를 틀어 올리는 사내에게 베이트는 이
를 드러내며 달려들었다.

쌍검의 참격을 종이 한 장 차이로 피한 상대는 반격과
함께 대답했다.

"나의 동지가 상대하고 있지. 뭐, 지금이면 팔이라도 뽑
혀나가 귀여움을 받고 있지 않을까?"

"——넌 죽었어."

몬스터마저 능가하는 살기를 뿜어내며 베이트는 속도를
높였다.

적을 핏덩어리로 만들고자 더욱 치열하게 몰아붙인다.
흰 사내 또한 입가를 일그러뜨리며 강인한 두 팔을 휘둘
렀다.

"베이트 씨?!"

"비리디스, 뛰어나가지 마라! 엄호를——?!"

근접전투를 감행하는 베이트에게 달려간 레피야와 피르

비스는 마법 지원사격에 집중하려 했다. 그러나 엄호를 재촉한 피르비스와 마찬가지로, 지팡이를 들기는 했지만 끝은 몇 번이나 이리저리 흔들렸다.

'너, 너무 빨라서——'

——조준할 수가 없어!

사내도 베이트도, 무시무시한 속도의 백병전을 전개해 레피야와 피르비스의 보조를 뿌리쳐버렸다. 눈으로 따라가는 것이 고작인 무시무시한 공격과 반격의 응수가 이어지고 있었다. 방어를 했나 싶으면 옆으로 돌아가 서로의 위치를 어지럽게 바꾼다. 저격을 시도하면 이미 두 사람의 몸은 반대 방향으로 전진해 지팡이가 흔들렸으며, 조준이 맞질 않았다.

웨어울프의 회색 머리카락과 투구에서 뻗어 나온 칙칙한 백발이 잔상을 끄는 것처럼 대각선으로 움직였다.

"제1급 모험자란, 이 정도로…….."

피르비스의 다홍색 눈동자가 이리저리 흔들리는 가운데, 레피야의 푸른 눈 또한 간과할 수 없는 그 광경에 떨렸다.

——베이트 씨와 호각이라니?!

【로키 파밀리아】내에서도 신체 속도로는 최고인 베이트 로가와 저 하얀 사내는 막상막하의 승부를 펼치고 있다. 도시 최강 파벌에 속한 레피야에게는 대인전에서 파벌 간부와 맞버티는 사람이 존재한다는 사실 그 자체를 믿을 수

가 없었다.

속도는 뒤처지지만 완력만은 틀림없이 베이트를 능가한다. 게다가 기이하다고도 할 수 있는 맷집.

은백색 메탈 부츠가 몇 차례나 방어를 뚫고 직격했음에도 흰 사내는 까딱하는 기색을 보이지 않았다. 베이트의 얼굴을 일그러뜨리게 만들고는 모든 것을 헤집어낼 듯한 장타(掌打)를 종횡무진 내지른다. 베이트의 배틀클로스를 스친 수직공격이 지면을 박살내버렸다.

저 느낌——.

레피야는 강한 기시감을 느꼈다.

뇌리를 가로지른 것은 리빌라에서 아이즈와 격돌했던 붉은 머리 여자의 모습.

다른 사람도 아닌 【검희】가 밀릴 대로 밀렸으며, 심지어 맨손으로 레피야의 마법을 막아내기까지 했다.

그런 황당무계함이 눈앞의 광경과 흡사했다.

"비올라스!"

레피야가 그렇게 외야로 밀려나 있을 동안 전황이 바뀌었다.

그들의 아득한 머리 위쪽, 녹색 천장에 무수히 존재하는 꽃봉오리 여러 개가 활짝 피었다. 추악한 이빨과 주둥이를 아래로 늘어뜨린 식인꽃 몬스터는 사내의 외침에 응하듯 잇따라 떨어졌다.

베이트는 밀려드는 거대한 몸뚱이를 회피했지만 굉음과

함께 지면에 추락한 식인꽃은 몸을 내밀어 그를 공격하기 시작했다.

"이 빌어처먹을 것들이!!"

합계 네 마리의 공격을 쌍검으로 날려버린 베이트에게 흰 사내가 지면을 박차고 달려들어 추가공격을 가했다. 냉소를 짓는 사내의 장저타를 정면으로 막아낸 메탈 부츠. 너무나 강한 충격에 자세가 흔들린 베이트를 향해 즉시 수많은 채찍이 엄습했다.

"베이트 씨?!"

모든 촉수를 피하기는 했지만 다시 사내의 공격이 이어졌다.

레피야의 시선 너머에서 몬스터에게 제대로 공격도 펼치지 못한 채 베이트는 완전히 열세에 몰렸다.

"웃── 죄송합니다, 피르비스 씨! 엄호 부탁해요!"

피르비스의 대답을 기다리지 않고 레피야는 지팡이를 갖추고 영창을 시작했다.

"【해방될 한줄기 빛, 성스러운 나무로 지은 활대】!"

마법원을 펼치고 드높이 주문을 부르짖었다.

이용하려는 것은 '마력'에 반응하는 식인꽃의 습성. 자신을 미끼로 삼아 몬스터를 끌어들여 베이트의 부담을 대신 짊어지려는 것이다.

"신경 쓰지 마라, 비올라스! 먼저 저 웨어울프부터 해치워!"

"?!"

하지만 몸을 돌리려던 식인꽃의 행동을 사내의 목소리가 저지했다. 몬스터들은 사내의 의지를 우선시하여 베이트에게 다시 공격을 이어나갔다. 레피야의 의도는 테이머의 단 한마디에 의해 저지되었다.

"큭?!"

단검과 완드를 쳐든 피르비스가 베이트에게 달려갔다.

동요한 레피야도 이대로 엄호할 수밖에 없다고 생각을 바꾸어 영창을 이어나갔다.

"【그대는 명궁일진저】!"

조바심을 내는 레피야의 시선 너머에서 피르비스의 단검이 몬스터의 촉수를 절단했다. 깨진 종을 두드리는 듯한 비명 사이를 누비며 순백색 배틀클로스가 달려나간다. '마법검사'의 주특기를 발휘하여 재빠른 몸놀림과 공격으로 식인꽃 한 마리의 목을 베어냈다.

오른손의 단검으로 몬스터를 물리치고, 나아가 왼손의 완드를 전방으로 내민다.

"【저격하라, 요정의 사수】——"

"【일소하라, 파사의 성장】!"

흐트러짐 없는 초단문영창으로 레피야를 추월해 마법을 완성시킨다.

'병행영창'을 집행하여 피르비스는 완드를—— 흰 사내에게 조준했다.

"【디오 튀르소스】!"

막대한 마인드가 집중된 벼락이 뿜어져 나갔다.

사선 위에 있던 식인꽃의 몸 일부를 도려내며 황금색 벼락이 흰 사내에게 돌진했다.

"으악, 멍청아!"

그 광경에 놀라 소리를 지른 것은 베이트였다. 그가 남은 식인꽃을 간신히 물리칠 동안 흰 사내는 비웃음을 지으며 스스로 벼락에 돌진했다.

피르비스의 다홍색 눈동자가 크게 뜨였다.

사내가 내민 왼팔이 전류를 막아내고, 전진하면서 좌우로 찢어발겼다. 초단문영창이라고는 해도 Lv.3의 포격을 가르고 돌진하는 말도 안 되는 상대에게 엘프 소녀의 몸이 굳어버렸다.

영창 때문에 비명도 지르지 못하는 레피야의 안색이 창백해지고 입술의 움직임이 얼어붙었다.

"가소롭구나!"

번쩍 올라간 장저타를 피르비스는 반사적으로 받아 흘리려 했다. 단검을 비스듬히 내밀었지만 강렬한 공격 앞에서는 별 도움이 되지 못했다. 얻어맞은 칼날이 산산이 부서지고 그녀의 몸은 뒤로 날아갔다.

지면에 쓰러진 피르비스의 숨통을 끊고자 흰 사내가 폭주했다.

사내의 추가공격이 꽂히기 직전.

"바보 엘프가!"

"으헉?!"

욕설과 함께 달려온 베이트의 다리가 피르비스를 걷어 차 날려버렸다. 크게 바깥쪽으로 튕겨 날아가는 소녀의 몸. 입가를 틀어 올리며 웃는 흰 사내, 그리고 요란하게 일 그러지는 베이트의 얼굴 문신.

소녀를 구한 웨어울프를 조롱하듯 위로 향했던 팔을 그 에게 휘두르려 한다.

레피야의 영창도 이제 와서는 때가 늦었다. 전황을 결정 지을 만한 완벽한 궁지.

눈앞으로 밀려드는 필살의 일격에 베이트는 불안정한 자세 그대로 방어태세를 취했다.

"——."

그러나 느닷없이.

조소의 형태로 가늘어졌던 사내의 눈이 무언가를 깨달 은 듯 크게 뜨였다.

그 순간 흰 사내는 이해할 수 없는 움직임을 보였다.

전진을 중단하고 바로 옆으로 흘러나가는 상반신. 레피 야가 속으로 어라, 하고 중얼거린 그 순간—— **아무것도 없 었어야 할 공간에서 참격이 바람을 가르는 소리가 울려 퍼 졌다.**

사내의 목덜미에 한줄기 검광이 내달리고, 힘차게 선혈 이 뿜어져 나왔다.

레피야도, 피르비스도, 그리고 베이트도 경악으로 얼굴

을 물들인 가운데 흰 사내는 격앙하여 한쪽 팔을 수평으로 휘둘렀다.

"네년이?!"

그 주먹이 둔중한 소리를 내며 무언가를 후려쳤다.

그리고 금속을 연상케 하는 파쇄음이 울려 퍼진 후, 갑자기 여성의 모습이 **허공에서 나타났다.**

'——【페르세우스】!'

번뜩이는 물색 머리카락이 눈에 비쳐 레피야는 눈앞에 나타난 여성의 정체를 알아차렸다.

도시에 이름이 자자한 아이템 메이커. 루루네가 구조를 청했던 【헤르메스 파밀리아】의 단장 아스피 알 안드로메다 본인이었다.

빈사의 몸이면서도 그녀는 아마 '투명 상태'—— **아무에게도 보이지 않게 되는** 매직 아이템을 장비해 사내에게 기습을 감행했을 것이다.

"——꼴, 좋은걸."

머리에 장착했던 칠흑색 투구가 파괴되어—— '투명 상태'가 해제되어——흑철 파편이 사방으로 튀었다.

피투성이 아스피는 가느다란 목소리와 함께 웃음을 지으며 힘없이 바닥에 쓰러졌다. 그녀의 손에 들린 은색 단검이 당당한 광택을 뿜어내 분노에 불타는 사내의 눈에 반사되었다.

단검에 베여 목에서 허공으로 솟구치는 대량의 피분수.

휘청 자세를 무너뜨린 상대에게, 피에 굶주린 흉포한 늑대가 입맛을 다셨다. 베이트는 두 눈을 치켜올리고 역습이라는 양 달려들었다.

"타아아아아아아아아아아앗!!"

"커억?!"

화살 같은 앞차기, 쌍검의 난무.

폭풍처럼 날아드는 참격과 발차기가 흰 사내를 연참연타했다.

검에 발차기에 맞아 사내의 몸이 계속 뒤로 물러났다. 쌍검에 의상과 함께 피부가 여기저기 갈라지고 메탈 부츠의 흉험한 충격에 온몸을 두들겨 맞았다.

비틀거리는 사내의 안면에 마침내 상단 발차기가 꽂혀, 투구에 무수한 균열이 내달렸다.

사내는 노성을 터뜨리며 베이트의 맹공을 밀어내려 했다.

"기어오르고 앉았어어어어어어어어어어어!!"

온몸에 새겨진 상처조차 무시하듯 분노하며, 날아드는 쌍검을 주먹으로 쳐 부수었다. 쓸모가 없어진 두 자루의 검을 내팽개친 베이트도 포효를 터뜨리며 이제까지보다 더한 속도로 공세를 퍼부었다.

피차 한 발도 물러나지 않는다.

"──【뚫어라, 필중의 화살】!"

일진일퇴의 공방을 앞에 두고 레피야는 드디어 영창을

완료시켰다.

화살을 메긴 활은 팽팽하게 당겨져, 이제는 시위만 놓으면 된다.

무시무시한 공격에 몇 번이나 몸이 깎여나갔음에도 여전히 덤벼드는 흰 사내에게── 계층 터주를 연상케 할 정도로 강인한 상대에게 베이트는 결정타를 날리지 못하고 있었다. 포격을 터뜨린다면 지금밖에 없다.

──어떡하지.

그러나 레피야는 망설이고 있었다.

단순히 쏘더라도 '마법'이 통하지 않으리란 것은 뻔했다. 조금 전 피르비스와 마찬가지로, 그리고 지난번 붉은 머리 여자가 맨손으로 막아냈듯.

붉은 머리 여자와 모습이 겹쳐 보이는 흰 사내에게 망설임을 떨치지 못한 레피야는 시위를 놓을 수 없었다.

"왜 망설이고 앉았어!!"

"!"

그때 베이트의 목소리가 레피야의 어깨를 붙들었다.

격렬한 공방 속에서도 그는 이쪽을 잠시 보았다. 뻣뻣하게 선 레피야에게 고함을 지른다.

"그냥 질러! 날리라고!!"

호박색 눈동자와 시선을 나누고, 레피야는 결심했다.

그녀는 망설임을 떨치고 팽팽하게 당긴 시위에서 화살을 쏘아보냈다.

"【아르크스 레이】!!"

마법원에서 빛이 터지며 눈부신 섬광이 뿜어져나왔다.

흰 사내는 역시 일직선으로 뻗어 나간 빛의 기둥에 반응했다.

"학습능력도 없는 놈들!"

사내는 오른팔을 내밀어 받아내려 했지만── 거대한 섬광은 그의 코앞에서 **구부러졌다.**

"?!"

직각으로 꺾여 날아든 거대한 빛의 화살을, 베이트는 은백색 장화로 걷어찼다.

제2등급 수페리오르《프로스빌트》. 미스릴로 만든 메탈 부츠의 특수능력은, 마법효과 흡수.

"자알 했어."

공격마법 【아르크스 레이】는 자동추적 속성을 지녔다.

조준한 대상에 맞을 때까지 몇 번이고 구부러지는 화살 마법으로 레피야가 노린 대상은 흰 사내가 아니었다. 아군인 베이트였다.

사내의 허를 찌르고 자신에게 날아든 고출력 광탄에── 자신의 진의를 올바르게 이해해준 레피야에게 베이트는 입가를 씨익 틀어 올렸다.

마법을 맞은 오른발의 메탈 부츠가 눈부신 광휘를 뿜어냈다.

"뒈져버려."

"크윽?!"

한 치의 오차도 없는 최고속도의 육박.

돌아보는 흰 사내에게 베이트는 회피할 틈을 주지 않았다.

눈 깜빡할 사이에 간격을 없애고, 그 섬광의 일격을 꽂는다.

"——————————————————————?!?!"

'마법'의 위력과 부츠의 공격력이 합쳐진 빛의 발차기가 흰 사내에게 작렬했다.

두 팔로 방어한 사내의 몸은 거성(巨星)과도 같은 빛에 휩싸여 무시무시한 기세로 후방을 향해 날아갔다.

등이 녹색 지면을 깎아내는데도 기세는 멈출 줄을 몰랐다. 높다랗게 쌓인 몬스터의 잿더미를 쓸어버린 사내의 몸은 거대 꽃이 기생한 석영기둥 앞에서야 겨우 멈추었다.

고막에 귀울림을 남기는 찢어지는 폭쇄음이 메아리치는 가운데, 후방에서 발생했던 전투의 소리도 우뚝 멈추었다. 루루네를 비롯한 【헤르메스 파밀리아】가 로브 집단을 간신히 격퇴한 참이었다.

"아스피?!"

소리를 지르는 루루네를 선두로 달려오는 모험자들. 그들은 쓰러진 아스피에게 난폭하게 하이 포션을 퍼부었다. 심지어 루루네는 비장해두었던 엘릭서까지 폭포처럼 콸콸 부어 치료했다. 마도사의 치료마법이 발하는 빛도 쏟아졌다.

흠뻑 젖은 미녀는 천천히 눈을 뜨고, 눈물을 그렁거리는 루루네를 귀찮다는 투로 밀어내며 비틀비틀 일어났다.

어깨를 움켜쥔 피르비스가 베이트에게 물었다.

"해치웠나……?"

"죽일 생각으로 냅다 갈겼는데 말이지."

베이트는 앞을 노려본 채 대꾸했다. 그의 《프로스빌트》는 장탄되었던 마법의 힘을 모조리 토해내고 평소의 부츠로 돌아간 후였다.

아무리 '내구'가 높은 상대라 해도 그 필살의 일격을 맞고 무사할 리가 없다. 하물며 자신과 베이트의 힘을 합친 혼신의 일격이었다. 레피야는 긴장을 느끼면서 시간이 지나가기를 기다렸다.

몬스터의 재가 휘말려들었던 공동 안쪽에서는 연기가 자욱했다. 시야 가득 재의 안개가 피어나는 가운데, 거대 꽃의 기분 나쁜 율동 소리만이 입을 다문 모험자들을 에워쌌다.

"──헉."

연기가 띄엄띄엄 걷혀갈 무렵.

마른침을 삼키며 지켜보던 자들의 몸이, 흠칫 떨렸다.

연기 너머에서 키가 큰 그림자가 떠오르고, 천천히 다가왔다.

"괴물인가요……."

루루네에게 부축을 받던 아스피는 눈을 가늘게 떴다.

흰 사내는 온몸이 너덜너덜해졌지만 두 다리로 서 있었다.

베이트의 광격(光擊)을 막아낸 두 팔의 손상은 극심했다. 아래팔은 짓이겨졌으며 시커멓게 그을린 출혈의 흔적이 있었다. 그 외에도 배틀클로스는 가슴을 비롯해 여러 부분이 크게 찢겨나가 붉은 피가 맺힌 피부가 드러났다.

백골 드롭 아이템으로 만든 투구도 파괴되어, 칙칙한 색의 긴 백발이 출렁거렸다.

"……아쉽게 됐다만……."

핏기 없는 사내의 입술이 움직였다.

고개를 숙여 눈가를 가린 앞머리 너머에서 그는 으스스하게 웃었다.

"'그녀'에게 사랑받은 몸이 이 정도로 문드러질 리가 없다."

입술이 찢어져라 틀어 올리며 웃었던 그때였다.

사내의 몸에 변화가 찾아왔다.

베이트의 일격을 받은 두 팔, 그리고 아스피에게 베여나갔던 목덜미도 포함해서.

천천히, **상처가 아물어간다.**

"어——."

레피야는 자신의 눈을 의심했다.

피르비스와 아스피, 루루네, 베이트도 그 점은 마찬가지였다.

회복마법이 발동한 것도 아닌데, 있을 수 없는 자기치유 능력. 모험자들의 시선 너머에서 사내의 손상은 마치 원래 없었던 것처럼 점점 아물어갔다. 온몸에서 증기처럼 어렴풋이 피어나는 것은 '마력'의 잔재가 아닐까.

그 자리에 있던 모든 이들이 목소리를 잃고 있으려니, 떠돌던 연기는 완전히 걷히고 사내가 천천히 얼굴을 드러냈다.

"아니……!"

처음 반응한 것은 아스피였다.

병적일 정도로 하얀 사내의 얼굴을 보고 충격을 받은 듯 움직임을 멈추었다.

피르비스 또한 아스피와 같은 반응이었다.

"피……피르비스 씨?"

"……어떻게."

아연실색하는 동포 소녀의 심상찮은 분위기에 레피야는 가슴이 술렁거리는 것을 느꼈다.

그녀가 바라보거나 말거나 피르비스는 떨리는 입술을 열었다.

"올리버스 액트……."

흰 사내에게 중얼거린 그 이름을 들은 순간 주위에 있던 자들의 눈빛이 바뀌었다.

그들의 혼란이 술렁임으로 바뀌어 공간을 지배했다.

"올리버스 액트라니……【백발귀 벤데타】말이야?! 농담

이지?!"

비명에 가까운 목소리를 터뜨리며 루루네는 사내의 얼굴을 몇 번이나 보았다.

자신의 기억을 부정하듯, 목에서 동요하는 목소리를 쥐어짜냈다.

"하지만, 하지만【벤데타】는……?!"

아무것도 몰라 혼자 분위기에서 밀려난 레피야가 쭈뼛쭈뼛 주변 사람들의 얼굴을 둘러보고 있으려니.

망연자실했던 아스피가—— 견디지 못하고 외쳤다.

"말도 안 돼! 어떻게 죽은 자가 여기 있지?!"

찢어지는 목소리가 울려 퍼졌다.

무슨 말인지 알아들을 수 없었던 레피야는 귀기 어린 아스피의 표정에, 피르비스의 옆얼굴에, 그리고 루루네와 다른 이들의 분위기에 얼어붙어버릴 수밖에 없었다.

단 한 사람, 베이트만은 호박색 눈을 가늘게 뜨고 흰 사내—— 올리버스를 노려보았다.

"주, 죽은 자라뇨……?"

의식을 떠나 경련하는 입술을 자각하며 레피야가 중얼거렸다.

석영의 붉은 빛이 비추는 대공동에서 아스피가 자신의 동요를 떨쳐내려는 듯 사내의 정보를 들려주었다.

"올리버스 액트…… 추정 Lv.3, 【백발귀 벤데타】라는 별명이 붙은 현상수배범. 이미 주신은 천계로 송환되었고, 소속 【파밀리아】도 소멸했습니다."

루루네의 어깨에서 떨어져 아스피는 사내를 노려보며 경계태세를 취했다.

"악명 높은 이블스의 사도…… 그리고 '27계층의 악몽'을 주도했던 주모자."

"——?!"

그 말을 듣고 레피야는 피르비스를 돌아보았다.

'27계층의 악몽'. 헤아릴 수 없는 희생자를 낳은, 이블스가 일으킨 처참한 사건. 그리고 피르비스에게서 동료와 엘프의 긍지를 빼앗아간 직접적인 원인.

레피야의 시선 끝에서, 피르비스는 낯빛을 잃은 채 가만히 서 있었다.

"올리버스 자신도 그 사건에서 길드 산하의 【파밀리아】에게 쫓겨, 마지막에는 몬스터의 먹이가……. 갈기갈기 뜯겨먹힌 무참한 하반신만이 남아, 사망이 확인되었습니다."

비참한 말로를 맞았다고 설명한 아스피는 눈앞에 존재하는 사내의 모습을 빤히 바라보았다.

그야말로 악몽을 눈앞에 두고 있는 듯한 표정으로 그녀는 올리버스에게 물었다.

"살아 있었나요……?"

"아니, 죽었다. 그러나 죽음의 늪에서 되살아났지."

아스피의 물음에 올리버스는 자랑스럽게 대답했다.

몸에 큰 부상을 입은 것이── 자신을 살리려 하는 치유력의 발동이 계기였던 것처럼, 지금의 그는 환희인지 황홀함인지 모를 표정을 짓고 있었다. 자신의 긴 몸을 아래에서 위로, 손으로 천천히 쓸어올린다.

표변한 올리버스의 분위기에 으스스함을 느꼈던 레피야는.

몸을 쓸어올리는 사내의 몸짓을 따라가다가, 어떤 사실을 깨닫고 말았다.

하반신. 뜯겨나간 옷 속.

두 개의 다리는 마치 식인꽃의 표피와도 같은 황록색이었다.

그리고 상반신, 지금도 치유가 이어지고 있는, 피부와 혈육이 도려져나간 흉부에는.

극채색으로 빛나는 결정이 중심부에 박혀 있었다.

"────."

레피야는 이번에야말로 말을 잃었다.

주위 사람들도 그 사실을 깨닫고 낯빛을 창백하게 물들였다.

흉소(凶笑)와 함께 눈을 크게 뜬 올리버스는 평정심을 잃은 모험자들에게 시위하듯, 가슴에 박힌 결정── 극채색의 '마석'을 보여주었다.

"나는 두 번째 목숨을 받은 거다! 바로 '그녀'에게!!"

등 뒤의 붉은 빛에 비친, 흉흉하게 일그러진 사내의 그림자 너머.

빛의 원천, 석영기둥에 기생하던 여자 태아가 두쿵, 하고 크게 태동했다.

Hell
And
Hell

Пекла і Пекла

사내의 시야는 어둠에 휩싸여 있었다.

피투성이 귓불에 들려오는 것은 울부짖는 사람들의 절규와 흥분한 몬스터들의 포효였다.

수없이 겹쳐진 비명은 온 방향에서 울려 퍼지고, 결코 끊어지지 않았다.

사내는 상반신을 비참하게 질질 끌면서, 원념으로도 들리는 아비규환의 목소리로부터 멀어져가고 있었다.

사내의 두 눈은 이미 멀어버렸다.

꽉 감긴 눈꺼풀 사이로 붉은 피가 섞인 눈물을 흘리며, 끝나지 않는 어둠 밑바닥을 헤매고 또 헤맸다.

허리 아래쪽 하반신도 뜯겨 나갔다.

인간이라는 존재의 의미를 잃어버린 망자처럼, 두 팔만으로 지면을 기어 나아갔다.

넝마가 된 온몸, 흘러나오는 신음소리, 혼탁해지는 의식.

몸이 뜨겁다.

목이 타들어가듯 갈증을 느꼈다.

이를 악다물 수조차 없다.

기어 나아갈 때마다 몸에서 새나가서는 안 될 무언가를 잃는다.

말 그대로 반송장이 된 사내는 자신이 있을 곳을 모른 채 던전의 어둠 안으로 안으로 나아갔다.

이 세계의 것이라고는 여겨지지 않는 고통의 소용돌이에 사내는 제정신을 잃고 있었다.

보통 사람이라면 이미 죽어버렸을 지옥이지만, 등에 새겨진 신의 은혜——'팔나'가 그를 쉽게 죽도록 내버려두지 않았다.

귀 안에서 깔깔거리는 신의 홍소가 환청이 되어 들려왔다. 구경거리처럼 꼴사나운 사내를 손가락질하며 내려다보는 신의 웃음소리는 설령 출구가 없는 던전이 보여주는 미몽(迷夢)이라 해도 그저 저주일 뿐이었다.

넘쳐나는 피눈물과 함께 분노를 쏟으며, 삶에 매달리려 한다.

사내는 자신 이외의 모든 것들을 원망했으며, 무엇보다도 구원이 없다는 사실에 절망했다.

이윽고 망막의 어둠 속을 헤매고 또 헤매던 사내는 힘이 다했다.

몸을 멈추고, 피를 흘리며, 붉은 연못 속에 가라앉았다.

인기척도 몬스터의 숨소리도 존재하지 않는다.

세상에서 격리된 듯한 미궁 한구석에서, 사내의 몸은 싸늘하게 식어간다.

그때.

주르륵.

죽어간 사내의 곁으로, 무언가가 기어오는 소리가 났다.

미궁 안에서 긴 촉수 한 가닥이 다가왔다.

촉수의 끝에 달린 것은 극채색의 광채.

마치 어둠 저편으로 유혹하듯, 주르륵, 주르륵 기어오며 촉수는 사내의 시체에 휘감겨 몸을 위로 향하게 뒤집었다.

눈이 감긴 상반신뿐인 몸에, 푸욱, 극채색 광채가 파묻힌다.

다음 순간 사내의 눈은 힘차게 뜨이고, 멀었던 두 눈의 홍채가 황록색을 띠었다.

짐승과도 같은 포효가 쩌렁쩌렁 울려 퍼졌다.

황록색 눈동자를 희열로 일그러뜨리는 올리버스를 레피야는 떨리는 심정으로 바라보았다.

독살스럽게 빛나는 극채색 '마석'. 눈동자의 색과 같은 황록색으로 빛나는 하반신도 포함해, 그것은 인간이 아닌 것의 증거였다.

자신이 서 있는 곳이 어디인지를 알 수 없을 정도로 곤혹과 현기증을 느꼈다.

그리고 강렬한 메스꺼움.

눈앞에 있는, 인간의 형태를 한 무언가에 엘프인 레피야는 무시무시한 공포── 기피감과 '추악함'을 느끼고 말았다.

"대체, 이게 무슨 장난이지요……?"

아스피가 신음하듯 중얼거리고 【헤르메스 파밀리아】 사람들도 당혹감을 보였다.

적은 인간인가.

아니면 인간을 본뜬 몬스터인가.

꽉 참았던 구역질이 목을 타고 밀려 올라오려는 감각을 도저히 견딜 수 없어, 레피야는 물어보고 말았다.

"당신은, 무엇이죠……?"

올리버스는 입술에 웃음을 뚝뚝 흘리며 백발을 출렁거렸다.

"인간과 몬스터의 힘을 겸비한 최고의 존재다!"

흰 사내는 레피야와 일동을 멸시하며 큰소리를 쳤다.

마치 그 말을 입증하듯, 이러고 있는 동안에도 무수한 상처가 서서히 치유되고, '마석'이 파묻힌 가슴의 구멍도 아물었다.

"신들의 '은혜'에만 매달려 있는 너희가…… 나를 이길 수 있을까?"

올리버스가 비웃음을 띠었다.

반면 레피야는 전혀 수습되지 않는 머릿속으로 열심히 생각을 굴리고 있었다.

인간과 몬스터의 힘.

지성과 【스테이터스】, 그리고 몬스터의 괴력과 강인한 육체를 가진 개체.

조금 전까지 겪었던 일련의 전투에서는 분명 그 망언과

도 같은 가정을 뒷받침해줄 만한 광경이 몇 번이나 있었다.

제1급 모험자인 베이트의 공격이 직격해도 움츠러들지 않는 기괴한 내구력, '마법'도 맨손으로 받아내는 일탈성, 마지막으로 지금도 계속되고 있는 끔찍한 수준의 자기재생능력. 어느 것 하나 【스테이터스】의 성숙만으로 치부하기에는 위화감이 드는 모습뿐이었다.

올리버스의 말을 그대로 받아들인다면, '그녀'라는 존재가 숨이 끊어진 그를 인간과는 다른 '무언가'로 다시 태어나게 했다는 뜻이 된다.

레피야의 시야 너머에 석영기둥에 달라붙은 여자 태아가 보였다.

인간과 몬스터의 '이종 혼성'.

눈앞의 올리버스는——어쩌면 그 붉은 머리 여자도——그런 황당무계한 존재란 말인가.

괴물, 아니, 괴인이라는 말이 레피야의 머릿속을 스쳤다.

"……당신은 이블스의 잔당입니까?"

어떻게든 냉정함을 되찾으려 하는 아스피가 날카로운 시선으로 캐물었다.

레피야를 비롯한 전원의 시선을 받은 올리버스는 같잖다는 듯 웃었다.

"나는 저런 과거의 찌꺼기들과는 다르다. 신에게 놀아나는 인형이 아니니까."

황록색 눈동자가 주위를 둘러보았다.

자폭한 수많은 소사체, 혹은 폭사하기 전에 전투불능에 빠져 살짝 숨이 붙어 있는 로브의 무리.【헤르메스 파밀리아】, 그리고 레피야 일행이 쓰러뜨린 집단이야말로 어리석은 '이블스'의 잔당이라고 올리버스의 시선이 말했다. 그의 어조로 보건대 그들과는 어디까지나 협력관계였을 뿐이었던 것 아닐까 하고 레피야는 동시에 추측했다.

침묵에 잠긴 대공동.

거대 꽃이 기생한 붉은 석영기둥, 그리고 태아의 보옥이 기분 나쁜 빛을 뿜어내는 가운데, 아스피가 다시 입을 열었다.

"이곳은 무엇입니까. 여기서 당신들은 무엇을 하려는 것이었습니까."

질문을 거듭하는 아스피에게 올리버스는 선선히 대답했다.

"이곳은 플랜트다."

"플랜트……?"

"그렇다. 팬트리에 몬스터를 기생시켜 비올라스를 생산케 하는…… '심층'의 몬스터를 얕은 계층에서 증식시켜 지상으로 보내기 위한 중계점이다."

올리버스의 말에 레피야는 놀라움을 감추지 못했다.

식인꽃이 '심층' 출신 몬스터라는 사실, 그리고 무엇보다도——.

"몬스터가, 몬스터를 낳는다니…… 들어본 적이 없어."

몬스터는 던전에서 태어난다.

던전이야말로 몬스터의 '모태'.

이것은 절대적인 진리다.

신들조차도 인정하는, 이 세계의 섭리다.

거대 꽃의 조직에 에워싸인 대공동 어디선가 꽃봉오리가 피어나고 식인꽃의 산성(産聲)이 다시 들려오는 가운데, 레피야는 떨리는 목소리로 말했다.

"다시 말해, 테이머인 당신이 몬스터를 사역해, 이 공간을 만들어냈다는 건가요?"

"아니, 그렇지 않다. 나를 테이머 따위로 보지 마라."

어조에 힘이 들어간 올리버스가 한 마디 한 마디 끊어가며 말했다.

"비올라스도 나도, 모두 '그녀'라는, 기원이 같은 동포. '그녀'의 대행자인 나의 의사에 몬스터들이 따르는 것이다."

과분한 영광에 감동을 받은 것처럼 올리버스는 도취된 어조로 말했다.

이해할 수 없는 존재를 보는 것처럼 혐오의 표정을 띤 아스피는 핵심에 접근했다.

"당신의 목적은 무엇입니까?"

올리버스는 황록색 두 눈에 어두운 빛을 머금으며 웃었다.

"오라리오를 멸망시키는 것."

그 말에 많은 이들이 아연실색해 얼어붙었다.

숨을 멈추는 기척이 레피야의 주위에서 수없이 전해졌다. 레피야 자신도 그랬다.

무의식중인지 떨리는 꼬리를 한 손으로 억지로 꽉 붙든 루루네가 입을 열었다.

"자, 자기가 지금 무슨 말을 하는지…… 알고는 있는 거야?"

오라리오는 던전 바로 위에 구축된 거대도시이며, 또한 던전에 대한 방파제다. '뚜껑'의 역할을 가진 '바벨'과 함께 지하의 '구멍'에서 몬스터가 지상으로 진출하지 못하도록 막아내고 있는, 예로부터 내려온 요새이자 바깥세상과 미궁을 차단하는 격벽이다. 인류의 마지막 보루라고도 할 수 있다.

오라리오의 붕괴는 곧 '고대', 전란이 휩쓸던 세계가 다시 찾아온다는 뜻이다.

거듭되는 비극을 낳은 인류와 몬스터의 끊이지 않는 투쟁이 다시 펼쳐지게 된다.

"알다마다!!"

루루네의 물음에 올리버스가 환호했다.

"나는 내 뜻에 따라 이 도시를 멸망시킬 것이다!! '그녀'의 바람을 이루기 위해!"

저마다 다른 표정을 짓고 있던 모험자들에게 에워싸인 채 소리 높여 선언한다.

당황한 루루네를 향해 그는 등 뒤를 가리켰다.

"너희들에게는 들리지 않나? '그녀'의 목소리가?!"

그가 펼친 한쪽 팔 너머에 있던 것은 석영기둥, 보옥 태아.

"'그녀'는 하늘을 보고 싶다고 한다! '그녀'는 하늘을 갈 망한다!! '그녀'가 바라기에 나는 그 바람에 목숨을 바칠 것이다!!"

목소리는 하염없이 높아져만 갔다.

병적일 정도로 허연 얼굴에 고양된 웃음이 떠올랐다.

이해할 수 없는 말을 잇따라 늘어놓는 그 모습에서 뚜렷 이 알 수 있는 사실이 있다면, 그것은 '그녀'에 대한 올리버 스의 충성과 망집이었다.

"땅속 깊은 곳에서 잠들었던 '그녀'가 하늘을 보기 위해 서는 이 도시는 장애물일 뿐이다! 구멍을 막은 이 도시는 멸망시켜야만 한다!"

"어리석은 인류와 무능한 신들을 대신해, '그녀'야말로 지상에 군림해야 한다!!"

"오락이라고 웃고 삶이 존귀하다고 지껄이며 아무것도 하지 않는 신들과는 다르다! '그녀'는 나에게 두 번째 목숨 을, 자비를 주셨다!"

단숨에 말을 쏟아낸 올리버스는 조롱과 적의를 머금으 며 모험자들을 노려보았다.

"나는 선택받은 것이다. 다른 이도 아닌 '그녀'에게!! 나만이, 우리만이 '그녀'의 바람을 들어줄 수 있다! '그녀'의 바람은 반드시 내가 성취하고 말 것이다!!"

비원을 읊조리는 사내의 모습을 보고 레피야는 깨달아 버렸다.

──광신자.

올리버스가 말하는 두 번째 목숨을 준 '그녀'라는 존재를, 그는 망집과도 같이 신앙한다.

죽은 이의 부활은 '현자의 돌'──영원한 생명──을 만들어냈던 그 위대한 '현자'조차 몇 번이나 실패했으며 결국 이루지 못했던 영역이다. 하계의 규칙에 속박되고, 무엇보다도 아이들의 생명을 존중하는 신들이 행하지 않는 사자부활의 기적을 자신의 몸으로 누리고, 올리버스 액트는 '그녀'라는 존재에 심취했다.

신들에게 등을 돌려버린 그의 마음은 스스로 강인한 사슬에 묶여버린 것이다.

"'그녀'야말로 나의 모든 것이다!!"

여자 태아가 지켜보는 가운데 올리버스는 단언했다.

상식으로는 가늠할 수 없는 그의 분위기, 그리고 정체를 알 수 없는 '그녀'라는 존재를 놓고 모두가 입을 다물지 않을 수 없었다. 아스피는 무언가를 캐내려는 듯 올리버스를 노려보았으며, 루루네는 제정신이 아니라는 양 힘없이 고개를 가로저었다. 피르비스는 아직까지도 말을 잃은 채 그 자리에서 움직일 줄을 몰랐다.

레피야 또한 아연실색한 눈으로 그를 바라보았다.

"됐고."

갑자기 베이트가 침을 뱉었다.

웨어울프 청년은 진심으로 같잖다는 듯, 한 걸음 앞으로 나섰다.

"어쨌거나 넌 얌전히 뒈져버려. ……어차피 이젠 제대로 움직이지도 못할 테지."

불손한 말을 내뱉는가 싶더니, 늑대를 방불케 하는 안광과 함께 그렇게 지적했다.

레피야를 비롯한 모험자들은 놀라 그의 옆얼굴을 보았다. 올리버스는 대꾸하지 않고 입을 다물었다.

제1급 모험자인 베이트는 지금 그 장광설이 체력을 회복할 시간을 벌려는 수작임을 눈치챘다. 자기치유에 막대한 마력과 에너지를 사용해 조금 전과 같은 움직임은 불가능할 거라고, 그렇게 추측한 것이다.

날카로운 시선의 칼날을 꽂는 베이트에게 올리버스는 큭큭 웃었다.

"간파했다니, 이거 황송하군."

베이트의 추측을 인정하는 올리버스. 그러나 의도를 간파당했음에도 그는 대담한 웃음을 지었다.

여유 있는 상대의 태도에 베이트는 의아한 눈빛을 떠었다.

"나를 살리려 하시는 '그녀'의 가호는 아직까지 내 몸에는 과분한 것……. 네놈 말대로 지금의 나는 제대로 움직이지 못한다."

　──**나는**, 말이지.

　올리버스는 그렇게 덧붙이며 한층 짙은 웃음을 지었다.

　그 순간 아스피와 베이트의 눈이 무언가를 알아차린 것처럼 크게 뜨였다.

　그들에게 행동할 여지를 주지 않고, 【벤데타】라는 별명을 가진 사내는 백발을 출렁이며 한쪽 팔을 홱 높이 들었다.

　"해치워라── 비스쿰."

　그 직후 등 뒤의 석영에서 새나오던 붉은 빛이 일렁거렸다.

　석영기둥에 기생했던 세 마리의 거대 꽃 몬스터 중 한 송이가 꿈틀꿈틀 떨리더니 눈 아래의 모험자들에게 독살스러운 꽃잎을 돌렸다. 포효 대신 울려 퍼진 것은 석영기둥과 녹색 벽에 하나가 되었던 몸을 드득드득 뜯어내는, 귀를 막고 싶어지는 파열음이었다.

　극채색 꽃에서 뿜어져 나오는 강렬한 부패취── 가공할 죽음의 냄새.

　시간이 멈춰버린 듯 꼼짝하지 못하는 레피야 일행의 머리 위에서 거대한 그림자가, 거대한 몸이 중력에 따라 떨어졌다.

　"──흩어져!!"

　베이트의 날카로운 목소리가 모든 이들의 등을 떠밀었다. 모두가 전속력으로 그 자리에서 달려나갔다. 레피야는

© Kiyotaka Haimura

망연자실한 피르비스의 손목을 잡고 자신들을 뒤덮은 검은 그림자로부터 도망쳤다. 적인 올리버스 또한 옆으로 뛰어 그림자의 범위 밖으로 가볍게 탈출했다.

때를 거의 같이 해 무시무시한 체적이 철퇴가 되어 지면에 떨어지고, 이곳에서 체험한 것 중 가장 거대한 충격이 대공동 내를 뒤흔들었다.

"~~~~~~~~~~~~~~~~~~~~~~~~~~~~~~으윽?!"

"이, 이게 말이 돼?!"

팔로 얼굴을 가리며 아스피와 루루네는 충격파에 이리저리 흔들렸다.

지면에서 분진이 솟구치고 녹색 살점이 거품처럼 쏟아지는 가운데, 피어올랐던 재의 연기 너머에 그 거대한 몸이 오만하게 존재했다.

계층 터주, 아니, 몸의 크기로 보건대 가뿐히 그 이상의 크기를 자랑하는 거대 꽃 몬스터가 상급 모험자들에게 전율을 안겨주었다.

"해치워라."

올리버스의 명령에 따라 거대 꽃이 움직였다.

식인꽃처럼 고개를 높이 들 수도 없을 정도로 중량이 엄청난 몸을 지렁이처럼 준동시키며 주위의 모험자들을 단숨에 휩쓸고자 덤벼든다.

"앗?!"

피르비스와 떨어져버린 레피야는 밀려드는 진녹색 거구

에 혼신의 힘을 다한 회피행동을 취했다.

이 정도로 거대한 상대에게 어정쩡한 행동은 용납되지 않는다. 발을 박차고 땅바닥에 머리부터 뛰어들었지만 등을 후려치는 풍압에 떠밀려 데굴데굴 거세게 굴러갔다.

주위에서도 비슷한 광경이 펼쳐졌다. 거대한 체구가 뱀처럼 구불구불 움직이기만 해도 그것이 모험자를 죽일 수 있는 필살의 공격이 되었다.

"우리 공격이 통할까, 이거?!"

거구에서 뻗어 나오는 수많은 넝쿨 촉수를 피하면서 루루네가 큰 소리로 외쳤다.

【헤르메스 파밀리아】의 휴먼 서포터 소녀가 이리저리 도망치면서 '마검'을 꺼내 불꽃의 칼날을 날려댔지만 몬스터는 개의치 않았다. 불이 붙어 탁탁 튀는 몸을 아랑곳 않고 가차 없는 사행(蛇行)공격을 펼쳤다.

용감한 모험자들은 무기를 뽑아 들고 베려 했지만 끊임없는 준동이 그들을 몇 번이나 떨쳐냈다. 마도사를 비롯한 자들이 '마법'으로 공격하려 해도 방어가 불가능한 거대 넝쿨 촉수가 날아들거나, 혹은 막 태어난 식인꽃의 습격을 받았다. 영창할 시간조차 확보할 수 없었다.

혼란 일변도의 전황이 그들의 연계행동을 저해했다.

"빌어처먹을!!"

도약한 베이트가 상공에서 발차기 일격을 날렸다.

아까운 '마검'을 《프로스빌트》에 장전한 강렬한 일격에 거대 꽃의 몸 일부가 크게 터져 나갔지만 효과는 미미했다. 몬스터는 경련하고 괴로워하는 몸짓을 보이기는 했어도 치명타와는 거리가 멀었다.

움직임의 속도와 공격 그 자체는 별것 아니어도 질량과 규모가 너무나 달랐다.

제대로 맞서 싸우는 것이 어리석게 여겨지는 적에게 베이트는 혀를 찼다.

"흐하하하하하하하하하하하하!! 가라, 비스쿰! 이 신성한 공간에 발을 들인 모험자 놈들을 모조리 없애버려라!!"

전장을 방관하는 올리버스의 홍소가 울려 퍼졌다.

아직까지 두 마리의 거대 꽃을 수중에 남겨둔 사내는 여전히 여유만만했다. 몸의 상처도 완전히 아물어 느긋하게 체력회복을 기다리는 동안 주위의 식인꽃까지 부려 베이트를 비롯한 모험자들을 공격케 했다.

일방적인 전투광경을 그는 희열과 함께 바라보았다.

그때, 노성이 울려 퍼졌다.

"올리버스 액트!"

"……?"

올리버스가 돌아보니, 젖은 까마귀 깃털색 장발에 순백색 배틀클로스를 입은 엘프 소녀가 있었다.

"그런 참사를 저질러놓고도 오늘날까지 뻔뻔하게 살아 있었느냐, 네놈은!!"

아름다운 얼굴을 일그러뜨린 피르비스는 쏘아 죽일 것 같은 시선으로 올리버스와 대치했다.

"네 탓에 동료들이…… 나는!!"

"……아, 너도 그 계획의 생존자였군."

"감히, 감히!!"

원수처럼 노려보는 피르비스의 눈을 통해 올리버스는 그녀가 '27계층의 악몽'에서 살아 돌아온 자임을 눈치챈 모양이었다.

백발 사내는 턱을 끌어당겨 고개를 숙이면서 냉소를 머금었다.

"나는 그 계획을 획책한 자인 동시에 피해자이기도 하다. 한 번은 죽어버렸으니 말이다. 이제야 겨우 신들의 악몽에서 눈을 떴지……. 말하자면 고통을 함께 나눈 사이랄까?"

"웃기지 마!!"

올리버스의 헛소리에 피르비스는 격앙해 외쳤다.

그녀의 팔다리가 부들부들 떨렸다. 그 가녀린 몸에서 분노의 분류가 솟아나 마음까지 마구 뒤흔들었다. 이성의 폭주에 제동을 걸 수가 없었다.

단검을 잃은 오른손은 주먹을 쥐고, 왼손은 온 힘을 다해 완드를 붙들었다.

원수를 갚을 수 없는 지금의 자신을 진심으로 저주하듯 피르비스는 증오를 불태웠다.

"네놈만은……!"

진노의 불꽃을 다홍색 눈동자에 머금고 피르비스는 완드를 들었다.

미모를 자랑하는 엘프의 살의 넘치는 눈빛을 진심으로 즐겁다는 듯 받아내던 올리버스는.

스윽, 시선을 그녀의 등 뒤로 돌렸다.

"네놈을 가지고 놀아주는 것도 재미있겠다만…… 동포를 내버려둬도 될까, 엘프 계집?"

"뭣——."

피르비스의 두 눈이 흔들렸다.

그녀는 고개를 돌리고, 거대 꽃이 미쳐 날뛰는 전장을 보았다.

압도된 모험자들 틈에서 선황색 머리카락의 엘프 소녀가 거대 꽃과 식인꽃의 공격 사이에 끼어 있었다.

괴로움에 일그러지는 피르비스의 얼굴.

아이러니하게도 원수의 말이 폭주하던 그녀의 이성을 되돌려주었다.

"동료를 잃은 모양이다만…… 이번에는 저 엘프도 잃을 테냐?"

격렬한 공격을 받아 온몸에 찰과상을 입은 레피야의 모습이 적동색 눈동자에 비쳤다.

앞과 뒤. 길은 확실하게 갈라졌다.

앞으로 발을 디뎌 증오의 불꽃에 사로잡힌 채 원수를 격멸할 것인가.

뒤로 손을 내밀어, 지금이라도 낭떠러지에서 곤두박질치려 하는 동포를 구할 것인가.

——'밴시'.

주위에서 아무리 떠들어대도 전혀 아랑곳하지 않았던 기피의 이름이 뇌리를 스치고 피르비스를 좀먹었다.

오늘날까지 사정을 아는 많은 동포들로부터 '동족의 수치'라고 매도당했다.

사실이었다.

마음은 결코 아프지 않았다.

그러나, 그래도 오늘, '아름답다'고.

더러운 자신을, 서툰 위로로라도 그렇게 말해준 동포 소녀가 나타났다.

주신과 마찬가지로.

올곧으며 선망마저 품은, 맑은 눈으로.

저 착한 소녀마저 죽일 테냐——.

자신에게 물은 것과 동시에, 마음 깊은 곳에 새겨졌던 정경이 떠올랐다.

귓속에서 잃어버렸던 동료들의 절규가 선명히 되살아났다.

——도망쳐, 피르비스!

——가, 얼른 가라고!!

——아아아아아아아아아아아…….

——그래, 어서 가…… 피르비스.

——도망쳐, 피르비스!

——피르, 비스······.

——살려줘.

'악몽'에 삼켜지던 동료들의 목소리가 뇌리에 달라붙었다. 오늘날까지 마음을 잠식해왔던 '악몽'의 광경이 피르비스의 시야를 붉게 물들였다.

비장한 목소리가, 피에 물든 비명이, 최후의 한마디가 피르비스의 심장을 움켜쥐었다.

'나는——.'

눈앞에서 재미있다는 표정으로 원수가 비웃음을 흘린다. 바로 뒤에서는 동포 소녀가 싸우고 있다.

뻣뻣이 서 있던 피르비스는, 이윽고.

"빌어먹을!!"

올리버스에게 등을 돌리고 전장으로 달려갔다.

"아윽!!"

레피야는 밀려드는 채찍을 지팡이로 받아냈다.

마도사의 의상이 너덜너덜해졌지만 어떻게든 촉수의 비를 피해나갔다.

영창을 제대로 잇지 못하는 상황에서도 자신을 지킬 수 있었던 것은 모두 리베리아의 지도 덕이었다. 폭발이 용납되지 않는 마도사는 어떤 순간에도 동요해서는 안 된다. 거목의 마음을 가져라. 그런 리베리아의 가르침을 곱씹으며 침착하고 냉정한 정신을 자신에게 강요했다. 밀려드는 공격을 잘 보고, 호되게 훈련받은 봉술을 발휘하면 레피야 혼자서도 몬스터의 공격을 모면할 수 있었다.

게다가 요즘 들어 몇 번이나 교전을 했는지 알 수 없는 식인꽃의 공격에도 이제는 이력이 붙었다.

몬스터의 채찍 공격을 미리 읽고 레피야는 회피를 되풀이했다. 풍압을 발생시키는 거대 꽃의 촉수 수평공격을 지면에 엎드려 피하면 사냥감에 정신이 팔렸던 식인꽃이 여기에 말려들어 어이없이 날아가버린다.

욱신거리는 몸과 끊어지려는 호흡을 꾹 참고 레피야는 몸을 일으켰다.

위험해. 얼른 일어나야 해. 몬스터를 발견하고 이동하려 했을 때—— 그녀의 눈앞을 황금색 벼락이 지나갔다.

"비리디스!"

"피르비스 씨!"

'마법'으로 식인꽃의 무리를 한꺼번에 불태운 피르비스가 레피야에게 달려왔다.

낙오되는 바람에 걱정했던 레피야는 그녀의 얼굴을 보고 안도의 한숨을 내쉬었다.

"무사해?!"

"네, 고맙습니다."

일어난 레피야를 보고 피르비스도 또한 안심한 듯 눈을 가늘게 떴다.

"혹시 무기 있어?"

피르비스의 물음에 레피야는 등에 진 백팩을 열었다. 피르비스는 오른손을 통 형태의 자루에 집어넣고 한손검 하나를 꺼냈다.

칼집을 버리고, 그녀는 레피야를 지키기 위해 뛰기 시작했다.

"어떡하지, 아스피~?!"

──한편 거대 꽃을 직접 상대하는 모험자들 틈에서는.

루루네가 버거운 몬스터에게 비명을 지르고 있었다. 많은 피를 흘린 몸의 부담을 꾹 참으며 단검을 휘두르는 아스피의 얼굴에선 조바심이 비지땀이 되어 드러났다.

"……사우전드가 '마법'을 쏘아주면 좋겠지만, 이 거구를 상대로는 전열이 있어봤자 의미가 없지요."

많은 인원으로 방패를 늘어놓는다 해도 거대 꽃이 이리저리 이동하면 모두 치이고 짓밟힌다. 막고 어쩌고 할 수 있는 차원의 문제가 아니었다.

피르비스와 함께 방어전을 벌이는 레피야를 쳐다본 아스피는 앞을 향했다.

"역시 '마석'을 노리는 수밖에 없겠어요."

'마석'을 파괴하면 적은 잿더미로 변한다. 장기전은 수렁에 빠지는 지름길이다. 몬스터의 '핵'을 직접 공격할 수밖에 없다.

문제는 '마석'이 어디 묻혀 있는가.

기본대로 몸 한복판일까, 혹은 식인꽃과 마찬가지로 끝에 달린 꽃머리 부분일까.

베이트가 날린 혼신의 돌려차기가 거대 꽃의 진로를 바꿔놓는 것을 보며 아스피는 몬스터의 거대한 몸에 시선을 돌렸다. 만약 발견할 수 있다 해도 저 두꺼운 껍질과 몸을 관통하고 '마석'까지 공격이 미칠까 하는 의문을 꾹 억누르며, 그녀는 루루네와 파티에 지시를 내렸다.

"소용없다."

저항을 계속하는 그런 모험자들을 보며 올리버스는 코웃음을 쳤다.

팬트리의 석영기둥에 기생하여 하염없이 비대해진 비스쿰은 이미 다른 몬스터들과는 규모가 다르다. 하루아침에 격파할 수 있는 개체가 아니다.

공략의 실마리를 찾지 못하는 사이에 해치워주겠노라고, 올리버스는 황록색 눈을 가늘게 뜨고 새로운 거대 꽃을 소환하려 했다.

그리고 한쪽 팔을 머리 위로 들어올리려던 바로 그 순간이었다.

대공동의 벽면 한 모퉁이가 폭발했다.

"?!"

요란한 파괴음에 대공동에 있던 모든 이들이 시선을 돌렸다.

몇 줄기나 되는 연기를 끌며 튀어나온 것은—— 붉은 머리 여자.

누군가에게 맞아 날아온 것처럼 무시무시한 기세로 벽을 파괴한 그녀는 등부터 지면에 처박혀 드드드득 몸을 마찰시켰다.

화살처럼 날아가던 그녀의 몸은 거대 꽃이 미쳐 날뛰는 전장으로부터 멀리 떨어진 지점에서 겨우 멈추었다.

"크윽……?!"

신음소리를 내더니 검신이 부러진 붉은 검을 내팽개친다.

등에 온통 생채기를 입은 채, 피로를 말해주듯 그 자리에서 한쪽 무릎을 꿇고 앉았다.

"헉, 허억……!"

여자가 박살낸 벽면에서 다음으로 모습을 나타낸 것은 금발금안의 소녀—— 아이즈였다.

그녀 또한 라이트아머와 몸에 숱한 열상을 입었으며 어깨로 크게 숨을 쉬고 있었다.

"레비스?!"

"아이즈 씨?!"

올리버스와 레피야가 동시에 외쳤다.

은색 세이버를 들고 대공동으로 발을 디딘 아이즈는 주위의 광경, 그리고 레피야를 비롯한 모험자들의 모습에 놀란 표정을 보였지만 이내 자신은 괜찮다고 말하듯 고개를 끄덕였다.

시간으로는 한나절만의 재회에, 그리고 아이즈의 무사한 모습에 레피야의 눈이 반사적으로 젖어들었다. 여전히 싸우고 있던 아스피와 루루네, 베이트도 웃음을 지었다.

레피야는 황급히 한쪽 팔로 눈가를 닦고 아이즈와 또 한 명의 여자를 주시했다.

레비스라 불린 붉은 머리 여자는 리빌라를 혼란에 빠뜨렸던 그 습격자가 분명했다. 아마 이곳까지 오면서 격렬한 교전을 치렀고, 혼신의 힘이 담긴 아이즈의 일격이 레비스에게 꽂혔으리라. 충격을 이기지 못하고 그녀의 몸은 벽을 뚫으면서 이곳 대공동까지 밀려났던 것이다.

상처투성이인 두 사람의 몸, 파손된 방어구와 배틀클로스, 흘러 떨어지는 굵은 땀방울.

피차 지치기는 했지만, 무기의 성능도 있어서인지 아이즈 쪽이 아주 살짝 우세해 보였다.

붉은 검을 잃고 한쪽 무릎을 꿇은 레비스를 아이즈는 빈틈없이 노려보았다.

"……말뿐이었구나, 레비스. 한심하군."

레피야와 마찬가지로 아이즈와 레비스를 관찰하던 올리버스는 아군인 여자에게 조소를 보냈다.

그 목소리에 레비스는 황록색 눈동자로 그가 있던 쪽을 흘끔 보았다.

아이즈 또한 시선을 보내는 가운데, 올리버스의 웃음이 미간에 주름을 만들었다.

"이 계집이 '아리아'라니…… 도저히 인정할 수 없다만, 좋지. '그녀'가 원한다면."

아이즈에게 질투라도 하는지 말 구석구석에 적개심을 내비치며.

얼굴을 추하게 일그러뜨린 올리버스는 한 손을 머리 위로 들었다.

"비스쿰."

등 뒤에 있던 석영기둥을 향해 말한다.

석영에 달라붙어 있던 몬스터는 거구를 흔들고 표피를 떼어내며, 무너지는 탑처럼 지면에 쓰러졌다. 주위 일대의 지면을 부수며 주르륵, 거대한 몸을 준동시킨다.

석영기둥에 에워싸인 나머지 거대 꽃이 내려보는 가운데, 자신의 꽃머리를 아이즈에게 돌린다.

"아이즈 씨!!"

소환된 두 번째 거대 꽃 몬스터를 보고 레피야가 절규했다.

도우러 가려 했지만 올리버스가 명령했는지 몬스터가 넝쿨 채찍을 휘둘러 그녀들의 진로를 저지했다.

아이즈에게 다가갈 수가 없다.

"시체만 가지고 돌아가도 상관없겠지."

몬스터로 모험자들의 발을 묶어놓고 올리버스 자신도

아이즈에게 다가갔다.

레비스와 마찬가지로 피로가 극에 달한 지금이라면 죽이기도 쉬우리라고, 악랄한 웃음을 지으며.

"이봐, 그만둬."

"말리지 마, 레비스. 네놈이 감당하지 못했던 상대를 해치워주지."

한쪽 무릎을 꿇은 채 레비스가 불렀지만 올리버스는 말을 듣지 않고 표적으로 삼은 소녀만을 노려보았다.

시선 너머에서는 뱀처럼 천천히 기어가는 진녹색 거대 꽃에게 아이즈가 조용히 은색 검을 들고 있었다.

거대한 몬스터와 비교하면 너무나도 작은 한 자루의 무기에 그는 비웃음을 흘렸다.

"죽어라, 【검희】!!"

휙 한쪽 팔을 앞으로 내밀고 올리버스가 부르짖었다.

그의 명령을 받은 거대 꽃은 단숨에 가속해 지면을 깎아내며 정면으로 돌격했다.

"——멍청한 녀석."

그 광경에 레비스가 혀를 찼다.

"——가자."

그리고 애검에게 말을 건 아이즈는.

입술에 영창을 실었다.

"【눈을 뜨라, 폭풍】."

그 직후, 그녀가 부른 바람의 거대한 소용돌이가 주위의 공기를 밀어냈다.

눈앞에 밀려드는 몬스터에게 아이즈는 최대 출력의 폭풍을 애검에 부여했다.

다음으로는, 검광.

장엄한 수평 참격이 거대 꽃의 목을 양단했다.

"————."

올리버스, 베이트를 비롯한 모험자들과 함께 레피야는 할 말을 잃었다.

검신이 두른 바람의 힘, 뿜어져 나간 참격의 빛, 포효하는 폭풍.

수평으로 뿜어져 나간 바람의 검에 거대 꽃의 목이 떠올라 공중으로 날아갔다.

완만해진 시간의 흐름 속에서 레피야의 푸른 두 눈에 비친, 허공을 춤추는 거대한 살덩어리.

선혈을 뿌리는 몬스터의 꽃머리는 호를 그리고, 이윽고 굉음을 뿜으며 지면에 추락했다.

『————————————————아아아아!!』

기둥에 기생했던 보옥 태아가 울부짖었다.

솟구친 바람의 힘에 반응한 것처럼, 자신이 달라붙어 있던 석영의 표면에서 발버둥을 쳤다.

늘어났던 체감시간이 풀려 레피야를 비롯한 모험자들의 전율에 찬 시선이 《데스퍼러트》를 휘두른 채 서 있던 아이즈에게 집중되었다.

일격.

일격에 물리쳤다.

능력 면에서 계층 터주나 여체형 몬스터와 비교될 정도까진 아니라 해도, 그렇게나 거대하던 몬스터를, 검 한 자루로.

아이즈 본인의 【스테이터스】와 검기는 물론이고 마법 【에어리얼】의 위력도 보통이 아니었다.

이러한 광경을 붉은 머리 여자는 싸늘한 시선으로 바라본다. 베이트는 눈을 크게 떴고, 아스피와 루루네는 얼굴을 실룩거렸으며, 피르비스는 멍하니 서 있고, 레피야는 여전히 말을 잇지 못했다. 태아의 절규가 울려 퍼질 뿐, 모든 이들이 움직임을 멈추었다.

머리를 잃어 활동이 정지된 거대 꽃의 몸통.

쓰러진 몬스터의 시체 앞에서 아이즈가 검을 홱 휘두르자 사나운 바람의 목소리가 울려 퍼졌다. 그녀를 에워싼 기류가 아름다운 금색 장발을 허공으로 흔들었다.

"이, 이럴……?!"

한 걸음, 두 걸음, 올리버스는 그 자리에서 뒷걸음질쳐 새하얀 얼굴을 한층 창백하게 물들였다. 절대 무너지지 않던 여유는 모조리 사라져, 거대 꽃을 순식간에 잃은 동요가 온몸을 태우는 것 같았다.

밀어닥친 마법의 바람이 그에게까지 닿아 백발을 흔들었다.

"큭!"

Lv.6에 도달한 후로 처음 구사했던 【에어리얼】을 두른 채 아이즈는 백발 사내를 노려보았다.

올리버스는 창졸간에 손을 들어 비명을 지르듯 외쳤다.

"비, 비올라스——!"

통솔자의 명령에 따라, 남은 식인꽃이 모조리 아이즈를 향해 진로를 바꾸었다. 레피야를 비롯한 모험자들을 남겨 놓고 쇄도하는 몬스터들에게, 바람을 아군으로 삼은 검사는 정면으로 달려들었다.

일방적인 섬멸전이 펼쳐졌다.

마치 폭풍 그 자체가 유린하는 듯했다. 조금 전의 거대 꽃처럼 한줄기의 검광에 절단된 여러 마리의 거대한 식인 꽃이 머리 위를 춤추며 순식간에 재로 변했다. 소용돌이치는 바람은 미처 휘두르지도 못한 촉수를 애먼 방향으로 튕겨냈고, 몬스터는 참격의 여파만으로도 멀리 날아가거나 혹은 갈기갈기 찢겨버렸다.

"……큭!!"

압도적인 전투를 전개하는 아이즈에게, 소용돌이치는 마법의 바람에게 레피야는 전율했다.

——아이즈 씨의 '바람'은 **이상해**.

공격과 방어가 동시에 이루어지는 만능의 능력, 단독으로 계층 터주와 맞설 수 있는 터무니없는 출력. 저 힘은 인챈트(부여마법)의 영역을 넘어섰다. 보통의 인챈트는 저렇게까지 절대적인 효과는 발휘할 수 없다.

휴먼인 그녀가, 선천적인 매직 유저인 엘프도 아닌 그녀가 어떻게 저 정도로 강력한 '마법'을 구사할 수 있단 말인가.

'이제 아이즈 씨는 이미……!'

Lv.5였던 아이즈를 도시 최강의 일원이라 칭송받을 정도로 끌어올려주었던 것은 틀림없는 저 '마법'의 힘이었다.

그런 '바람'을 가진 아이즈가, 도시의 톱클래스인 Lv.6과 같은 계위에, 경지에 올랐다.

순수한 백병전이라면 분명 핀마저도 넘어섰다.

이 자리에서 그녀를 막을 수 있는 자는 없다.

"……차이가 벌어졌잖아."

목을 꼴깍 울리는 레피야와는 달리 베이트는 언짢은 투로 중얼거리고 있었다.

"빌어처먹을."

아직까지 Lv.5인 웨어울프 청년은 아이즈가 싸우는 모습을 보고 라이벌 의식에 불이 붙어 혀를 요란하게 차며 욕설을 내뱉었다.

그가 고개를 홱 쳐들었다.

"야, 냉큼 정리하자고!!"

자신들의 발을 묶어놓았던 거대 꽃을 쳐다보며 주위에

소리를 지른다.

아이즈의 모습에 고무된 모험자들의 사기는 크게 치솟았다. 역경을 떨쳐내고 베이트의 목소리에 응해 우수한 연계 플레이를 되찾기 시작했다.

모험자들은 거대 꽃의 공략에 착수했다.

"다들 들어봐! '마석'이 있는 건 역시 머리 쪽이었어! 꽃의 머리를 노려!"

어느 사이에 이동했는지, 아이즈가 베어 날려버렸던 거대 꽃의 머리를 다 조사한 루루네가 정보를 전해주었다.

몬스터의 시체 속에서 재빨리 '마석'이 있는 곳을 파악한 시프의 목소리에 모든 이들이 따랐다.

"그렇다고는 해도…… 아직은 '마법'을 쓸 수 없는 상황이라 화력이 부족하군요."

수없이 뻗어 나온 넝쿨 촉수에 우선적으로 표적이 되는 마도사들을 보고 아스피가 탄식했다.

여전히 거대한 몸을 구물거리며 사행하는 거대 꽃 때문에 영창은 모조리 차단당했다. 충분한 화력 없이는 적의 두꺼운 육체를 뚫고 '마석'에 공격을 할 수가 없다.

주문을 몇 번이나 입에 담으려다가는 날아가버리는 마도사들, 그리고 레피야의 모습을 보며── 피르비스는 결연한 표정을 지었다.

"내가 가겠어!"

"피르비스 씨?!"

레피야의 목소리를 떨치고 질주한다.

왼손에 완드를 들고, 격렬한 항전이 벌어지는 거대 꽃의 품으로 육박한다.

"웨어울프, **구멍**을 뚫어!"

"……쯧, 어디서 명령질인데!"

시선을 나눈 엘프와 수인이 가속했다.

험악한 공기는 여전했지만 서로의 노림수를 헤아리고서 단 한 번뿐인 연계 플레이를 취했다. 앞장선 베이트가 거추장스러운 촉수를 걷어차 날려버리고, 그가 확보한 길을 피르비스가 따라갔다.

두 사람은 눈 깜짝할 사이에 표피를 따라 뛰어올라, 거대 꽃 위로.

루루네가 지시한 머리 부분에 도달해, 베이트는 도약했다.

"으라아!"

공중에서 날린 내려차기가 몬스터의 표피를 헤집었다.

헤집어진 깊은 생채기를 향해 즉시 피르비스도 뛰어들었다.

"【일소하라, 파사의 성장】!"

영창 과정을 순식간에 마치고 바로 아래의 생채기——몸속으로 이어지는 **구멍**에 완드를 처박았다.

"【디오 튀르소스】!"

완드에서 방출된 벼락이 거대 꽃의 몸속으로 쏟아져 들어갔다.

부자연스럽게 몇 번이나 경련한 몬스터의 표피 아래쪽이 희미하게 빛을 발하는가 싶더니 모험자들이 만들어놓은 상처에서 전류가 뿜어져 나왔다. 대량의 마인드가 투입된 최대 출력의 폭뢰(暴雷)는 몬스터의 거대한 몸속을 헤집으며 '핵'이 있는 곳을 찾아 헤맸다.

거대 꽃의 움직임이 우뚝 정지한 것도 한순간이었다.

체내의 '마석'이 전격에 불타, 단말마도 터뜨리지 못한 채 거구가 엄청난 양의 재로 변했다.

문자 그대로 허물어져버린 거대 꽃 몬스터를 보고 【헤르메스 파밀리아】는 환호성을 터뜨렸다.

베이트를 비롯한 모험자들이 거대 꽃을 격파하기 직전.

아이즈는 자신에게 달려들던 식인꽃을 전멸시켰다.

자신에게 부과했던 제약을 풀고, 【에어리얼】의 힘을 아낌없이 휘둘러 몬스터들을 잿더미로 바꿔놓았다.

"마, 말도 안 돼……!!"

아이즈의 힘을 눈앞에서 보고 올리버스는 떨리는 몸을 주체할 수가 없었다.

아름답고도 고고한 검사. 바람과 함께 압도적인 힘으로 몬스터를 쓰러뜨리는 그 모습은 숫제 영웅담의 등장인물과도 같았다.

올리버스에게 주어졌던 모든 힘이 통하질 않았다.

부들부들 떨리는 황록색 두 눈을 크게 뜨고 지켜보는 가운데, 다른 방향에서는 벼락의 포격을 받아 두 번째 비스쿰이 격파당하고 있었다.

카드를 눈 깜짝할 사이에 잃은 올리버스는 마침내 정신의 균형을 잃었다.

"말도 안 돼! 내가 패배하다니, 내가 굴하다니── 이게 말이나 돼?!"

지면을 박찬 사내는 아이즈에게 돌진했다.

사각을 찌른 기습. '마석'이 준, 인간의 상식을 넘어선 괴력을 온몸에서 긁어모아 소녀를 목졸라 죽이고자 했다.

그러나 베이트와의 전투로 지쳤던 그의 움직임은 지금의 아이즈에게 너무나도 느렸다.

"──."

금색 눈동자가 달려드는 올리버스를 꿰뚫어 보았다.

눈 깜짝할 사이에 은검이 번뜩이고, 신속의 참격이 날아들었다.

"~~~~~~~~~~~~~~~~~~~~~~~~~~~~~~~~~~?!"

올리버스에게 무수한 참격이 새겨졌다.

몸의 각 부위가 이어져 있는 것이 신기할 정도로 온몸에서 요란한 피를 뿜어냈다.

황록색 하반신도, 그리고 인간의 상반신도 너덜너덜해져 올리버스는 벌렁 나자빠졌다.

"거짓말이야…… 종을 초월한 내가, '그녀'에게 선택받은 내가……?!"

일격에 패배한 올리버스에게서 신음소리가 새나왔다.

공포에 떨리는 눈동자 속에, 코앞에서 자신을 내려다보는 '전희'의 모습이 비쳤다.

"──별 촌극을 다 보겠군."

"!"

재기불능에 빠진 사내에게 아이즈가 다가가려던 그 순간.

돌풍 같은 속도로 레비스가 옆에서 달려와 올리버스를 구해냈다.

뒤로 뛰어 물러난 아이즈의 눈앞에서 흰 옷을 붙들고, 그대로 멀리 떨어진 장소까지 피신한다. 석영기둥 부근에서 멈춘 레비스는 가차 없이 올리버스의 몸을 지면에 내팽개쳤다.

대공동에서 몬스터의 모습은 사라지고, 아이즈는 물론 레피야나 베이트, 【헤르메스 파밀리아】 멤버들의 시선도 남은 두 사람의 적에게 집중되었다.

"고, 고맙다, 레비스……."

"……."

무릎을 꿇은 올리버스는 숨을 헐떡이는 상태였다.

흘러나오는 혈액을 방치한 채 열심히 호흡을 고르려 한다. 목소리를 쥐어짜내는 그에게 레비스는 말이 없었다.

주위에서는 베이트를 비롯한 모험자들이 커다란 반원을

그려, 두 사람은 궁지에 몰렸다 해도 과언이 아니었다. 그들에게 시선을 돌린 붉은 머리 여자는 석영기둥의 으스스한 빛에 비쳐 얼굴 절반에 어두운 음영을 드리우고 있었다. 이내 녹색 눈동자가 발밑의 사내를 내려다보았다.

레비스는 무표정하게 손을 뻗었다.

올리버스를 일으켜주려는 듯 사내의 목깃을 잡고, 한 손으로 끌어올린다.

그리고 다음 순간.

수도(手刀)를 올리버스의 가슴에 **꽂았다.**

"?!"

"억——."

모험자들은 말을 잃었다.

피부를 뚫고 가슴 속에 박힌 수도. 생생한 고동 소리에 맞춰 넘쳐나는 혈액.

레비스는 낯빛 하나 바꾸지 않고, 더욱 손을 밀어넣었다.

올리버스 본인은 다른 누구보다도 상황을 파악하지 못한 표정이었다.

"레, 레비스, 무슨 짓을……?!"

"그 눈으로 주위를 잘 봐."

아이즈, 레피야, 베이트, 피르비스, 아스피, 루루네.

가만히 선 상급 모험자들의 시선을 받으며, 여자는 피처럼 붉은 머리카락을 출렁거렸다.

"힘이 더 필요해졌어. 그뿐이야."

레비스는 담담히, 그리고 냉혹하게 말했다.

"몬스터들은 암만 **먹어봤자** 별로 도움이 안 돼."

눈앞의 여자가 무슨 짓을 하려는가를 그 말만으로 이해했는지.

올리버스는 얼어붙었다.

"설마?! 관둬!! 난 너와 마찬가지로 '그녀'에게 선택받은 인간……!!"

"선택받아……? 넌 그게 여신이라도 된다고 생각해?"

"……뭐?!"

"그게 무슨 숭고한 존재라도 되는 줄 알아?"

레비스는 진심으로 하찮다는 듯 코웃음을 쳤다.

"너도, 그리고 나도 그것의 촉수일 뿐이야."

딱 잘라 말하는 레비스에게 올리버스의 표정이 어지러이 변화했다.

눈꼬리를 틀어 올린 절망의 표정으로, 자신의 가슴을 꿰뚫고 있는 그녀의 가느다란 팔을 두 손으로 움켜쥔다.

"하, 하나뿐인 동포를 죽이려는 거냐?!"

사내의 말에 귀를 기울이지 않고 레비스는 가슴에 박았던 손에 힘을 주었다.

그와 반비례해 올리버스의 몸에서는 힘이 빠져나가고, 그녀의 팔을 붙들었던 두 손도 축 늘어졌다.

마치 온몸의 힘이 핵으로 끌려들어가는 것처럼.

"내가 없으면 '그녀'를 지킬 수도——?!"

올리버스의 절규를 가로막듯 레비스는 힘차게 가슴에서 손을 뽑아냈다.

그 손 안에 들린 것은, 피에 물든 극채색의 '마석'.

핵을 뽑힌 올리버스는 몬스터의 말로와 마찬가지로, 허무하게 재가 되어 허물어졌다.

"착각하지 마."

발치에 쌓인 잿더미에 그렇게 내뱉으며 레비스는 몸을 돌렸다.

참담한 광경에 눈을 크게 뜬 아이즈를 똑바로 바라본다.

"그건 내가 지켰어. 앞으로도 그럴 거고."

올리버스에게서 적출한 '마석'을 입안에 넣고, 씹어 부순다.

날름, 붉은 혀가 입술을 핥았다.

원수의 허망한 죽음에 피르비스가 말을 잃은 가운데, 솟아나는 힘을 확인하려는 듯 주먹을 질끈 쥐는 레비스의 오른손. 그녀의 붉은 머리카락 또한 곤두서듯 술렁거렸다.

그 직후—— 레비스는 지면을 박차 부수면서 아이즈를 향해 포탄처럼 폭주했다.

"웃?!"

다른 이들은 반응도 못할 속도로 아이즈에게 강권을 꽂았다.

정면에서 날아든 주먹질에 아이즈는 바람이 부여된 《데스퍼러트》를 들어 방어했다. 다음 순간에는 무시무시한 기세로 뒤를 향해 날아가버렸다.

  베이트를 비롯한 모험자들도 겨우 돌아보았을 때, 뛰어든 레비스는 아이즈와 격돌했다.

  "당신……?!"

  "말할 여유가 있어? 아직 부족했군."

  경악으로 동요하는 아이즈에게 붉은 머리 여자가 공격을 퍼부었다.

  극채색 '마석', 재가 된 남성, 흡수된 결정── 몬스터.

  올리버스와 레비스의 정체를 파악하지 못했던 아이즈의 뇌리에 날아드는 단편적인 정보가 소용돌이를 일으키고 마구 뒤얽혀, 이윽고 하나의 해답을 이끌어냈다.

  날아드는 상단 발차기. 【랭크 업】한 바람의 갑옷에도 밀려나지 않는 위력. 질풍의 참격을 뿜어도 쉽게 회피하고 반격을 가한다. 조금 전까지는 방어하는 것이 고작이었던 그녀는 아이즈의 공격을 모조리 간파하고 대응했다.

  ──'강화종'!!

  극도로 상승한 적의 전투능력을 보고, 아이즈는 받아들일 수밖에 없었다.

  '마석'을 섭취해 힘을 얻는 몬스터의 섭리, 【스테이터스】를 가진 인류와는 상반되는 약육강식의 위업. 눈앞의 적은 인간의 형태를 띤 몬스터였다.

무시무시하게도 올리버스의 '마석'을 먹은 레비스의 순수한 신체능력은 Lv.6인 아이즈의 어빌리티를 확실하게 웃돌았다. 【에어리얼】의 힘을 빌려야 겨우 우위에 설 수 있는 아이즈는 필사적으로 동요를 억눌렀다.

　초스피드 참격이 레비스의 어깨를 갈랐다.

　피가 솟거나 말거나 그녀는 팔을 휘둘러 혼신의 일격을 뿜어냈다. 아이즈가 아슬아슬하게 후퇴하자 레비스가 내리친 주먹이 지면을 부수고 원형으로 함몰시켰다. 레비스는 손을 내지른 지면의 녹색 살점 속에서 드드득 소리와 함께 힘차게 무언가를 뽑아냈다.

　그리고 나타나는 붉은 대검. 지면에서 발검한 네이처 웨폰.

　레비스는 두 손에 든 대검과 함께 달려들고, 아이즈 또한 이에 응하듯 돌진했다.

　""타앗!!""

　충격과 굉음을 터뜨리며 바람의 은검과 붉은 대검이 정면으로 맞부딪쳤다.

　"뭐, 뭐야, 저 여자…… 완전 말도 안 되잖아."

　아이즈와 전투하는 레비스를 보고 루루네는 침을 꼴깍 삼켰다.

　'마석'의 맛을 안 몬스터처럼 극단적으로 상승한 능력을 가지고, 단독으로 거대 꽃의 숨통을 끊었던 검희와, 거의 호각으로 맞붙고 있다.

　모험자들은 제3자가 끼어들 여지도 없는 격전을 멍하니

보고만 있어야 했지만, 그쪽을 향해 베이트와 레피야, 피르비스가 달려갔다.

"저쪽도 위험해 보이지만……!"

세 사람이 원군으로 달려가는 가운데 아스피는 혼자 반대 방향으로 진로를 잡았다.

그녀가 향한 곳은 팬트리의 석영기둥에 기생한 보옥 태아였다.

리빌라에서 일어난 사건도 포함해, 이번 사건이 시선 너머의 저 '보옥'을 둘러싸고 움직이고 있음은 명백했다. 올리버스가 몇 번이나 말했던 '그녀'라는 존재도 그렇고, 저여자 태아가 사건의 전모와 이어지는 열쇠일 것이다.

어떻게든 확보하고자 석영기둥에 접근한 아스피—— 그러나 갑자기.

옆에서 기습을 받았다.

『!』

"아니?!"

보라색 후드 로브, 그리고 으스스한 무늬의 가면.

대체 어디 숨어 있었는지, 정체를 감춘 수수께끼의 자객에게 얻어맞고 아스피는 날아가버렸다.

무시무시한 '힘' 어빌리티, 그리고 두 손에 장비한 은색메탈 글러브가 【페르세우스】특제 망토 위에서 충격을 관통시켰다.

"아스피!"

"아직도 한패가 있었어?!"

멀리 날아가는 아스피를 보고 루루네를 비롯한 【헤르메스 파밀리아】가 보조를 흐트러뜨렸다.

레피야, 베이트, 피르비스마저 그 자리에서 멈춰 돌아서서 가면 습격자를 보며 눈을 크게 떴다.

"완전하지는 않지만 충분히 자랐다. 에뉴오에게 가져가!"

아이즈와 싸우면서 레비스가 가면 습격자에게 소리를 질렀다.

습격자는 '보옥'을 움켜쥐어, 아이즈의 '바람'에 반응해 소리를 질러대는 태아의 입을 억지로 닫아버렸다. 그리고 '보옥'이 달라붙은 석영기둥에서 억지로 뜯어냈다.

『알았.다.』

가면을 쓴 인물은 여러 가지 육성이 겹쳐진 듯한 기분 나쁜 목소리로 대답하더니 즉시 그 자리에서 이탈했다. 보옥을 가지고 수많은 대공동의 출입구 중 하나로 질주한다.

"루루네, 막으세요!!"

절대로 놓치지 말라고 아스피가 고함을 질러 지시했다. 이를 악문 루루네는 대열에서 이탈해 전속력으로 가면 인물을 추적했다. 그러나 그때 다시 레비스가 외쳤다.

"비스쿰!"

억지로 수평 일격을 날려 아이즈를 잠시 떼어내고, 석영기둥에 달라붙었던 나머지 거대 꽃에게 명령한 것이다.

"계속 낳아라!! 말라비틀어질 때까지 힘을 쥐어짜내!"

순간, 대공동이 큰 소리를 내며 움직였다.

"……?!"

레비스를 베려 했던 아이즈는 고개를 홱 들었다.

베이트 이하 세 사람도, 아스피도, 그리고 루루네도 몸에 전해지는 진동에 움직임을 멈추고 말았다.

모든 이의 시선을 끌어오듯 기둥에 기생한 거대 꽃이 부르르 떨더니, 무언가를 빨아들이는 끔찍한 음향을 터뜨렸다. 찬란하게 빛나는 석영에서 양분을 폭군처럼 흡수하려는 듯이.

쩌적. 석영기둥에 수많은 균열이 일어났다.

그 뒤를 따라 경련을 되풀이하는 거대 꽃으로부터 대공동에 펼쳐진 촉수가, 굵은 뿌리가 혹처럼 간헐적으로 부풀어오르더니 무시무시한 기세로 맥동했다.

천장, 벽면, 대공동의 모든 영역에 존재하는 꽃봉오리가, 일제히 **개화했다.**

"_____."

모든 극채색 꽃잎이—— 모든 식인꽃이, 피어났다.

성숙하기를 기다리지 않고 강제로 피어난 크고 작은 온갖 꽃봉오리, 모태인 던전에서 양분을 탐욕스럽게 빨아들인 플랜트가 온 힘을 동원해 몬스터를 낳았다.

거대 꽃의 표피에서는 급속도로 색소가 빠져나가 흙색으로 바뀌고, 시들어버린 거대한 몸은 힘없이 축 늘어졌다. 메마른 꽃머리가 풀썩 꺾였다.

세상의 종말과도 같이 색소박리가 펼쳐져가는 대공동의 녹색 벽. 그리고 죽어가는 팬트리를 대신해 깨진 종을 두드리는 듯한 소리를 내며 산성이 잇따라 겹쳐졌다. 고막을 뒤흔드는 괴물의 제창에 머리 위를 올려다보던 레피야의 얼굴에서 생기가 빠져나갔다.

이것은, 설마. 모험자들의 마음속 목소리가 하나로 합쳐졌다.

추악한 이빨을 드러낸 식인꽃이 포효하더니 아이즈를 향해 일제히 낙하했다.

——몬스터 파티!!

땅을 울리는 소리를 연속으로 내며 식인꽃이 지면에서 몸을 뗐다.

아연실색한 모험자들의 모든 방향에서 몬스터들은 노도처럼 밀려들었다.

『오오오오오오오오오오오오오오오오오오오오오오오!!』

"으윽?!"

숫자의 폭력에 모험자들이 목소리를 이루지 못하는 비명을 질렀다.

그들의 시야를 가득 메우는 독살스러운 극채색 꽃, 꽃, 꽃. 앞도 좌우도 뒤도, 머리 위까지도 황록색 거구가 없는 지점이 존재하지 않았다. 깨진 종을 두드리는 듯한 포효가 연신 교차하여, 한곳에 머물고 있으면 분명 몬스터의 군세에 휩쓸리고 말 것이다. 플랜트를 희생해서 만들어낸 식인꽃의 대군은 광대한 대공동을 가득 메웠다.

역전의 제2급 모험자들이 전의를 상실해버릴 정도로 엄청난 몬스터의 무리.

수백을 웃도는 숫자. 보통의 몬스터 파티와는 비교도 되지 않는다. 이미 자릿수부터 달랐다.

"큭……?!"

가면 인물은 지옥의 도가니로 변한 대공동에 등을 돌리더니, 아스피가 속수무책으로 지켜보는 가운데 출입구 중 하나로 뛰어들어 금세 통로 너머로 모습을 감추었다.

"무리무리무리, 이젠 무리야!!"

"흩어지지 마, 짓밟힌다!!"

루루네는 돌진하는 수많은 거구와 밀려드는 촉수에 몰려 이리저리 도망쳤다. 동료 워타이거가 목이 찢어져라 고함을 질러댔지만 그 목소리도 몬스터들의 파도에 휩쓸려버렸다.

식인꽃은 닥치는 대로 미친 듯이 날뛰었다. 모험자를 찾아내면 즉시 사행하며 몸을 부딪쳐대거나 혹은 촉수의 비를 퍼부었다. 자기네끼리 뒤얽혀 넘어지거나 서로를 공격해대는 모습도 곳곳에서 보였다.

제일 먼저 잡아먹힌 것은 아직 숨이 남아 있던 로브 집단이었다. 뱃속까지 울리는 단말마를 터뜨리며 이블스의 잔당들은 대공동에서 완전히 자취를 감추었다. 색이 다른 로브를 입은 두목도 눈 깜짝할 사이에 통째로 잡아먹혔다.

사방팔방 흩어진 모험자들에게 몬스터가 쇄도해 곳곳에서 국지전이 일어났다. 베이트를 비롯한 전열의 실력자들이 분투하고 대형 무기를 휘둘러 하나하나 살육해나갔지만 좀처럼 수가 줄어들 기미가 보이지 않았다.

상황은 대혼란에 빠졌다.

한편 아이즈는 레비스와 몬스터의 협공에 시달리고 있었다.

"비올라스!"

"웃?!"

레비스가 부리는 식인꽃을 물리쳐가면서 레비스의 대검을 방어해야 했다. 맞붙는가 싶으면 즉시 식인꽃의 측면공격이 들어왔다. 끊임없는 적의 포위망은 결코 이쪽을 놓치려 하질 않았다. 식인꽃을 소모품으로 활용하는 레비스의 히트 앤 어웨이가 【에어리얼】을 발동시킨 아이즈를 억지로 몰아붙여댔다.

아이즈와 레피야 일행은 서로에게 도움을 주지 못한 채격리되었다.

아이즈가 몇 십 마리인지도 모를 식인꽃을 바람의 참격으로 한꺼번에 베어버렸을 때였다.

"——!!"

"앗?!"

식인꽃의 거대한 몸 뒤에 숨어 있던 레비스가 몬스터의 몸 너머로 검을 올려베었다. 거대한 몸을 양단하며 나타난 기습 일격에 아이즈는 방어에 실패해 《데스퍼러트》를 손에서 놓쳐버리고 말았다.

——아차!!

회전하며 허공을 춤추고 멀리 날아가는 애검. 아이즈의 몸이 초조함에 사로잡혔다.

검사인 아이즈에게서 검이 사라졌다. 《데스퍼러트》를 잃어버린 아이즈의 전투능력은 눈에 뜨이게 떨어져버렸다.

그리고 그 기회를 놓칠세라 레비스가 단숨에 공세를 펼쳤다.

"안 놓쳐."

"~~~~~~~~~~~~~~~~~~~~~~~~?!"

레비스를 뿌리치고 검을 회수하러 가려 해도 앞을 가로막는 식인꽃이 이를 용납하지 않는다.

한순간이라도 발을 멈추면 붉은 대검이 아이즈를 지키는 기류를 갈랐다.

익숙하지 않은 격투전을 벌이게 되자 금세 열세에 빠졌다.

비명을 지르는 주위의 동료들과 마찬가지로, 아이즈는 궁지에 몰리고 있었다.

🦇

몬스터의 공격은 더욱 치열해졌다.

어떻게든 대공동의 중심지에 모인 레피야 일행과 모험자들은 필사적으로 방어했다.

레비스가 억지로 낳게 한 대량의 식인꽃이 성체에 이르지 않았다는 점만이 그나마 불행 중 다행이었다. 크기도 제각각인 몬스터는 성체에 비해 능력이 떨어졌다.

그렇다고는 해도 절체절명임에는 변함이 없었다. 사방팔방이 에워싸여 출구조차 보이지 않는 이 상황은 그야말로 악몽이었다. 몬스터의 포효가 터지면 모험자가 한 사람, 또 한 사람 바닥에 쓰러져간다.

"아, 아아……!"

그런 난전 속에서 레피야를 비롯한 마도사들은 전혀 힘을 발휘하지 못하고 있었다.

식인꽃의 대군 한복판에서 영창은 자살행위. 벽이 되어 호위해줄 사람도 없다. 자신의 몸을 지키느라 고작인 레피야는 미력한 자신을 저주했다.

모두가 사력을 쥐어짜내고 있다.

피투성이가 된 워타이거는 포효하고, 엘프 전사는 검을 입에 물고 휘둘렀으며, 무기를 잃은 드워프는 다 으깨진 주먹을 몬스터에게 내리쳤다. 아스피와 루루네도 적을 교란시키고 참격을 날렸으며, 발을 멈추려 들지 않는 베이트는 몬스터를 한꺼번에 몇 마리씩 물리친다. 서로에게 비명에 가까운 고함을 질러 연계 플레이를 취하는 모험자들의 용감한 모습이 레피야에게 괴로움을 주었다.

　——어째서 나는.

　저 용감한 사람들과 어깨를 나란히 할 수 없을까.

　함께 검을 쥐고 몬스터를 쓰러뜨리며, 방패로 동료를 지키지 못할까.

　이리저리 도망치고, 도움을 받고, 눈물을 흘리고.

　마법을 노래하면, 저들의 발목까지 잡아버리고.

　아무것도 못한다.

　가슴에 품은 이 지팡이가 이렇게나 무겁게 느껴진 적은 없었다.

　'나는 리베리아 님처럼, 피르비스 씨처럼……!'

　아름답고도 압도적인 하이엘프가 마음속에 떠오르고, 지금도 싸우는 엘프 소녀가 시야를 가로질렀다.

　동경하는 소녀와 마찬가지로, 따라잡고 싶다고 필사적으로 바라는 최강의 마도사는 너무나도 멀었으며, 저 아름다운 마법검사에게도 손이 닿지 않는다.

　자신도 피르비스처럼 싸울 수 있다면.

　검을 들고 노래하며 몬스터를 물리칠 수 있다면.

　몬스터를 또 한 마리 쓰러뜨린 피르비스를 시선으로 따라가던 레피야의 마음에 베이트의 말이 떠올랐다.

　——넌 평생 짐짝 신세 못 면해.

　자신을 멸시하던 그 말에 이젠 분하다는 생각조차 품을 수 없어, 레피야는 무력감에 휩쓸렸다.

레피야가 고뇌하던 그때, 베이트는 아이즈를 노려보고 있었다.

단신으로 레비스와 몬스터에게 공격당하는 금발금안의 소녀에게 그는 얼굴을 일그러뜨렸다.

"아이즈……!"

내구력이 떨어지는 어린 식인꽃을 발차기로 격파해대던 베이트는 시선을 휙 전장으로 돌리더니—— 엘프 소녀를 노려보았다.

"야!"

"네……?"

베이트는 체면도 가리지 않고, 뻣뻣하게 서 있는 레피야에게 달려왔다.

"난 아이즈한테 갈 테니까, **여긴 네가 알아서 해!!**"

멱살을 붙들고 소리를 질러대는 바람에 레피야는 흠칫 어깨를 떨었다.

"하, 하지만, 저는——."

"넌 피라미야!! 하지만 그 말도 안 되는 '마력' 하나는 인정한다고!"

레피야의 말을 끊어버리며 베이트는 노성을 터뜨려댔다.

"따라잡고 싶다느니 뭐라느니 피라미들의 입버릇만 지껄이고 앉았지 말라고!! 우리가 깨갱 소리도 못하게 만들어보란 말야!"

푸른 눈을 크게 뜬 레피야를 베이트의 호박색 눈이 노려본다.

"그 망할 할망구를 넘어서봐!!"

리베리아 리요스 알브를, 넘어서봐라.

베이트는 딱 잘라 그렇게 말했다.

누구에게서도 들어본 적이 없었던 황당무계한 목표를. 아이즈나 티오나, 티오네조차도 입에 담은 적이 없었던 말을.

단순한 도발이 아닌, 강함이란 것을 끊임없이 추구하던 굶주린 늑대의 본심을 내던졌다.

──넌 그래가지고 되겠냐.

그가 내던진 또 다른 질문이었다.

항상 약자에게 짜증을 내던 베이트의 눈빛에, 목소리에, 레피야의 온몸이 열기를 띠었다.

가슴에 치솟는 새빨간 감정. 마음속에서 떨리는 것은 이글이글 불이 붙은 열정이었을까, 아니면 눈앞의 청년을 아무 소리 못 하게 만들어주고 싶다는 분함이었을까.

자신도 모르게 주먹을 불끈 쥔 레피야를 베이트가 퍽 떠밀었다.

그는 아무 말 없이, 웃음도 보이지 않고, 등을 돌린 채 달려가버렸다.

동경하는 아이즈에게 달려갈 수 있는 그 강인한 등을 레피야는 몇 초 동안 지켜보았다.

모험자와 몬스터의 규환에 휩싸인 채, 엘프 소녀는 스스로 각오를 다졌다.

 "──저를 지켜주세요!!"

 전장을 꿰뚫는 큰 목소리로 레피야가 부르짖었다.

 자신에게 허용된 유일한 무기인 지팡이를 쥐고 내밀어, 마법을 쓰겠다는 태도를 주위에 몸으로 보인다.

 포격을 결행하겠다는 태세를 모험자들의 눈동자에 새겼다.

 "지, 지키라니, 뭘 하려고?! 어정쩡한 마법 가지곤……!"

 "날 믿어요!!"

 동요하는 루루네에게 고함으로 단언한다.

 소극적인 자신을, 용기 없는 마도사를, 지금만은 마음속에서 몰아내리라.

 "나는 마도사예요! 나를 지켜주는 여러분들을 구하겠어요!!"

 베이트가 던져준 기백의 불꽃을, 활활 타오르는 가슴속의 감정을, 높은 경지에 대한 갈망을 모조리 목소리와 눈빛의 힘으로 바꾸었다. 누구나 안심하고 등을 맡기는 최강의 마도사, 리베리아에게 조금이라도 다가갈 수 있도록.

 의연한 마도사의 모습에 아스피도, 그리고 피르비스도 움직여주었다.

 "전원 【사우전드】의 곁으로!! 그녀에게 모든 것을 맡기겠습니다!"

"……!"

엘프 마도사에게 목숨을 건 피르비스와 【헤르메스 파밀리아】가 몬스터를 밀쳐내고 집결했다.

온 마인드를 쥐어짜낸 레피야는 잇따라 목소리를 터뜨렸다.

"방어원진!! 5분, 아니, 3분만 버텨주세요!"

리베리아를 방불케 하는 그녀의 지시에 고개를 끄덕인 모험자들은 밀집하여 원진을 짰다.

모든 식인꽃 몬스터가 이쪽으로 몸을 돌리는 가운데, 원형진 중심에 선 레피야는 눈꼬리를 세우며 영창을 자아내기 시작했다.

목숨을 건, 3분에 걸친 방어전이 시작되었다.

"【위셰의 이름 아래 바라노라】!"

전개되는 선황색 마법원, 부풀어오르는 마력광.

눈앞에서 식인꽃이 미끼에 이끌린 것처럼 쇄도해도 레피야는 영창에만 온 마음을 기울였다.

"【숲의 선구자여, 숭고한 동포여. 나의 목소리에 호응하여 초원으로 오라】."

노래하라, 노래하라, 노래하라.

영창에 시간을 들이지 마라, 흐트러짐 없이 자아내라, 리베리아라면 분명 1분 안에 끝냈을 거다.

지금 자신이 할 수 있는 것은 오직 노래뿐.

동료를 구하기 위해, 희망의 노래를── 승리의 노래를.

"【이어지는 유대, 낙원의 계약. 원환을 돌며 춤을 추라】."

행사마법은 소환마법.

소환할 대상은 최강의 마도사, 리베리아 리요스 알브의 전방위 섬멸마법.

극대의 공격마법으로 몬스터를 일소하리라.

"【이르라, 요정의 고리】."

미친 듯이 날뛰는 몬스터들이 돌격해댔지만 진형을 짠 모험자들이 잇따라 저지한다. 거대 방패를 든 워타이거가, 드워프가, 보내주지 않겠노라고, 근육이 불거진 어깨에서 피를 뿜어내며 적의 육탄공세를 받아낸다.

쌍검을 든 엘프며 수인들조차도 몸을 방패삼아 방어했다. 그들의 머리 위로 밀려드는 무수한 촉수는 아스피와 루루네가 모조리 잘라버렸다.

사방에서 밀려드는 적을 피르비스가 하나하나 격퇴한다.

"【부디── 힘을 빌려주기를】."

동료를 믿고 눈을 감아 쓸데없는 정보를 모조리 차단하고 고속으로 영창을 이어나가── 레피야는 마법명을 읊조렸다.

"【엘프 링】."

선황색 마법원이 비취색으로 변화했다.

이제 레피야의 영창은 소환한 공격마법으로 바뀌었다.

그때, 등 뒤에 있는 그녀를 어떻게든 지켜내려 하던 【헤르메스 파밀리아】단원들은 갑자기 시야에 들어온 광경에 낯빛을 창백하게 물들였다.

녹색 벽의 미궁을 얼쩡거리던 개체들이 이끌려 왔는지, 대공동 통로 쪽에서 출현한 거대 식인꽃의 무리가 달려온 것이다.

"대형?! 게다가 저렇게 많다니! 야단났다!!"

소형 식인꽃들을 걷어차 날려버리며 돌진하는 무리를 앞에 두고 루루네가 비명을 질렀다.

"비리디스——!"

레피야의 주문이 완성되기까지는 아직도 멀었다. 피르비스는 동포 소녀를 돌아보고, 눈을 감은 채 노래를 이어나가는 그녀의 모습을 보며—— 그녀 또한 눈꼬리를 틀어올렸다.

"비켜!"

"어, 이봐?!"

방패를 든 루루네의 머리 위를 뛰어넘어 피르비스는 몬스터 앞으로 나섰다.

레피야의 구슬 같은 영창을 등 너머로 들으며 입을 벌린다.

"【방패가 되어라, 파사의 성장】!"

초단문영창.

아스피와 루루네가 눈을 크게 뜨는 가운데 자신이 가진 두 번째 마법을 발동했다.

탁류처럼 밀려들던 몬스터들에게 피르비스는 왼손을 내밀었다.

"【디오 그레일】!!"

하얀 광채를 뿜어내는 원형장벽.

거대하고도 성스러운 방패가 몬스터의 무리와 격돌해 돌격을 한꺼번에 저지했다. 아스피 일행이 그 모습에 눈을 크게 떴다. 피르비스의 얼굴은 장벽마법에서 발생하는 스파크를 받아 새하얗게 빛났다.

🕯

멀리서 장벽마법이 흰 광채를 뿜어내는 가운데, 아이즈의 바람이 밀려나고 있었다.

식인꽃에게 퇴로가 차단당하면 붉은 머리 여자가 즉시 붉은 대검을 들고 달려들어 강렬한 일격을 날린다.

아이즈는 종이 한 장 차이로 이를 피하고 잇따라 돌려차기를 날린다.

"검기에 비하면 졸렬하군."

"웃?!"

바람의 힘이 더해진 강력한 발차기를 칼자루로 별 어려움도 없이 쳐내고 얼어붙은 시선과 함께 반격한다. 간신히 피했지만 레비스는 집요하게 추가공격을 펼쳤다.

맨손인 아이즈는 이 가혹한 공격을 회피할 수밖에 없었다. 붉은 검광을 뿜으며 흉흉한 대검을 휘둘러대는 레비스를 상대하면서 【에어리얼】만으로는 이길 수 없었다.

'검만 있다면……!'

아득한 시야 저편, 대공동 한쪽 구석에 꽂힌 《데스퍼러트》가 보였지만 그 시선을 차단하듯 레비스가 상단베기를 날렸다. 결코 검이 있는 곳에 보내주지 않겠다는 적의 모습에 아이즈의 얼굴이 고뇌로 일그러졌다.

그녀와 오랜 시간 교전하며 소모되었던 체력, 무엇보다도 마법의 과부하가 아이즈의 온몸을 잠식했다. 그런 반면 문자 그대로 괴물 같은 상대의 체력은 바닥이 보이지 않았다. 그녀의 움직임에 맞춰 얼굴에서 땀이 사방으로 흩어졌다.

"그만 좀 쓰러져!"

식인꽃의 육탄공격에 편승한 레비스가 아이즈에게 대검을 내리쳤다.

공격의 충격에 얻어맞은 아이즈의 가슴에 초조함이 불꽃처럼 타올랐던 그 순간.

『【——머잖아 불을 뿜을지니】.』

엘프 소녀의 영창이 몬스터들의 포효 사이를 누비고 아이즈의 귀에 들렸다.

"!"

——레피야!

왕족인 하이엘프의 영롱한 영창을 방불케 하는 힘찬 울림에, 소녀의 노래에 아이즈는 눈을 크게 떴다.

게다가 그때—— 회색 털결을 가진 늑대가 뛰어들었다.

"꺼져!!"

베이트였다.

몬스터의 파도를 억지로 돌파해, 격렬한 이동을 거듭했던 아이즈를 쫓아왔다. 놀라는 아이즈와 레비스의 시선을 받으며 그는 일직선으로, 바람을 두른 소녀에게 돌진했다.

"내놔, 아이즈!"

"!"

아이즈는 그것만으로도 모든 뜻을 이해했다.

"바람이여!"

쭉 뻗은 아이즈의 손에서 바람이 일렁여, 엇갈려 지나간 베이트의 메탈 부츠로 빨려 들어갔다. 은백색 장화에 박힌 황옥이 빛을 발하며 두 다리에 무시무시한 바람의 기류가 맺혔다.

『밀려드는 전화(戰火), 면할 길 없는 파멸. 개전의 뿔피리는 드높이 울려 퍼지고 폭거의 쟁란이 사방을 에워싸노라』

베이트에게 '바람'을 건네준 아이즈는 재빨리 그 자리를 이탈했다. 레피야의 영창을 들으며 그녀가 향한 곳은 대공동의 한쪽, 바닥에 박힌 검이 있는 곳이었다.

그리고 그녀와 엇갈려 베이트가 레비스에게 정면승부를

청했다.

"아니?!"

"얌전히 있어, 괴물년!!"

아이즈가 전장을 벗어나자 레비스는 조바심을 냈지만 베이트는 뒤를 쫓도록 내버려두지 않았다.

소녀의 【에어리얼】을 받은 강철 부츠를 휘둘러 상대의 대검에 통렬한 일격을 꽂는다.

『이르라, 홍련의 불꽃, 무자비한 맹화. 그대는 업화의 화신일진저』

두 다리의 기류를 구사하여 밀어붙이는 베이트.

아이즈가 검을 회수하도록 이 자리를 맡은 웨어울프는 온 힘을 다해 상대의 발을 묶어놓았다.

크게 혀 차는 소리를 낸 레비스는 주위의 식인꽃을 모조리 아이즈에게 보내 방해하고 자신은 눈앞의 사내를 죽이려 했다.

"방해하지 마!!"

"윽……?!"

붉은 대검이 연속으로 날아들어 거대하고도 무수한 검광이 시야를 뒤덮었다. 회피하고 바람의 발차기로 흘려냈지만 맞았다간 한 방에 끝장이 날 만한 필살의 공격이 베이트의 몸을 위협했다.

아이즈의 바람을 두르기는 했어도, 마석을 먹어 강화된 레비스의 능력은 베이트를 압도했다. 기술과 페인트를 구사해도 적의 힘이 우세했다. 내려차기, 올려차기, 돌려차기. 팽이처럼 빙글빙글 돌며 무시무시한 기세로 두 다리를 꽂아댔지만 붉은 머리 여자는 모조리 막아냈다.

상대가 공세로 전환한 순간 배틀클로스가 갈기갈기 찢겨나가고 한쪽 팔의 건틀렛이 날아갔으며 스친 어깻죽지에서는 피가 솟구쳤다.

"비켜, 웨어울프!!"

감정을 잘라낸 듯한 목소리와 함께 더욱 빨라지는 대검. 방어일변도에 몰린 베이트의 몸이 크게 흔들렸다.

『모든 것을 일소하여 위대한 전란에 막을 내릴지니].』

궁지에 몰린 베이트의 귀에 소녀의 노랫소리가 들렸다.

원진을 구축한 모험자들의 모습이 시야 한구석을 스쳤다. 피투성이가 된 사내들이, 지팡이로 몬스터를 때리는 소녀들이 고함을 지르며 사지에서 여전히 항전을 계속했다.

그 중심에 있는 것은 빛나는 마력광을 뿜어내는 엘프 마도사.

이를 악물고 있던 베이트의 얼굴이 억지로, 숫제 흉포할 정도로 입가를 틀어 올렸다.

"네년이나 뒈져!!"

"으윽?!"

밀어붙인다.

당해내지 못하리라는 것을 알면서, 그래도 한 걸음도 물러나지 않은 채 눈앞의 적을 타도하고자 달려든다.

얼굴에 무시무시한 웃음을 새겨놓고 베이트는 부르짖었다.

"피라미들이 저렇게 발버둥 치고 앉았는데!! 네년 하나 못 밀어붙여서 무슨 낯짝을 하겠냐고!!"

강자의 긍지와, 사나이의 오기.

지금도 여전히 싸우는 약자들의 모습에 시야가 새하얗게 타올라, 베이트는 자신의 한계를 물어뜯으려 했다.

미쳐 날뛰는 바람의 힘을 억누르고 더욱 격렬하게 구사한다. 방어에 내몰려 흠칫 놀랐던 레비스는 즉시 눈을 분노로 치켜세우고 붉은 대검을 쳐들었다.

베이트 또한 발을 내디뎌 지면을 분쇄하며 자신의 왼발을 쳐들었다.

"오오오오오오오오오오오오오오오오오오오오오오오오!!"

사나운 포효를 끌며 베이트는 일격을 내질렀다.

머리 위에서 날아드는 대검, 혼신의 풍각(風脚).

충돌한다.

'―――――.'

갈기갈기 찢겨 날아가는 바람의 소용돌이, 그 틈을 꿰뚫는 붉은 칼날.

대검과 부딪친 은백색 메탈 부츠에 거미줄처럼 균열이 내달렸다.

극심한 충격과 작렬하는 격통에 베이트의 눈에 핏발이 섰다.

『불태워라, 수르트의 검── 나의 이름은 알브】!』

──그리고 동시에, 레피야의 영창이 완료되었다.

빛의 음향이 터져 나간 것과 함께 베이트의 발밑으로, 대공동 전체로 확대되는 비취색 마법원.

다음 순간, 그 '마법'이 터져 나왔다.

『【레아 레바테인】!!』

소환된 거대 불꽃이 마법원에서 사출되었다.

레피야가 있는 곳에서 방사형으로 뻗어 나가는 화염의 기둥. 베이트와 아이즈를 피해 천장까지 솟구친 업화는 모든 식인꽃을 집어삼키고 불태우고, 절규마저 녹여버렸다.

몬스터의 '마석'은 물론 재마저 남기지 않는 광역 섬멸마법이 대공동을 붉은 불꽃의 세계로 바꾸었다.

"────헹."

열기와 붉은 빛에 옆얼굴을 그을리며 베이트는 입가를 틀어 올렸다.

소멸하는 몬스터, 위업을 이룬 소녀, 약자들이 터뜨리는 환성.

호박색 눈동자에 빛이 깃든다. 이대로 대검에 밀려나려 하는 왼발에 젖 먹던 힘까지 모조리 쏟아부어 선혈을 뿜어내며── 강자 또한 지지 않겠노라 포효했다.

"으르어어어어어어어어어어어어어어어어어어어!!"

은백색 발차기가 붉은 대검을 튕겨냈다.

"아니?!"

역전의 일격.

베이트가 뒤로 튀어 날아간 반면 레비스는—— 상반신이 대검과 함께 벌렁 넘어갔다. 녹백(Kock-back) 상태였다. 대공동이 타오르고 몬스터가 일소되는 가운데 그녀의 녹색 눈동자가 크게 뜨였다.

전심전력의 한 방을 희생한 베이트 덕에 레비스의 자세가 크게 무너졌다.

"————."

그리고.

수많은 불똥에 휩싸인 그녀를 향해 그림자 하나가 질주했다.

불기둥 틈을 일직선으로 돌파해, 되찾은 은검을 장비한 금발금안의 소녀가.

레비스를 향해 돌격했다.

"【눈을 뜨라, 폭풍】!!"

다시 바람을 두른 아이즈는 탄환이 되었다.

동료가 만들어준 틈을 놓치지 않겠노라, 《데스퍼러트》를 쳐들고 달려든다.

"크윽?!"

혼신의 대각선베기.

창졸간에 쳐든 적의 대검을 절단하고.

"으윽!!"

재차 올려베어.

'마석'이 묻힌 가슴 중심에서는 비껴나갔지만 그래도 피보라를 뿌리는 레비스.

"──아아아아아아아아!!"

결정타 내려베기.

허공으로 뛰어올라, 두 손으로 자루를 고쳐 쥐고, 미친 듯이 날뛰는 회오리바람을 부여한 검신을.

눈 아래의 레비스에게── 내리찍는다.

"으으윽!!"

두 팔을 교차시킨 레비스는 소용돌이가 맺힌 검을 받아냈다.

터무니없는 힘의 반발력이 발생해 검신의 기류가 고함을 지르며 날뛰었다.

다음 순간 레비스는 봇물이 터진 듯한 기세로 후방을 향해 날아갔다.

두 다리로 지면에 두 줄기의 홈집을 새겼지만 그래도 기세는 멈추지 않아 대공동의 심장부까지.

힘없는 붉은 빛을 흘리는 석영기둥에 등부터 처박혔다.

아이즈가 마침내 적을 압도한 것이다.

"헉, 헉……."

검을 한 손에 들며 아이즈는 숨을 몰아쉬었다.

울부짖는 바람의 갑옷을 해제하고, 레비스가 있는 기둥

으로 달려간다.

레피야의 소환마법 덕에 팬트리는 불똥과 열기가 충만한 이세계로 변모했다. 대공동의 천장이며 벽면을 뒤덮었던 거대 꽃의 조직도 소리를 내며 불타 떨어져 본래의 바윗결이 모습을 드러냈다. 아이즈가 등을 돌린 후방에서는 이번에야말로 적의 세력을 소탕해 힘이 빠져나간 모험자들이 지면에 비실비실 주저앉고 있었다.

아이즈가 다가가자 한쪽 무릎을 꿇고 있던 레비스가 천천히 일어났다.

출혈을 일으킨 온몸에서 증기——'마력'의 입자 ——를 뿜으며 상처를 치료하기 시작한다. 살짝 눈을 크게 뜨고 있으려니 그녀가 입을 열었다.

"——지금의 네게는 이길 수 없을 것 같군."

그 녹색 눈동자에 아무런 감정도 맺지 않은 채 담담히 말한다.

올리버스의 '마석'을 먹고도 '바람'을 두른 아이즈에게 아직까지 밀린다는 사실을 밝힌 그녀에게는 아군도, 몬스터도 남지 않았지만 알 수 없는 냉정함과 여유가 있었다.

아이즈가 의아한 표정을 지으며 간격을 남겨두고 대치하자, 레비스는 등 뒤의 석영을 올려다보았다.

"이 기둥은 팬트리의 중추지. 이것이 부서지면 어떻게 될지…… 알아?"

"?!"

──설마.

석영 표면을 쓰다듬는 레비스에게 마지막 일격을 가하려 했지만, 이미 늦었다.

주먹을 쥐고 허리를 뒤틀어 수평 일격을 기둥에 꽂는 레비스.

덧없는 붉은 빛을 띤 석영기둥에 금세 용의 발톱자국과도 같은 거대한 균열이 발생하고 그것이 꼭대기까지 이르는가 싶더니 다음에는 찢어지는 파쇄음을 터뜨렸다. 마모되었던 기둥은 마침내 박살이 나버렸다.

그리고 이와 연동된 것처럼 팬트리의 천장이 무너지기 시작했다.

"……!"

"도망치지 않으면 묻혀버릴걸? 특히, 도움이 필요한 네 동료들은."

만신창이가 된 아스피 일행, 마법을 구사하고 쓰러져버린 레피야, 다리를 다친 베이트를 보며 말하는 레비스.

낙하하는 암석의 소리를 들으며 아이즈는 입술을 깨물었다. 아마도 레비스는 계산하고 일부러 마지막 공격을 받아 이 석영기둥이 있는 곳까지 밀려났을 것이다.

격렬한 암반의 소나기가 쏟아지는 가운데.

모험자들은 당황하며 철수행동에 착수하려 했다.

"부상자를 부축해주십시오!! 짐은 버리겠습니다, 탈출을 우선시하세요!!"

몸에 채찍질을 하며 지시를 내리는 아스피, 이리저리 뛰어다니는【헤르메스 파밀리아】.

"내가 약해빠진 개들하고 똑같은 줄 알아! 도움 필요 없어!"

"아~ 귀찮아! 이래서 웨어울프는 싫다니깐!"

부축하는 시앙스로프 루루네에게 웨어울프인 베이트가 고함을 지르고 있다. 욕설을 주고받으면서도 출구로 가려 한다.

"비리디스?!"

그리고 마인드 다운을 일으켜 쓰러진 레피야를 피르비스가 안아 일으키려 한다.

그러나── 뻗었던 손이 떨리더니, 멈추었다.

마치 더러운 손으로 건드리는 것을 주저하듯, 더 이상 움직이지 못하고 있으려니.

레피야가 스스로 그 손을 잡았다.

"……!"

"괜, 찮아요……."

떨리는 눈으로 힘없이 웃는 소녀를 보며 눈을 크게 뜨는 피르비스.

그녀는 애절함에 가슴이 옥죄어들었지만, 이내 마음을 굳게 먹고 레피야의 몸을 안아 일으켰다. 소녀의 가녀린 몸을 자신에게 기울이고 그 자리를 떠난다.

"……큭."

서로를 도와 출구로 향하는 모험자들의 모습에 아이즈

도 철수를 결심했다.

자신도 상처 입은 자들을 도와야겠다고, 눈앞에 있는 여성보다도 동료를 우선시했다.

등을 돌리고 그곳을 떠나기 직전.

"'아리아', 59계층으로 가라."

그 목소리에 아이즈는 시선을 돌렸다.

"딱 재미있어졌어. 네가 알고 싶은 것을 알 수 있을걸."

"……그게 무슨, 뜻이죠?"

"어렴풋이 눈치는 챘을 텐데? 네 말이 사실이라고 해도, 몸에 흐르는 피가 가르쳐줄 테니."

"……"

"네가 직접 가준다면 수고도 덜 수 있지."

지금의 아이즈를 억지로 끌고 가려면 엄청나게 애를 먹을 거라는 행간의 의미도 내비치는 레비스. 그녀는 이쪽을 보며 눈을 가늘게 떴다.

"지상 놈들은 우리를 이용하려 하니…… 우리도 한껏 이용해주겠어."

마지막에는 독백처럼 말하고, 레비스는 입을 다물더니 그 자리에 서 있을 뿐이었다.

"야, 【검희】!"

"아이즈, 서둘러!"

루루네와 베이트의 목소리에, 녹색 눈과 마주하던 시선을 떼었다.

아직 무너지지 않은 출구에 모인 그들에게 달려간다.

대공동을 떠나기 직전, 아이즈는 다시 한 번 등 뒤를 돌아보았다.

공간 한복판에서 움직이지 않는 붉은 머리 여자가 쏟아지는 바위 너머로 모습을 감출 때까지, 아이즈는 그녀와 시선을 떼지 않고 있었다.

이윽고 부상자를 업고, 무너지는 미궁에서 대피했다.

이날, 제24계층의 팬트리는 붕괴했다.

모험자들은 간신히 탈출에 성공했다.

⊡

남모르는 격전을 돌파한 레피야 일행은 '리빌라 마을'을 경유해 그날 안으로 지상에 귀환할 수 있었다.

홈에 돌아간 직후, 걱정을 끼쳤던 아이즈는 로키에게 설교와 함께 벌을 받게 되었지만 【로키 파밀리아】의 멤버들은 부상도 심하지 않고 거의 문제가 없었다. 베이트의 박살난 다리는 【디안 케흐트 파밀리아】의 치료원에서 깔끔하게 원래대로 돌아왔으며, 마인드 다운을 일으켰던 레피야도 하루 정도 잠든 후에는 거의 회복되었다.

피르비스는 헤어지면서 많은 말을 하지 않고 웃음만을 보이며 【디오니소스 파밀리아】로 돌아갔다. 그녀와의 거리가 줄어든 것을 자각하면서도, 레피야는 다시 만나 이야기를 많이 나눠보고 싶다고 생각했다. 한편 그녀의 주신인 디오니소스는, 로키의 말에 따르면 이번 사건을 심각하게 받아들여 음음 신음했다나.

그리고 【헤르메스 파밀리아】에는 사망자가 몇 명 나왔다. 레피야는 무어라 말을 걸어야 좋을지 알 수 없었으나, 만일 괜찮다면 묘에 꽃이라도 바쳐달라고 아스피와 루루네가 미소를 지어주었다. 좋아서 모험자를 생업으로 삼은 이상 자신이나 타인의 죽음은 원래부터 각오한 것이라고 그녀들은 말했다. 이번 퀘스트를 맡았던 루루네의 옆얼굴은 어딘가 비탄에 잠긴 것처럼 보였지만…… 깊이 캐묻지 못한 레피야가 알 도리는 없었다.

적지 않은 상흔을 남긴 채, 각 【파밀리아】는 일상 속으로 돌아갔다.

"여러 가지 일이 있었지만……."

그 사건으로부터 이틀.

겨우 몸이 완쾌된 레피야는 자신의 방 침대 위에서 할 일 없이 멍하니 시간을 보내고 있었다. 동료 여성단원과 함께 쓰는 방치고는 넓었으며, 지금은 혼자였으므로 어딘가 적적하기도 했다.

"'아리아'라……."

보옥 태아, 이블스의 잔당, 괴인.

충격적인 일이 어지럽게 밀려들어 무엇부터 생각해야

좋을지 알 수 없었지만, 지금 레피야가 가장 마음에 둔 것은 그 이름이었다.

그 대공동에서, 올리버스는 아이즈를 가리켜 그렇게 말했다.

리빌라 습격 때도 그랬다. 붉은 머리 여자…… 레비스도 아이즈를 '아리아'라 불렀다. 동시에 레비스와 올리버스는 아이즈—— '아리아'를 찾고 있었다는 식으로 말했다.

동경하는 소녀와 그들의 접점이 너무나 궁금해져, 레피야는 큰맘 먹고 본인에게 물어보았지만 소용이 없었다. 그 대공동에서 무슨 일이 있었는지, 레비스와 무슨 이야기를 나누었는지, 그리고 '아리아'란 무엇인지 아이즈는 아무 말도 해주지 않았다. 자신도 상황을 파악할 수 없는지 미안하다며 송구스럽게 사과할 뿐이었다.

"우웅~…… 자꾸 캐내려 하면 안 되겠지만…… 우~웅."

풀썩 소리와 함께 벌렁 드러누웠다.

선황색 머리카락을 침대에 부채꼴로 펼치며 레피야는 천장을 올려다보고 중얼거렸다.

——신경 쓰여라~.

그때였다.

『레피야~ 들어가도 돼?』

"……티오나 씨?"

문 너머로 들린 목소리에 레피야는 몸을 일으켰다.

방문을 열어보니 아니나 다를까 티오나가 있었으며, 바

로 곁에는 티오네도 보였다.

 "괜찮았어~?! 뭔진 몰라도 힘들었다며~?! 이젠 움직여도 되는 거야~?!"

 "어, 네, 이제 몸은…….."

 불쑥불쑥 다가오는 티오나에게 레피야는 몇 걸음 후퇴했다. 언니에게 철썩 뒷머리를 얻어맞은 후에야 겨우 얌전해진 그녀에게 자신도 모르게 쓴웃음을 짓고 있었다. 아마도 걱정이 되어 병문안을 와준 것이리라. 어제는 마인드 다운 후의 권태감이 심해 꼬박 하루 종일 방에만 틀어박혀 있었으니까.

 "아이즈랑 베이트한테선 쫌 들었는데 말야~. 어째 잘 모르겠더라고."

 "네가 멍청해서 그렇지. 바보 티오나."

 "아하하…… 그러고 보니 두 분은 하수도 쪽으로 가셨지요? 그쪽은 어땠나요?"

 방에 들어온 두 사람과 함께 이야기를 나누다, 문득 레피야가 질문했다. 레피야 일행이 제24계층에 있을 동안, 두 사람은 핀과 함께 도시의 지하수로를 조사하러 갔을 텐데.

 "그 식인꽃 몬스터는 몇 마리 발견했지만 수확이라 할 만한 것은 없었어. 헛수고인 셈이지, 이쪽은."

 티오네는 그렇게 말하며 어깨를 으쓱했다.

 팬트리에서 몬스터가 어딘가로 반출되려 하던 광경을

본 레피야는 역시 지하수로에 있던 식인꽃은 이블스의 소행이 아니었을까…… 하고 한동안 생각에 잠겼지만.

조금 전까지 생각하던 것이 문득 떠올랐다.

"저기, 티오나 씨, 티오네 씨는…… '아리아'라고, 아세요?"

아이즈 몰래 뒤를 캐는 짓 같아 저어되었지만 이대로 아무것도 모르는 척할 수도 없었다.

티오나와 티오네는 자신보다도 아이즈와 오래 알고 지낸 사이다. 어쩌면 무언가 알지 않을까 싶어 혹시나 하는 마음에 물어보았다.

"'아리아'? 난 들어본 적 없는데……."

티오네는 짚이는 데가 없다고 고개를 갸웃했으며,

"'아리아'? 난 알아!"

티오나는 금세 고개를 끄덕였다.

"네?! 저, 정말요?!"

"응, 정말~."

티오나에게는 실례되는 이야기지만 그렇게까지 기대하진 않았던 만큼 레피야는 그 말에 깜짝 놀랐다.

"가, 가르쳐주실 수 있어요?!"

"응, 좋아~!"

몸을 내밀며 묻자 이번에도 선선하게 대답이 돌아왔다.

그리고 티오나는 어째서인지 이동을 시작했다.

"티, 티오나 씨? 어디 가세요?"

"음~ 서고!"

"뭐? 서고에는 왜 가는데?"

레피야와 함께 티오네도 의아해하는 가운데 티오나는,

"내가 가르쳐주는 것보다 더 빠르니깐!"

그렇게 말하며 가벼운 걸음으로 홈의 복도를 나아갔다.

이윽고 세 사람은, 단원이라면 누구나 자유로이 쓸 수 있는 【파밀리아】의 자료실에 들어섰다.

책 냄새가 떠도는 이 방은 한쪽 벽과 중앙에 많은 책장이 늘어서 있다. 던전에 관한 서적이며, 직업별 비전서, 그 외에도 로키가 변덕으로 모아놓은 고서 같은 것이 소장되어 있으며 【파밀리아】가 공유하는 재산이다. 이따금 사용이 끝난 그리므와르 같은 것도 꽂혀 있다.

"어렸을 때 자주 읽어서 기억하는데…… 음~."

티오나는 기억을 더듬듯 특정한 책장을 둘러보았다.

함께 따라온 레피야와 티오네가 뒤에서 지켜보는 가운데 얼쩡얼쩡, 책장 사이를 연신 오간다.

"분명 여기서도 본 것 같은데 말야…… 아, 찾았다!"

기뻐하며 소리를 내고 티오나는 발돋움을 해 높은 책장에서 책 한 권을 꺼내들었다.

매우 두툼했으며, 장정에서는 세월이 느껴졌다.

펄럭펄럭, 페이지를 대충 넘기던 티오나는 원하던 것을 발견했는지 "자!" 하고 말하며 건네주었다. 레피야는 당황하면서도 그녀가 펼쳐준 고서를 받아들었다.

좌우 어깨 너머로 티오나와 티오네가 엿보는 가운데, 페이지에 시선을 떨구었다.

"이건…… 영웅담, 인가요?"

펼쳐진 페이지에는 한 영웅과 함께 있는 장발의 여성이 있었다.

흑백 삽화였으며, 하늘하늘한 옷을 걸친 모습이었다.

그곳에 적힌 이름은…….

"……정령, '아리아'."

영웅과 정령은 하이엘프며 드워프, 수인, 파룸, 아마조네스…… 수많은 동료들과 함께, 앞을 가로막는 몬스터와 대치하고 있었다.

"내용은 살짝 달라지지만, 여러 가지 이야기에 나와."

"그러고 보니 넌 어렸을 때부터 동화니 그런 걸 곧잘 읽었지……."

"에헤헤~."

티오나와 티오네가 이야기를 나누는 동안 레피야는 가만히 책 속의 여성을 응시했다.

……아이즈 씨하고, 닮았나?

아니, 이런 삽화로는 자세한 내용까지는 알 수 없다.

애초에 이 영웅담은 '고대'의 이야기를 소재로 한 것…… 수천 년도 더 된 이야기다.

'정령…….'

신에게 가장 사랑받는 아이들.

신의 분신.

완전한 불사는 아니지만 몇 세기에 이르는 수명.

엘프와 같은 마법종족이며, 엘프 이상으로 강력한 '마법'과 '기적'을 구사하는 자들——.

'——아이즈 씨의, '바람'?'

여기까지 생각이 미친 레피야는 설마 하며 웃음을 지었다.

'정령'이라면 신들과 마찬가지로, 마주서면 누구나 확실히 알아볼 수 있다. 아이즈는 조금 얼빵하달까 신비한 느낌이 있기는 하지만 신성하다고 할 만한 존재감을 띠지는 않는다.

게다가 신의 분신인 '정령'은 신들과 마찬가지로 자식을 낳을 수 없을 터. 레피야는 머리에 떠오른 몇 가지 망상을 모두 버렸다.

분명 아이즈는 신에게도 뒤지지 않는 미모를 가졌지만——그건 아이즈 씨 본인의 잠재력이지! 하고 동경을 품은 레피야는 마음속으로 소리 높여 주장했다.

결국 단순한 착각인가 하고 쓴웃음을 지으며.

레피야는 천천히 책을 덮었다.

책의 표지에는 '던전 오라토리아'라는 제목이 적혀 있었다.

© Kiyotaka Haimura

Гэта казка іншага сям'і.

Апынуўшыся белых трусоў

제24계층 사건으로부터 사흘 후 아침.

아이즈는 북서쪽 메인 스트리트를 걷고 있었다.

벽돌로 지은 액세서리 숍, 튼튼한 가공석으로 세운 요새와도 같은 아이템 숍, 멀리 새빨간 칠을 한 유명 파벌의 무구점. 모험자들이 단골로 애용하는 훌륭한 가게들이 대로에 처마를 맞대고 있다. 질서정연하게 깔린 포석 위를 수많은 모험자들이 오간다.

휴먼과 데미휴먼의 인파에 이리저리 흔들리며 아이즈는 오늘까지의 기억을 되살려보았다.

붉은 머리 여자, 레비스.

인간과 몬스터의 '이종 혼성', '괴인', '강화종'…… 전투 후에 확인한 그러한 정보에 지금도 경악을 금할 수 없었다. 그녀는 인류가——그리고 아마 신들조차도——확인하지 못했을 특급 이상사태에 해당하는 존재다. '오라리오를 멸망시킨다'는 계획도 판명된 지금, 언뜻 평화로워 보이는 이 도시를 엄청나게 거대한 어둠이 뒤덮으려 하는 환영이 자꾸만 보였다.

무슨 일이 일어나고 있을까. 무슨 일이 일어나려는 걸까. 알아보러 가야만 한다.

레비스의 존재가, 레비스 일당이 들려준 말이 아이즈에게 그런 의지를 품게 했다.

'그 까만 로브 입은 사람도, 진상을 좇고 있을지 몰라……'

퀘스트를 맡긴 흑의인물은 얼마 전 루루네를 찾아왔다고 한다.

그녀에게 자세한 보고를 받고 무거운 침묵을 지키더니, 마지막으로 두 개의 열쇠를 건네준 다음 다시 사라졌다는 것이다.

루루네는 고개를 갸웃하며, 흑의인물이 '보수'라고 했던 두 개의 열쇠 중 하나를 아이즈에게 직접 건네주러 왔다.

"아마 노움 대여금고의 열쇠일 거야."

그런 그녀의 말에 따라 둘이 동쪽 구역에 있는 보관고에 가보니, 정말로 수많은 소형 금고 중에서 두 개에 열쇠가 들어갔다.

나란히 놓인 687번, 688번 금고를 루루네와 함께 열어보니…… 그 안에는 붉은색 푸른색 녹색 보라색으로 빛나는 수많은 귀금속과 함께 금은 반지, 장식된 유니콘의 뿔, 그리고 몇 권의 그리므와르까지 있었다. 찬란하게 빛나는 조그만 보물창고에 아이즈와 루루네는 황망한 심정을 느꼈다.

추정 환급액은 두 사람이 벌렁 나자빠질 만한 액수였으며, 아이즈는 그 보수를 모조리 '원정' 준비 때문에 자금부족에 시달리는【파밀리아】에 올렸다. 까만 대검을 제외한 우다이오스의 '드롭 아이템'을 팔아 어찌어찌 레이피어의 대출금을 갚았던 아이즈에게 그만한 거금은 소지하기조차 두려웠기 때문이었다.

퀘스트의 보수 치고는 파격적이라 할 정도로 귀중한 아이템을 그렇게나 마련할 수 있는 흑의인물은 대체 누구일까 하는 의문은 끊이질 않았지만.

적어도 지금은 대립하는 적은 아닌 것 같았다.

'원정도 결정됐고…….'

사건의 사후처리가 거의 끝났을 무렵, 아이즈 일행은 단장인 핀에게 소집을 받았다.

베이트, 레피야와 함께 제24계층에서 있었던 사건을 모두 그에게 전한 후, 혼자 남은 아이즈는 레비스와의 사이에서 있었던 일까지도 들려주었다.

그리고 제59계층으로 가고 싶다는 뜻도 전했다.

한동안 조용히 생각하던 핀은,

『알았어. 그렇게 하자.』

그렇게 아이즈의 청을 들어주었다. 【로키 파밀리아】는 정식으로 '원정'을 결정한 것이다.

여드레 후, 파벌의 모든 세력을 집결시켜 심층공략에 임하는 '원정'.

자신 혼자서는 갈 수 없는 계층의 영역에 마음을 부풀리며, 아이즈는 그날이 찾아오기를 조용히 기다렸다.

"……날씨, 좋다."

생각을 정리한 아이즈는 맑디맑은 하늘을 보며 중얼거렸다.

해님이 눈부셔서 괴롭다는, 언젠가 했던 그런 말이 다

시 새나오는 일은 없었다. 살짝 의지가 담긴 걸음으로 메인 스트리트를 나아가, 잠시 후 목적지인 길드 본부에 도착했다.

앞뜰 안에서 걸음을 멈추고 흘끔 품 안을 보았다. 두 손으로 소중히 안아든 것은 흰 천에 싸인 방어구── 프로텍터였다.

제10계층에서 주운 흰토끼, 가 아니라 소년 벨 크라넬의 분실물이었다. 아이즈는 이를 돌려주기 위해 그의 담당관이 있는 길드 본부까지 온 것이었다.

주위의 모험자들이 흘끔흘끔 시선을 보내는 가운데, 가슴 속에 한껏 기합을 담았다.

이것을 전해주고 이번에야말로 사과하자고, 제1급 모험자 소녀는 열의를 불태웠다.

마음 깊은 곳에 있는 어린 아이즈에게도 성원을 받으며, 가자! 하고 길드 본부 안으로 발을 들였다.

"……발렌슈타인 씨?"

"안녕, 하세요."

원하던 인물은 금방 발견했다.

창구에 대기하고 있던 하프엘프 접수원── 에이나 튤에게 인사를 했다.

의아하다는 표정을 짓는 상대에게 이제까지의 사정을, 그리고 프로텍터 건도 함께 전하자 그녀는 알았다며 웃음을 지었다.

"제가 벨…… 벨 크라넬에게 프로텍터를 전달하겠습니다. 말씀도 함께 전해드릴게요."

웃음을 짓는 에이나에게 아이즈는 살짝 긴장하며 자신의 뜻을 전했다.

"저기……."

"?"

"……직접, 전하고 싶어요."

남의 사정도 생각하지 않고 이런 요청을 해도 될까 싶었지만, 아이즈는 그렇게 말해버렸다.

소년도 모험자니까 이 프로텍터를 돌려준다면 빨라서 나쁠 것은 없으리라. 하지만 그렇다 해도 제멋대로라는 것은 알지만, 아이즈는 자신의 손으로 이 프로텍터를 전해주고 싶었다.

그 자리에서 이제까지 있었던 일도 사과하는 것이다. 폐를 끼치고 상처를 입혔던 것까지 포함해서.

이번에는…… 놓치지 않도록.

눈앞의 에메랄드색 눈동자를 바라보며, 더듬더듬, 그리고 쭈뼛쭈뼛 아이즈가 간청하자 그녀는 진지한 표정으로 고개를 끄덕였다.

"알겠습니다. 그러면 저도 협조하겠습니다."

"?"

"그가 도망치지 않도록, 아니, 도망칠 수 없도록 자리를 마련하죠. 확실하게 대면시켜드릴게요."

마치 보호자, 아니, 세심한 언니처럼 제안했다.

그리고 소년을 두고 "이런 실례가 어딨어!" 하고 분개하며 어조를 살짝 높이기도 했다.

키득 조그만 웃음을 흘려버린 다음, 아이즈는 담당관인 그녀와 일정을 조정했다. 어쩐지 토끼를 당근으로 꼬여내는 것 같은 기분이었다.

창구에서 대화가 시작되었다. 많은 모험자들이 미궁탐색에 나온 로비에서 아름다운 하프엘프와 금발금안 소녀가 주목을 끈다.

그리고 '원정' 전에 에이나와 동반하여 면담용 박스에 가둬놓은 다음 아이즈가 급습한다는 계획을 진지하게, 긍정적으로 검토하고 있으려니.

느닷없이── 정면에 있던 에이나의 눈동자가 이쪽의 등 너머를 보고 흠칫 크게 뜨였다.

고개를 갸웃하고 아이즈가 그 반응을 살피듯 돌아보니.

'──어.'

첫눈 같은 백발에, 루벨라이트색 눈동자.

오늘은 쉬는지 가녀린 몸은 방어구를 벗은 간소한 차림이라 그야말로 '소년'의 풍모였다.

그런 그가, 고개를 돌린 아이즈에게 전율과도 같은 경악을 드러내고 있었다.

……그 아이다.

말을 잊은 세 사람은 삼인삼색의 자세로 움직임을 멈춰

버렸다.

　"……."

　"……."

　"……."

　예상치 못한 사태에 담당관인 그녀가 동요하고.

　굳어버린 아이즈가 루벨라이트색 눈동자와 시선을 얽는 가운데.

　소년은, 뻣뻣한 동작으로, 이쪽에 등을 돌리고.

　"어."

　아이즈가 중얼거린 것과 거의 동시에, 흰토끼는 또다시 도주했다.

　"베, 벨?! 기다려!"

　어드바이저의 말도 듣지 않고 소년는 전력질주한다.

　디―잉. 아이즈가 충격을 받고 있으려니 그녀가 이쪽에 외쳤다.

　"쫓아가주세요, 발렌슈타인 씨!!"

　놓쳐서는 안 된다는 그 목소리에 아이즈는 흠칫 눈을 떴다.

　맞아, 그랬지.

　손에 든 꾸러미를 꽉 쥐었다.

　건물 현관을 뛰쳐나간 흰토끼를 금색 눈으로 포착한다.

　──노, 놓칠 줄 알고!

　아이즈는 질주했다.

진심으로.

본부 로비를 눈 깜짝할 사이에 가로질러, 현관을 냅다 돌파해, 도주하는 흰토끼의 등을 즉시 따라잡았다.

신속의 바람을 두른 채 그대로, 추월했다.

"——으에엑?!"

정면을 가로막은 아이즈는 멈춰서지 못한 채 달려드는 소년을.

에잇, 하고 냉큼 받아버렸던 것이었다.

✦

그리고 대면.

아이즈의 눈앞에 있는 소년은 엄청나게 혼란스러운 모양이었다.

두 사람을 쫓아온 에이나에게 사정을 듣고서도 동요에서 벗어나지 못했는지, 나머지는 둘이서 이야기하라는 말을 남기고 그녀가 떠나간 지금은 주인에게 버림받은 작은 동물 같은 표정을 짓고 있다.

새하얀 머리카락이 그의 심정을 대변하듯 바쁘게 흔들렸다.

"……저기, 이거."

"!"

아이즈는 결심하고 말을 걸며 프로텍터를 내밀었다.

돌아본 소년은 창졸간에 받아든 후 석상처럼 굳어버리고 말았다.

새빨개진 채 여전히 안절부절못하는 소년의 얼굴을 빤히 들여다본 아이즈는, 긴장을 비롯한 이런저런 감정을 가슴에 품으며── 큰맘 먹고 사과했다.

"미안해."

"네……?"

"내가 놓쳤던 미노타우로스 때문에 네게 폐를 끼치고, 상처를 많이 입혀서…… 계속 사과하고 싶었어. 미안해."

미안함 때문에 자신도 모르게 눈을 깔자 흠칫 숨을 멈추는 기척이 전해졌다.

아이즈가 고개를 들자, 소년은 그때까지 동요했던 것도 잊은 듯 단숨에 말을 쏟아냈다.

"아, 아니에요! 잘못한 건 함부로 하층까지 내려갔던 저고, 발렌슈타인 씨는 전혀 잘못한 게 없고 말이죠?! 오히려 도와주신 생명의 은인인데! 아니 그보다 사과해야 할 사람은 인사도 없이 도망 다니기만 한 저였고…… 죄, 죄송합니다!!"

둑이 터진 것처럼 말이 넘쳐나는 소년에게 되레 사과를 받아 아이즈는 놀라버렸다.

한층 더 새빨개져선,

"어, 저기, 그러니까……!"

그렇게 필사적으로 말을 고르는 모습에, 무어라 말해야

좋을지 알 수 없는, 신비한 감정 또한 느끼고 말았다.

'이렇게나, 말할 수 있구나……'

많이 들어본 적은 없었던 소년의 목소리는 의외로 컸다.

당황하며 말하는 모습은 아이즈가 상상했던 것보다도 훨씬 솔직해, 꼭 새끼토끼 같아서 재미있었다.

동화 속의 등장인물이 종이로 만들어진 세상에서 튀어나와 눈앞에 나타난 것 같은 감각. 그 모습과 목소리에 색이 입혀져 아이즈가 몰랐던 표정을 수없이 짓고 있다.

지금 있는 곳이 어딘지도 잊고 가슴이 살짝 따뜻해지는 투명한 감정에 아이즈가 출렁출렁 휩쓸리고 있으려니.

소년은 잠시 후, 힘차게 고개를 숙이며 허리를 꺾었다.

"몇 번이나 구해주셔서…… 정말로, 고맙습니다!"

감사의 말이 아이즈에게 닿았다.

한동안 허리를 꺾고 있던 소년은 조심스레 몸을 일으켰다.

이런저런 오해가 풀리는 소리가 들렸다. 적어도 소년은 아이즈를 무서워하지는 않았으며, 아이즈와 마찬가지로 하고 싶은 말을 품고 있었다.

……뭘까, 기쁘다.

눈을 크게 뜬 아이즈는 천천히, 얼굴에서 힘을 풀었다.

오해가 풀려 맑아진 기분과 기쁨이 반씩 뒤섞인, 조그만 웃음을 지었다.

입술에서 새나온 아이즈의 그 미소를 보고 소년은 어째

서인지 또 다시 시뻘겋게 달아올라버렸지만.

"……."

"……."

할 일을 마치고, 전할 것도 전하고, 대화가 끊어졌다.

서로 손이 맞닿을 만한 거리에서 아이즈는 멀거니 서 있었다. 푸른 하늘 아래에서 조용한 시간만이 흘러갔다.

소년은 뻣뻣이 서 있을 뿐, 생각났다는 듯 꼼질거리다가 아이즈의 눈과 딱 눈이 마주치면 황급히 시선을 돌렸다.

아이즈는 조금 더 이야기를 나누고 싶다, 목소리를 듣고 싶다고는 생각해도, 자신이 말수가 적다는 것은 스스로 잘 안다. 유감스럽지만 공통된 화제라도 없으면 제대로 이야기를 나눌 수는 없을 것이다. 자신은 티오나처럼 말을 잘 하진 못하니까.

그때 문득 어떤 생각이 떠올랐다.

"……던전 탐색, 열심히 하고 있지?"

"어, 네?!"

말을 걸자 소년이 확실한 반응을 보였다.

아이즈는 자꾸만 마음에 걸렸던 것을, 여기서 건드려보기로 했다.

"벌써 10계층까지 도달한 것 같아서……. 대단해."

얼마 전 의뢰를 받아 그를 던전에서 찾아다녔을 때 품었던 위화감.

그리고 흥미.

신출내기 모험자에서 제10계층 몬스터들을 상대하기까지 급속도로 성장한 눈앞의 소년에게 아이즈의 관심이 기울었다.

　"아, 아뇨?! 그건 많은 분들께 도움을 받은 덕이고, 저, 저는 전혀, 아직도 부족할까?! 모, 목표에도 전혀 손이 닿질 않아서……!"

　멋쩍음을 감추려는 듯, 혼란스러워 하면서도 겸손하게 말하는 소년을 바라본다.

　동시에, 생각해버렸다.

　만약, 그렇게나 빠르게 성장한 데에 비밀이 있다면.

　'나는 지금보다도…….'

　뇌리에 스친 것은 붉은 머리 여자── 레비스와의 전투.

　그리고 며칠 후로 다가온, 미도달영역 제59계층 공략.

　수많은 고비가 앞으로 자신을 기다리고 있다. 이것은 예측이 아닌 확신이었다.

　아마 【파밀리아】 동료들까지도 끌어들여, 아이즈는 가혹해져만 가는 전투 속에 있게 될 것이다. 지금보다도 더욱 더 강해져야만 한다.

　후회만은 하고 싶지 않다.

　무언가를 잃는 일이 있어서는 안 된다.

　지금보다도 더욱, 높은 경지로.

　Lv.6에 이르러서도, 제24계층에서 있었던 사건을 거치며 아이즈는 강하게 그런 생각을 품고·말았다.

"싸우는 법도, 아류라고 할까 초짜라고 할까, 이상한 짓을 하다 몬스터에게 당할 뻔한 적도 한두 번이 아니고, 더 강해져야만 하는데도, 아무튼 완전 못나서, 실력도 전혀 늘질 않아서, 어……?!"

그렇기에 알고 싶다.

성장의 비결을.

높은 경지를 향한 가능성을.

이 단기간 내에 극적인 약진을 거둔 소년의 힘을.

얼굴을 붉게 물들이고 말을 쏟아내는 소년을 앞에 두고 아이즈는 조용히 생각했다.

고민하고 고민하고 고민해, 이런저런 것들을 천칭에 올려놓고, 자신의 마음 깊은 곳을 다시 바라본 후.

이윽고, 조심스레.

아이즈는 소년에게 말을 꺼냈다.

"그럼…… 내가 가르쳐줄까?"

"……네?"

──싸우는 법을.

그리고 아이즈는.

소년에게 사사하게 되었다.

티오나 히류테

소속	로키 파밀리아
종족	아마조네스
직업	모험자
도달계층	58계층
무기	대쌍인
소지금	−89,000,000발리스

Status　　　　　　　Lv.5

힘	A889	**내구**	A867
기교	B778	**민첩**	A801
마력	I0	**권타**	G
잠수	G	**내성**	H
파쇄	I		

마법	없음
스킬	버서크 · 대미지를 입은 만큼 공격력이 상승한다.
스킬	인텐스피드 · 빈사상태에서 모든 어빌리티 능력에 높은 보정치.
장비	우르가

·대쌍인. 제1급 수페리오르.

【고브뉴 파밀리아】제. 120,000,000발리스.

·무기 소재는 '심층'에서 발굴한 최상급 아다만타이트.
위력, 내구력, 중량 모두 수많은 무기 중에서도 톱클래스.

·티오나 자신이 발주한 오더메이드(전용무기).
이미 2대째.

9

TIONA HIRYUTE

후기

이 외전 3권은 두 달 연속으로 간행되는 본편 6권과 같은 시기에 집필했습니다.

전혀 미궁 묘사가 없었던 본편 대신이라는 양, 이쪽에서는 던전던전하고 있지요. 이젠 어느 쪽이 본편이냐 하는 태클이 곳곳에서 쏟아져 들어올 것만 같아 전전긍긍하는 나날입니다.

판타지 세계에서 드워프와 어깨를 견줄 만큼 엘프라는 종족을 좋아합니다. 귀가 길고 아름다우며, 그들 그녀들이 나와주기만 해도 가슴이 뛰지요. 실제로 작품 내에서도 엘프는 5가지 아인 종족들 중에서 가장 설정이 디테일하지 않나 싶습니다(본편 6권, 외전 3권의 현 시점에서 말이지만요). 엘프라는 것만으로 캐릭터가 굉장히 살아나기 때문에 등장인물 설정을 생각할 때 "망설일 때는 엘프!" 하고 안이하게 종족을 결정해버리는 일도 가끔 있습니다.

작중에 등장하는 엘프라는 종족은 작가의 편견 또는 이랬으면 좋겠다는 선망으로 만들어졌습니다.

자존심이나 동족의식이 강하고, 결벽성이 있고, 마음을 허락한 자가 아니면 피부 접촉을 싫어하고, 장수하며, 마법 잠재능력이 뛰어나다…… 등등. 숱한 작품 속에서 곧잘 볼 수 있는 흔한 특징도 포함해 이것저것 뒤섞여 있습니다. 몸도 마음도 타인보다 아름답고자 하는 그들 그녀들이 기에 멈춰서거나 '상처'를 입었을 때는 남들보다 훨씬 고뇌해버린다는, 그런 식으로 생각하고 있습니다. 지나치게 높은 산꼭대기의 꽃인 본편 히로인을 주인공으로 삼은 이 외전에서 그녀의 후배에 해당하는 여자아이가 엘프인 것도 어떻게 보면 필연이었는지 모르겠습니다.

이번 제3권에서는 또 새로운 엘프가 등장했습니다.

그녀의 등장에 따라 출연빈도 면에서 비중이 적어진 아마조네스 자매에게는 고개를 숙이면서, 앞으로의 이야기에 색을 입혀줄 수 있기를 바랍니다.

그러면 감사의 말씀으로 넘어가서.

본편은 한정판 발매도 있고 해서 편집부 코타키 님, 타카하시 님은 물론 많은 분들께서 힘을 보태주셨습니다. 일반판과 한정판 두 종류의 표지를 장식해주신 하이무라 키요타카 선생님, 박력 있는 한정판 표지 러프를 보여주셨을 때는 어느 쪽 표지를 일반판으로 할지 담당 편집자님과 함께 매우 진지하게 의논을 해버렸습니다. 'GANGAN JOKER(스퀘어 에닉스)'에서 외전 코미컬라이즈를 집필해주시는 야기 타카시 님, 코믹스 번외편 감사드립니다. 정말 재미있었어요. 이 책을 읽어주신 독자 여러분도 포함해 모든 분들께 깊이 감사드립니다.

앞으로도 부디 잘 부탁드립니다. 이만 실례합니다.

오모리 후지노

역자후기

디테일한 설정을 좋아합니다.

안녕하세요, 역자입니다.

스포일러가 몬스터 퍼레이드마냥 밀려드는 역자후기이
므로, 스포일러에 내성이 없으신 분들은 본문으로 귀환해
주시기 바랍니다.

각설하고 소드 오라토리아 3권입니다. 스포일러 경고를
하기는 했습니다만, 혹시나 던만추 본편은 건너뛰고 외전
부터 읽는 분도 계실지 몰라 재차 말씀드립니다. 이 후기에
서는 본편의 스포일러도 마구 터뜨리고 있으니 아직 읽지
않으신 분은 그동안 뭐 하셨나요, 얼른 1권부터 6권까지 질
러서 저와 함께 오동통 귀여우신 주신님을 영접 & 찬양하
시기 바랍니다. 파란 가슴끈은 이제 유행이자 대세입니다!
　……그럼 영업도 마쳤으니 썰을 풀어볼까요.
　외전 소드 오라토리아는 본편 던만추의 같은 권수와 대
략 반권 정도의 시간 차이를 두고 진행된다고 보시면 되겠
습니다. 본편 1권의 프롤로그에서 나왔던 벨과 아이즈의
첫 만남이 외전에서는 중반쯤에 등장하고, 마찬가지로 본
편 2권의 중반에 나왔던 무릎베개 사건이 외전 2권의 에필

로그에 엮여 있지요. 그리고 본편 2권의 클라이맥스를 장식했던 벨의 릴리 구출극이 이번 외전 3권의 초반부를 장식하는 에피소드이며, 동시에 이 시리즈의 핵심 사건인 '극채색 마석'에 아이즈와 【로키 파밀리아】가 더욱 깊이 파고들게 되는 계기가 되었습니다. 하지만 단순히 본편에서 있었던 사건을 다른 시점에서 한 번 더 훑는 것만이 아니라 외전만의 명확한 스토리라인이 존재하지요. 그러면서도 본편의 세계관을 해치지 않고 오히려 더욱 깊은 맛을 전해주는 그런 훌륭한 구성이 아닌가 싶습니다.

여기서 제가 감탄했던 것이 위에서 말씀드린 디테일한 설정과 관련이 있는데요. 본편에서는 한두 줄 정도로만 가볍게 언급하고 넘어갔던 설정들이 외전에서는 더욱 심도 있게 다뤄지는 것을 볼 수 있습니다.

이를테면 던만추 본편 4권의 부록 단편에서 잠깐 등장했던 팬트리. 처음에는 계층 내 몬스터들에게 양분을 제공해주는 장소이며, 던전 내의 생태계가 어떻게 유지되고 있는지를 설명해주는 요소 정도로만 나왔습니다만, 이번 외전 3권에서는 적들의 음모에 다가서는 매우 중요한 요소이자 미스터리의 핵심이 된 것을 볼 수 있습니다.

아울러 네이처 웨폰. 던전에 있는 오브젝트를 몬스터들이 무기로 쓴다는 설정이었죠. 마치 고전 횡스크롤 아케이드 게임에서 적들이 배경에 떨어져 있는 단검이라든가 쇠파이프를 들고 공격하는 듯한 그런 인상을 주는 던전 기믹

이었습니다만 외전에서는 이 설정을 한 번 더 뒤집어, '붉은 머리 테이머' 레비스가 느닷없이 네이처 웨폰을 뽑아 드는 모습을 보여주어 독자들을(역자도) 경악하게 만들고 그녀의 배경에 대해 온갖 억측을 하게 만드는 그런 요소로 등장했습니다. 제1급 모험자와도 맞먹는 스펙을 가진 이 '괴인'들이 앞으로 외전 스토리에 어떤 영향을 미칠지, 혹시나 등장한다면 본편에서는 어떻게 나올지 벌써부터 흥미진진하죠.

다만 개인적으로 아쉬운 소리를 좀 하자면, 【로키 파밀리아】에서 제가 가장 좋아하는 티오나가 이번에는 비중이 전혀 없었네요. 줄곧 레피야의 턴이었던 것 같습니다. 보통은 가슴 큰 캐릭터를 좋아하는데, 티오나는 어딘가 날카롭거나 심각한 면이 있는 동료들 사이에서 홀로 천진난만하고 올곧게 행동하는 모습이 정말 마음에 듭니다. 표리일체랄까요. 하기야 뭐, 그녀의 경우에는 그냥 아무 생각 없는 것뿐이겠지만요. ^^;

그래도 한정판 부록 소책자가 그녀의 에피소드여서 그쪽으로 아쉬움을 좀 달랠 수는 있었습니다. 짧지만 매우 재미있는 이야기이니 한정판을 구입해주신 분들은 그쪽 내용도 확인해보시기 바랍니다. 단행본을 먼저 읽고 소책자를 보실 것을 추천드립니다……라고 여기서 써봤자 소용이 없겠군요. 에헷.

다음은 아마도 본편 7권이 될 것 같습니다. 워 게임이 끝나고 어떤 일이 벌어졌을지, 빨리 번역하고 싶어서 손이 근질거리네요. 인터넷의 반응을 보면 '어떤 의미에서는 5, 6권에 못지않은 격전이 펼쳐진다'고 합니다만 대체 무슨 내용일지…….

그럼 저는 다음 작품에서 뵙겠습니다.

2015년 5월
김완

던전에서 만남을 추구하면 안 되는 걸까 외전
소드 오라토리아 3

2015년 5월 22일 1판 1쇄 발행
2017년 5월 15일 1판 4쇄 발행

저   자 오모리 후지노
일 러 스 트 하이무라 키요타카
캐릭터 원안 야스다 스즈히토
옮 긴 이 김완
발 행 인 유재옥
담당편집자 정영길
편   집 권오범 김다솜 김민지 박찬솔 조찬희
라이츠담당 오유진
디 지 털 홍승범
발 행 처 ㈜소미미디어
등   록 제2015-000008호
주   소 서울시 마포구 토정로 222, 403호(신수동, 한국출판콘텐츠센터)
판   매 ㈜소미미디어
마 케 팅 박지혜
전   화 편집부 (070)4164-3962, 3963 기획실 (02)567-3388
             판매 및 마케팅 (070)4165-6888, Fax (02)322-7665

ISBN 979-11-5710-143-6 04830
ISBN 979-11-5710-021-7 (세트)